VALÉRIE FAIOLA

Par-delà les siècles

La clé des origines

ÉDITIONS
EXERGUE
27, rue des Grands Augustins
75006 Paris

Prologue

Au commencement

Lyon, de nos jours.

Un froid glacial descendit lentement sur moi. Les fenêtres étaient fermées, d'où pouvait-il venir ? Il léchait les parties découvertes de mon corps, sa caresse m'arracha des larmes, mes mâchoires se contractèrent pour juguler la peur qui me vrillait les tripes. Je sentais la présence de cette femme que je pensais connaître. Son énergie irradiait tout autour de moi. Sans un mot, assise, elle me fixait. Elle ne semblait pas s'apercevoir de la puissance qu'elle dégageait. Sa voix cassée chassa le silence quand elle chuchota :

– Nos secrets contiennent nos déclencheurs, quel est ton secret, Livia ?

Son timbre martelait chaque parcelle de mon être. Je n'arrivais pas à me soustraire de son emprise, ou bien était-ce mon inconscient qui refusait de s'y soustraire ?

La pièce où je me trouvais était anormalement paisible, comme en dehors du temps. Les dernières lueurs du jour se retiraient peu à peu alors que les bougies révélaient leurs senteurs de rose et apportaient une douce lumière dans le chaos. Eva saisit trois baguettes d'encens et les plaça au-dessus de la flamme, la fumée s'éleva dans une danse voluptueuse, floutant le contour des meubles. J'essayai de me raccrocher à ces volutes pour calmer mon esprit embrouillé, sans résultat.

– Je ne vais pas y arriver. Tu me demandes l'impossible, je ne vais pas y arriver, lâchai-je, épuisée.

J'avais de plus en plus de mal à refouler la nausée qui arrivait par assauts. Le peu de forces que j'avais m'abandonna. Mon visage roula sur le côté, mes cheveux tombèrent devant mes yeux. La fatigue creusait mes orbites, elle me donnait l'horrible sensation que mes paupières me brûlaient. Il me semblait que cela faisait des heures que j'étais là, immobile. J'essayai de me redresser, mais mes membres engourdis refusaient de faire le moindre effort. Eva se leva et contourna la table basse, les yeux mi-clos, je suivis son ombre. Quand ses doigts se posèrent sur mes épaules, un long frisson me déchira l'échine. Je m'agrippai aux rebords de la chaise pour ne pas sombrer dans l'inconnu, dans ce monde invisible, où ces voix m'assaillaient de messages incompréhensibles. Mon corps ne m'obéissait plus, pour la énième fois, ma tête se renversa en arrière pendant que la voix d'Eva déchirait mon âme, son chuchotement brisa en mille morceaux ma fragile barrière.

– Révèle ton secret ! Car, au fond de toi, tu sais réellement qui est cet homme.

-1-

Livia

Lyon, un an auparavant.

Affalée sur mon lit, j'étais lasse de cette journée. Une seule chose m'importait, oublier et enterrer ces dernières semaines. Oublier ces douleurs répétitives et inexplicables, malgré la banalité du diagnostic donné par mon médecin, je sentais que c'était plus grave. Depuis des jours, la pique acérée continuait à s'insinuer avec une lenteur malsaine entre mes tempes, mon crâne, pris dans un étau, enflait. Je remontai la couette sur mon visage. Ma respiration reprit de l'ampleur tandis que mes maux de tête s'atténuaient. Un sourire se dessina sur mes lèvres, cette fois-ci, c'est moi qui gagnais. Je baissai ma garde, trop rapidement. Le calme protecteur de ma couverture vola en éclats, des lacérations plus profondes glaçaient mon cerveau. À tâtons, mes doigts rencontrèrent le tiroir de mon chevet, j'en sortis un petit cahier noir. Il ne s'agissait pas du premier, dix autres y étaient empilés. Dix années que je remplissais ces pages de symboles incompréhensibles. Ils tapissaient mes rêves incessants. Au fil du temps, ces cahiers tenus secrets devinrent un exutoire, seul point positif des années de suivi psychologique voulu par ma mère. Je caressai le cuir souple de ce onzième calepin, abîmé à certains endroits. Suspendue entre les mondes, je me laissais porter par ce sentiment de bien-être, le seul remède qui, comme à chaque fois, apaiserait ces terribles maux de tête.

J'entrouvris mes paupières fébriles et dégageai le crayon à papier de son attache. La mine grisée traça les images qui me hantaient, la magie opérait, mes souffrances ou celles de cette inconnue à la chevelure rousse se déversaient sur les pages.

Un coup violent sur ma porte m'arracha de l'envoûtement.

– Livia ! Je sais que tu es là ! Ouvre-moi !

-2-

Livia

– Je m'arrêterai seulement quand…

Sa phrase comme son poing restèrent en suspens. J'entrebâillai la porte de ma chambre et la bloquai avec mon genou. Gaëlle, sur la pointe des pieds, inspectait la pièce.

– Ne te gêne pas ! râlai-je.

Elle allait ouvrir la bouche, mais je l'interrompis.

– Parle plus bas, ma tête va exploser. Je me prépare. Promis, je viens pour la corvée de courses.

– Eh oui, Livia, un an, ça se fête ! Tu ne me laisses pas entrer ? Qu'est-ce que tu caches, ou plutôt qui ? Ton futur petit copain, le mystérieux Richard ?

Le claquement de la porte fut avalé par son rire.

Encore éreintée par mes migraines, j'essayai de remettre de l'ordre dans mon esprit. Qui était cette femme rousse ? Que me voulait-elle ? Pourquoi ses émotions m'avaient autant touchée ? Inquiète, je m'approchai du bureau. Je devais le toucher, j'en avais besoin. Mon doigt rencontra une petite aspérité. Aussitôt, un déclic déclencha le mécanisme de son tiroir secret. Le Livre reposait, immobile.

Je dépassai l'appréhension de le toucher, même si les émotions me serraient la gorge au souvenir de ma grand-mère. Je tournai les pages. Toutes, sans exception, blanches. Je fis quelques pas vers ma fenêtre, le temps était maussade, mais les timides rayons de soleil de cette fin de journée seraient suffisants pour inspecter sa couverture où je sentais quelque chose d'étrange depuis quelque temps. Je l'inclinai, un tracé à peine perceptible se dessinait sous mes yeux. Une pulsation fluette tentait d'éclore sous les traits d'un symbole singulièrement familier. Il ressemblait aux croquis que faisait ma grand-mère. Je me souvenais de ces instants précieux, ma tête blottie contre son épaule. D'une main, elle se frayait un chemin dans mes cheveux emmêlés, de l'autre son crayon ébauchait toujours les mêmes formes pendant que ses mots nous transportaient au-delà du temps dans les endroits magiques qu'elle inventait pour me consoler. Il était toujours question d'un grimoire, de sorcières, de maléfices contrés par des incantations. Mon insatiable curiosité demandait sans cesse à voir ce grimoire. Pour toute réponse, je recevais son sourire qui approfondissait ses rides.

Ce que je tenais entre mes mains était impossible, et pourtant, je sentais à son agréable vibration qu'il m'appartenait. À plusieurs reprises, j'avais demandé puis supplié ma mère de me le montrer, certaine que ce Livre était réel. Ses objections étaient immuables et n'attendaient aucune insinuation.

– Il n'existe pas ! N'a jamais existé et n'existera jamais, puis son timbre se contractait, toutes ces histoires sortaient de l'esprit torturé de ta grand-mère !

Une question subsistait, sûrement la plus importante. Était-ce le grimoire ? Mon cœur palpitait de manière désordonnée. Je continuais à l'observer sous toutes les coutures pendant qu'un léger courant électrique courait sur la surface de ma peau. Je levai mon regard vers le miroir. Mes cheveux bruns aux reflets cuivrés étaient ternes, des cernes noirs assombrissaient mon regard d'habitude ambré. Cette satanée migraine s'était envolée, mais elle laissait derrière elle une sacrée pagaille !

– Livia, tu te bouges ! Il commence à se faire tard ! glapit Gaëlle au fond du couloir, je descends à la boulangerie, tu m'y rejoins, OK ?

– J'avale un truc et j'arrive.

À contrecœur, je déposai le précieux objet dans son compartiment secret. Tant bien que mal, j'essayai de redonner du peps à mes boucles et mis du brillant sur mes lèvres. Je pinçai mes joues pour un effet bonne mine, puis je m'enroulai dans mon énorme écharpe.

La cuisine croulait sous les décorations années 1970. Joanne, la petite amie de Gaëlle, adorait chiner sur les quais de Saône. D'après ma mère, parisienne dans l'âme, Lyon n'était que le pâle reflet de la capitale, mais elle n'avait rien à envier aux grandes villes. Elle restait, pour moi, synonyme du bon vivre et mystérieuse.

Je m'installai sur le haut tabouret pour reprendre un peu de forces avant d'affronter la grande surface et la meute de gens affamés. Un an déjà ! Je retraçai mes souvenirs. Partir de Paris avant le point de non-retour, la seule décision qui s'imposait d'après ma mère. Le seul mot pour définir notre relation à cette époque : désastre. Bien qu'à ce jour rien n'ait vraiment changé. La décision fut pénible pour toutes les deux, mais le refuge que nous proposait mon amie d'enfance, Gaëlle, était une chance. Nous le savions toutes les deux, nous ne pouvions plus nous déchirer.

Je pensais arriver comme un cheveu sur la soupe, bousculer leur vie de couple, mais aucune de mes craintes ne s'était révélée juste.

Encombrée par mon énorme sac à dos, je me revoyais descendre sur le quai de la gare. La peur au ventre, déboussolée, cherchant du regard Gaëlle. Mon anxiété s'était évanouie quand son sourire chaleureux avait percé les visages anonymes. Depuis toutes ces années, son physique avait très peu changé, mais quelque chose en elle m'avait touchée, sans que je puisse y mettre un mot. Ses cheveux bruns, à présent courts, encadraient son visage ovale avec finesse, mettaient en valeur ses yeux sombres. Elle m'avait ouvert ses bras, j'avais eu un petit mouvement de recul, mais elle m'avait attrapée fermement.

– Tu n'as toujours pas l'habitude des câlins !

Un soupir m'échappa au souvenir de ma réponse.

– Ils ne sont toujours pas au goût du jour dans la famille.

Sa petite amie, Joanne, nous attendait en double file à bord de sa Fiat 500. En la voyant, je compris ce qui avait changé mon amie. Gaëlle était si lumineuse quand elle était près de Joanne. Cette jeune femme blonde au rire mutin l'avait conquise.

Nous avions traversé Lyon au milieu des rires et des souvenirs. Joanne m'avait tout de suite mise à l'aise en jouant le guide touristique.

– Livia, tu vas adorer le *Tasse-Livre* !

– Le *Tasse-Livre* est notre quartier général, ajouta Gaëlle devant ma mine surprise, les parents de Joanne en sont les propriétaires. Quand son père a su que tu intégrais la fac en histoire de l'art et archéologie, il était aux anges.

– Oui ! reprit Joanne, il est intarissable sur l'histoire de Lyon. D'ailleurs, tu seras ravie d'apprendre que nous habitons un quartier historique. Nous sommes au 4, rue Saint-Jean. À la Renaissance, trois quartiers composaient la cité. Saint-Paul, au nord, avec la grande bourgeoisie. Saint-Georges, au sud, et ses artisans ; et pour finir, le quartier Saint-Jean, entre les deux, où se trouvaient le haut clergé et l'aristocratie.

Un sourire timide creusa ma fossette. Une année s'était écoulée depuis cet épisode.

– Oh, j'aimerais bien connaître la personne à laquelle tu penses ! Tes yeux pétillent ma belle, chanta Joanne, je t'observe depuis au moins cinq bonnes minutes, tu n'as pas bougé d'un iota. Veux-tu un café ?

Joanne s'activait autour de moi, laissant échapper quelques mèches de ses cheveux blonds remontés en chignon.

– Vu ta tenue, tu ne viens pas avec nous ? lui demandai-je.

Elle tourna sur elle-même. J'enviais son jogging cocooning et ses pantoufles lapin.

– Un peu de courage, cela va bien se passer, affirma-t-elle en me tendant la tasse de café.

– Alors, je peux savoir à qui ce joli sourire était adressé ? Ne dis rien ! Au beau brun à la gueule cassée, Richard, c'est ça ?

– N'importe quoi ! Tu es pire que Gaëlle.

Je sentis les battements de pouls s'accélérer en pensant à lui. Gênée, je posai la tasse un peu trop vite, le breuvage noir me brûla le dessus des doigts. Je me ruai vers le robinet d'eau froide.

– Et merde ! grognai-je.

– Mumm, j'ai touché un point sensible.

– Ne dis pas de bêtises, je suis en retard. Gaëlle va m'arracher les yeux.

J'attrapai mon bonnet, resserrai mon écharpe. Joanne rattrapa la porte avant qu'elle ne claque.

– Livia, tu es sûre que tout va bien ?

– Oui, dis-je en dévalant les étages sans me retourner.

Mes semelles usées glissèrent sur la dernière marche. Je m'écrasai sur l'énorme poignée en cuivre de la porte cochère. En un instant, le temps se suspendit, un bourdonnement d'oreilles me vrillait les tympans. Le message semblait lointain, mais il me stoppa net. Au bord d'un gouffre, je n'osai plus bouger, essayant de capter ces chuchotements. Je posai mon front contre le bois rugueux, plus rien. Le message trop faible m'échappa pendant que la désagréable sensation d'être sur le fil du temps s'estompait.

-3-

Gaëlle

Assise à la petite table bistrot, Gaëlle se léchait les doigts tandis que la compote dégoulinait doucement.

– La gourmandise te perdra ! clama la vendeuse en déposant son expresso.

– Mumm, je sais ! Que veux-tu, tout cela est la faute de Livia ! Plus de dix minutes que je l'attends. Alors, forcément, je craque !

Gaëlle sortit son téléphone et, après de longues secondes, la sonnerie bascula sur le répondeur de Livia. Elle pesta et envoya un SMS à Joanne. La réponse arriva aussitôt.

Elle est descendue, il y a bien deux minutes.

Gaëlle avala la dernière bouchée de son chausson aux pommes et lança à la vendeuse :

– Merci, à demain.

Elle sortit en trombe et évita de justesse une vieille dame.

– Veuillez m'excuser… glapit-elle en poussant la lourde porte cochère, du 4, rue Saint-Jean.

Le hall d'entrée plongé dans la pénombre, Gaëlle avança à tâtons. Elle plissa les yeux sur une forme près des marches en pierre de taille.

– Livia, c'est toi ?

– Oui.

Je me redressai un peu trop vite et perdis l'équilibre. Gaëlle me rattrapa par le coude.

– Oh, ma grande, tout va bien ? C'est encore une de tes migraines ?

J'acquiesçai à moitié, comment lui avouer qu'une voix d'outre-tombe m'avait mise dans cet état ?

– On remonte, tu prends un truc et tu te reposes un peu. On fera les courses…

– Ce n'est pas nécessaire. Tout est OK, maintenant. L'air frais me fera du bien.

– Comme tu veux, mais tu en es sûre ? Tu es blanche comme un linge.

– Certaine.

Suspicieuse, elle jeta un œil par-dessus son épaule et poussa la lourde porte cochère.

La rue piétonne déserte annonçait déjà les prémices de l'hiver. J'adorais cette période. J'inspirai profondément et m'accrochai au bras de mon amie.

– Tu reprends des couleurs. Ces migraines m'inquiètent. Quand vas-tu consulter un médecin ?

– C'est déjà fait, mentis-je, les traitements ne font rien.

– Tu aurais pu me le dire ! Tu fais chier, Livia. Toi et ta fâcheuse habitude de toujours cacher tes problèmes ! Cela ne sert à rien.

Les cachets ne fonctionnent pas, très bien ! Il y a sûrement d'autres solutions ! Mais, j'y pense, il y en a une ! Tu me promets d'y réfléchir si je te la dis ?

– Promis.

– Dans la presse de la semaine dernière, je crois, il y avait un article sur l'hypnose. En gros titre, « un homme de 88 ans opéré du cœur sous hypnose, sans anesthésie lourde ». Laisse-moi chercher, j'ai vu l'article dans une notification sur mon téléphone. Tiens, c'est écrit là, « avant l'opération, une infirmière l'a hypnotisé. La veille, ils ont discuté de son environnement, de ses passions. Pendant l'opération, l'infirmière a induit ses souvenirs heureux à ce brave monsieur. Complètement détendu, son patient s'est endormi sur la table d'opération. » C'est dingue, non ? D'ailleurs, je sais qui…

Je l'écoutais d'une oreille tandis qu'un sourire se dessinait sur mes lèvres, je repensais à notre enfance. Gaëlle avait toujours été là pour moi. Plus grande que la moyenne pour son âge, elle était un rempart contre les gamins qui ne cessaient de m'embêter.

– Alors, tu en penses quoi ? Qui sait, peut-être que l'hypnose peut s'avérer utile pour tes migraines.

– Je vais y réfléchir, mais cela me tente bien. Il faut simplement trouver un bon thérapeute.

– Tu ne m'as pas écoutée ?! Je viens de te dire que Linda, celle qui tient la petite boutique d'encens et de minéraux, loue son bureau à une de ses amies, hypnothérapeute. Tu n'as plus qu'à te rendre à la boutique pour demander son téléphone.

En signe de reddition, je lui serrai le bras. Mon esprit, lui, vagabondait sur les petites mésaventures surnaturelles que je venais de vivre. En vain, je cherchais une explication, mais rien ne me convenait. Le bruit de nos pas sur les pavés me maintenait dans mes réflexions, quand Gaëlle stoppa net et bifurqua pour pénétrer dans les halles de Lyon.

– Je vais chez le traiteur, pendant que tu t'occupes du primeur, et surtout ne lésine pas sur ce qui te fait envie. La première qui termine rejoint l'autre, dit-elle en s'éloignant.

Je tournai sur moi-même, envoûtée par tant de choix tandis que mes papilles s'affolaient face aux saveurs qui chatouillaient mon nez.

⁂

Les dernières lueurs du jour en pénétrant dans les halles avaient laissé place à la nuit, son obscurité et ses mystères. Début octobre, les ados vagabondaient dans les rues piétonnes, ils cherchaient du regard les déguisements pour leur soirée d'Halloween. Je me frayai un chemin parmi ces grands enfants et rajustai mon sac tout en calant mon pas sur celui de Gaëlle.

– Tu peux ralentir ? Tes jambes sont plus longues que les miennes et je suis chargée.

– Tu râles, c'est bon signe. Ta migraine ?

– Plus rien.

Mon téléphone vibra, je le récupérai dans la poche arrière de mon jean et donnai à Gaëlle le plus encombrant des sacs.

– C'est ma mère, elle veut que je l'appelle ce soir.

– C'est parfait ! Tes relations avec Elena sont moins chaotiques, non ?

Je sentis son regard se poser sur moi, alors que toutes mes pensées filaient vers ma mère. Elle seule pourrait répondre à ce qu'il s'était passé dans ma chambre. Je savais d'avance que le combat à venir serait dur à surmonter, mais je n'avais pas le choix. C'était cela ou rester dans l'ignorance.

– Tu pourrais peut-être envisager de la faire venir un week-end. Je suis certaine qu'un peu de temps avec ta mère…

– Justement, j'y pensais.

Abasourdie, elle me retint par le bras.

– Tu y pensais ! Ne te méprends pas, je suis contente, mais choquée. Tu lui as parlé quand la dernière fois ?

– La dernière fois, laisse-moi réfléchir…

– Livia, tu me prends pour une gourde et en plus tu ne t'en caches pas, grogna-t-elle.

Je ramenai quelques mèches de cheveux à l'arrière de mon oreille, signe de nervosité qui ne m'avait jamais quittée depuis toute petite.

– Il se passe un truc, tu me caches quelque chose ? Tu en as trop dit ou pas assez. Je t'écoute, souffla-t-elle, exaspérée par mon mutisme.

Elle retint mon doigt qui s'entortillait autour d'une de mes boucles. Gênée, je détournai mon regard.

– Tu vas me prendre pour une folle !

– Qu'as-tu encore fait ? Tu commences à m'inquiéter, déjà que tes rapports avec ta mère sont… Bref, j'espère que tu n'as rien fait d'irréversible.

– Non, mais la rue n'est pas un endroit pour déballer tout cela. Nous sommes à cinq minutes de chez nous.

– OK, mais là vois-tu, il va falloir que tu trouves un moyen pour calmer mon esprit, car j'imagine le pire entre toi et Elena. Que devient le beau brun à la gueule cassée ?

– Richard ? Je me suis toujours demandé d'où te venait cette expression pour parler de lui.

– Le colonel Picot, tu ne connais pas ? Cette expression vient de lui. Elle désigne les survivants de la Première Guerre mondiale, ayant subi une ou plusieurs blessures au niveau du visage. Les hommes affectés par des séquelles physiques, mais aussi marqués psychologiquement. Je trouve que cela résume bien l'énigmatique Richard. Pour faire court, tu en connais un autre qui fait chavirer ton cœur ?

Je rougis légèrement et tortillai à nouveau ma mèche de cheveux.

– Même Joanne a remarqué ton petit jeu. Dès que tu le vois, tu n'es plus la même. Qu'attends-tu pour aller lui parler ? Tu veux peut-être que l'on te donne la main.

– Je ne vous ai pas attendues !

– Tu sous-entends que…

– Que nous avons eu un premier rendez-vous. Ce n'est pas si simple, il me plaît, mais je ne sais pas. J'ai tenté plusieurs approches, mais il s'est toujours éloigné, comme s'il redoutait que je me jette sur lui. Je ne suis peut-être pas son style.

– J'ai sauté un épisode, c'était quand ?

– La fois où je suis allée au marché des bouquinistes. Ce jour-là, le quai de la Pêcherie était noir de monde. Nos mains ont attrapé le même livre. Je ne sais toujours pas ce qu'il m'a pris, confiai-je, mon cœur palpitait encore à ce souvenir. Sûrement le lieu et ces anonymes autour de nous, mais je me suis adressée à lui comme à un pote.

Je me souviens encore de son visage proche du mien. Il s'est figé. J'ai lâché le bouquin en lui disant que je le lui cédais contre un café.

– Alors là, tu m'en bouches un coin !

Un sourire timide se dessina sur mes lèvres. Je sentais encore la proximité de ses doigts, la chaleur qu'il dégageait. Pendant un court instant, il m'avait semblé apercevoir autour de lui une sorte d'aura, une lueur mystérieuse, un inconnu m'avait bousculée, rompant le charme.

– J'avoue, il exerce sur moi une sorte d'attraction. Je n'arrive pas à comprendre ce que je ressens dès que je suis à ses côtés.

– C'est loin d'être un top model, ajouta Gaëlle, mais il a un quelque chose qui me fait craquer. Je trouve que ça le rend vulnérable, fragile et en même temps…

– Invincible ?

– Oui, c'est bien cela, invincible ! C'est surprenant, moi qui aime les filles, je me laisserais bien tenter par un mec comme lui. Tu t'interroges, mais c'est peut-être seulement de l'amour, me taquina-t-elle.

– N'importe quoi, soufflai-je en haussant les épaules.

– Vous vous voyez bientôt ?

– Il a mon numéro, la balle est dans son camp, j'attends de voir.

Gaëlle leva les yeux, une lueur faible éclairait la fenêtre de la cuisine.

– La lumière du salon est allumée, Joanne doit sûrement nous attendre au coin du feu. On range les courses, un petit chocolat chaud et tu me racontes ce qui te chagrine entre toi et ta mère. S'il le faut, je demanderai à Jo de nous laisser.

-4-

Thomas

Le store vénitien retomba brutalement. Surpris, Thomas sursauta, du coin de l'œil, il suivait Elena. Il brida une fois de plus son impatience et se tourna vers sa femme, qui avait rejoint le bureau.

Il avait décidé de l'emmener loin de Paris afin qu'elle puisse se reposer. Il savait qu'un dossier sensible lui demandait toute son attention. Mais le recul dont elle avait besoin, lui faisait cruellement défaut ce matin.

– Mais enfin, Elena, que t'arrive-t-il ? Tu ressembles plus à un lion en cage qu'à un ténor du barreau !

Thomas ouvrit les battants de la porte-fenêtre. Il passa sa main sur sa joue et soupira au reflet que la vitre lui renvoyait. Des rides marquaient son visage, le poivre et sel couvrait sa barbe naissante. Il inspira profondément l'air de la campagne. Un mélange subtil de terre humide, de mousse, de feuilles séchées envahit leur chambre. Elena frissonna. Thomas, en deux enjambés fut près d'elle. Il se défit de sa veste et la posa avec délicatesse sur ses épaules. Il s'approcha de son oreille et murmura :

– C'est cette affaire qui te met dans cet état ?

Ses mains accentuèrent la pression sur ses bras, Elena se dégagea et lui fit volte-face.

– Non, je ne sais pas. Je ne me sens pas bien.

– Viens par ici.

Il ouvrit les bras, sans réfléchir, elle plongea pour s'y réfugier. Elena étouffa un sanglot tandis que son front se posait sur son torse. Thomas glissa les doigts dans la nuque de sa femme, attrapa l'épingle et tira délicatement dessus. Ses cheveux tombèrent en cascade sur ses épaules. Il lui leva le menton tandis que sa bouche effleura ses lèvres. Ses doigts caressèrent l'ovale de son visage.

– Livia te manque ?

Au prénom de sa fille, le regard d'Elena s'embua.

– Vous êtes tellement semblables, vos pommettes saillantes, vos yeux en amande, votre cou altier. Cette ressemblance, depuis des générations, est vraiment troublante. Je me demande si je m'y ferais un jour. La seule fausse note, est qu'elle est aussi brune que toi tu es blonde.

Elena saisit la main de son mari et embrassa sa paume.

– Oui, elle me manque. Mais mon état n'est pas dû à son absence. Il y a autre chose. Je n'arrive pas à exprimer mon malaise. Je me sens bizarre !

Thomas se racla la gorge et se lança :

– Bizarre ? La seule fois où tu as employé ce terme, c'était… Et si, je dis bien si, elle avait découvert ses véritables…

Elena le fusilla du regard. Elle planta ses prunelles noires dans celles de son mari.

– Je t'interdis d'en dire plus ! Ce ne sont que des ramassis de conneries portées par Henora.

– Mais enfin, tu ne peux pas ignorer ce qu'était ta mère ! Je t'ai toujours soutenue et j'ai accepté de garder sous silence certains aspects de votre vie de famille, mais tu lui dois la vérité. Que risques-tu à part te sentir libre de ce fardeau ? Peut-être que cela vous rapprocherait ?

Elena ramassa son foulard de soie posé sur le lit. Elle le fit glisser autour de son cou glabre et fit un nœud. Son regard plongé dans le vide, elle chuchota :

– Quelle vérité ? Que ma mère et sa grand-mère étaient deux femmes folles qui croyaient être en lien avec le monde des esprits ?

Affligé, Thomas se laissa tomber sur la chaise.

– Tu ne peux pas dire cela. De nombreuses personnes pourraient t'affirmer ce qu'elles ont fait pour elles.

– Qui peut m'en empêcher, toi ? Tu sais ce que j'ai vécu. La honte, la peur du regard des autres.

– Vingt-cinq ans de vie commune, tu ne me fais toujours pas confiance pour cet aspect de ta vie ?

Elena baissa l'échine.

– Notre fille unique est en âge de pouvoir entendre l'histoire de votre famille, tu ne crois pas ?

Piquée au vif, Elena se redressa.

– Que sais-tu exactement de notre histoire ? Ce fléau poursuit chaque femme de notre lignée, enfin presque, puisque j'ai eu cette chance d'être épargnée par la folie. Oh oui, ma mère s'est évertuée à lui raconter les légendes, mais rien ne s'est réveillé en elle, absolument rien !

– Tu n'en sais rien ! Quand ta mère est décédée, tu as sciemment menti à Livia. Tu lui as bourré le crâne en lui répétant que rien de ce que racontait sa grand-mère n'existait. Et si tu avais effacé de sa mémoire la plupart des souvenirs que ta mère avait semés ?

Elle renversa son visage en arrière et essuya ses larmes avec rage.

– Effacer sa mémoire ! Avec quel pouvoir magique ? Rien ne me sera épargné, aujourd'hui ? Pourquoi me parles-tu de tout cela maintenant ? Je croule sous le travail et ce dossier est capital pour ma carrière ! gronda-t-elle en désignant les documents étalés sur le bureau.

– Ton mal-être. La dernière fois que je t'ai vue dans cet état, c'était juste avant de perdre ta mère. Tu as senti qu'elle allait nous quitter, vous étiez en symbiose toutes les deux, même si tu refusais de partager avec elle son Art. Serait-il possible que Livia et toi soyez connectées de la même manière ?

Son regard noir transperça celui de Thomas, lui, impassible, le défia. Elena serra son poing autour de son foulard.

– Téléphone-lui, souffla-t-il entre ses dents.

Elena retint sa respiration, son visage au teint de porcelaine blêmit. Elle sortit, sans un mot. À son passage, la porte-fenêtre claqua violemment, brisant un carreau. Impuissant, Thomas ramassa les morceaux de verre éparpillés sur le magnifique parquet en point de Hongrie.

-5-

Livia

Je retrouvai Gaëlle dans le salon, avachie dans le canapé. Elle tira sur le bas de son jogging tout en réprimant un frisson.

– Je vais remettre une bûche. On se gèle, ici.

– Ne bouge pas, je m'en occupe.

Elle me sourit et attrapa avidement son plaid qu'elle remonta jusqu'à son nez.

– Merci. Je suis frigorifiée. Tu peux être certaine que Joanne entend mes dents s'entrechoquer depuis la cuisine.

Je saisis un morceau dont le bois encore tendre m'offrit une délicieuse odeur d'humus. Je m'approchai de la cheminée. Le tisonnier à la main, je remuai les dernières braises, puis déposai la bûche. Des flammes timides s'élevèrent dans un crépitement, une douce chaleur se répandit sur mes joues. Je pris un instant avant de me redresser. Puis mon regard couvrit le salon avec un sentiment de bien-être. Le plafond à la française mettait en valeur les meubles chinés par Gaëlle et Joanne, mais la pièce maîtresse de ce lieu restait la cheminée. Son manteau massif style Louis XIV donnait un charme atypique à l'endroit.

Je ne pus résister, mes doigts se promenèrent sur la patine rouge du marbre vieilli pendant que je me tournai vers Joanne.

– Tu as besoin d'aide, Jo ?

– Non, c'est bon, tout est OK. En fin de compte, non, quelle tête en l'air ! J'ai oublié les macarons dans le frigo. Tu peux ?

– J'arrive.

Les yeux de Gaëlle se mirent à étinceler de gourmandise, sa main papillonnait autour de ces friandises multicolores. Elle finit par jeter son dévolu sur la framboise, qu'elle croqua avec délice.

– Alors, raconte-moi, dit-elle en avalant sa dernière bouchée.

– Je vous laisse, l'interrompit Joanne.

– Non, reste. Cela ne me gêne pas. Avoir l'avis de deux personnes, c'est mieux qu'une. Et avec ce que je vais vous raconter, c'est préférable.

Elles échangèrent un coup d'œil discret, Gaëlle poursuivit prudemment.

– On t'écoute, dit-elle en gobant le macaron en entier, visiblement perturbée par l'expression de Livia.

– Tu ne changeras donc jamais, dès que cela devient sérieux, tu manges, gloussa Joanne.

– Ben quoi, je m'angoisse pour un rien, donc je compense comme je peux !

Joanne colla tendrement son front contre elle et déposa un léger baiser sur sa joue.

– *No stress*, je suis là.

Je les contemplai en silence, l'amour unissait ces deux êtres. Gaëlle caressa la main de sa partenaire, pendant qu'une brume rose les entourait. Subjuguée par la scène féerique, il m'était impossible de détourner mon attention. Je me redressai de mon siège, penchant ma tête dans plusieurs directions pour avoir un autre angle de vue, mais la couleur s'intensifia, mêlant leurs âmes.

– Tout va bien ? lâcha Gaëlle.

– Oui, soufflai-je.

Je me raclai la gorge, et m'enfonçai au fond du vieux fauteuil en cuir. Le plaid en fausse fourrure reposait négligemment sur l'accoudoir, je l'attrapai et, sans détourner mon regard, je le serrai contre ma poitrine. Comment comprendre cela ? Comment leur expliquer cela ? Silencieuse, je cherchai les mots pour éclairer et apaiser mes incertitudes sur le changement que je devinais au fond de moi. Étais-je, comme ma mère s'est évertuée à me le répéter, une folle hystérique, frappée par la malédiction familiale dont ma grand-mère souffrait ? Devais-je leur raconter mes peurs, et par où commencer ? Je ne pouvais pas parler du Livre et de l'expérience affolante liée à la femme rousse. Peut-être que je pourrais dévoiler ce que je venais de voir. Elles étaient mes amies, mais je prenais le risque qu'elles me prennent elles aussi pour une folle. La voix de Joanne me sortit de mes pensées.

– Tu comptes nous parler ou bien continuer ton conciliabule en égoïste ?

Je me massai la nuque, puis je me lançai.

– Depuis quelque temps, il se passe des drôles de trucs avec moi. Des trucs pas normaux, vous voyez ?

– Je ne vois pas ? Elle veut dire quoi par « pas normaux » ? marmonna Joanne entre ses dents.

Gaëlle ne disait rien, elle se contentait de me dévisager. Après un silence de quelques minutes qui me sembla interminable, elle s'accroupit devant mes genoux.

– Tu es comme elle ?

– De qui parles-tu ? interrogea Joanne.

Elle éluda sa question et s'agrippa à mes mains.

– Tu es bien comme elle, j'en étais sûre !

– Vous commencez à me faire flipper, il y en a bien une des deux qui va me répondre, non ?

– Tu penses à qui ? murmurai-je, paniquée.

– Certainement pas à ta mère, elle est si… cartésienne. Je visais ta grand-mère. Ces trucs pas normaux, c'est quoi exactement ? Tu entends des voix ? Tu as des visions ?

Joanne déglutit et vint s'asseoir près de nous.

– Non ! C'est vrai tout ça ? Je suis à fond, j'adore le paranormal, même si ça me fiche la trouille, glapit-elle tout excitée.

Stupéfaite, mon regard se perdit dans celui de Jo alors qu'une réponse presque inaudible sortait d'entre mes lèvres.

– Que cherches-tu à insinuer avec ma grand-mère ? C'est quoi ces conneries ?

– Tu peux cacher cela à qui tu veux, mais avec moi, cela ne marche pas. Tu es comme elle, affirma-t-elle.

Je fis volte-face et me dégageai de l'emprise de Gaëlle.

– Arrête de rabâcher et de croire que je suis au fait de ce qu'il se passe, je ne comprends rien !

– Tu ne te souviens pas ? C'est impossible, tu étais toujours avec moi. On les regardait sortir de chez elle, certains se cachaient avec le col de leurs vestes de peur qu'on ne les reconnaisse.

Muette, je secouai l'échine.

– Qui, ils ?

– Les villageois et ceux qui venaient de loin. Je me souviens encore des quolibets qu'ils utilisaient pour parler de ta grand-mère. Ils lui en donnaient plusieurs, tout dépendait de ce pour quoi ils la consultaient. Sorcière, rebouteuse, passeuse.

– Passeuse ?

– Oui, on la sollicitait pour parler avec les morts.

– Pourquoi je n'ai pas ces souvenirs ? Les seuls sont de toi et moi jouant devant sa maison, mais rien d'autre.

– Je n'en sais rien. C'est une question que tu pourras poser à tes parents.

– Dans certains cas, des personnes peuvent oublier des passages de leur vie, mais généralement, c'est suite à un traumatisme. Tu n'en as pas eu ? demanda Joanne, inquiète.

– Bien sûr que non. Sauf, si l'on considère que ma mère en est un, mais je suis loin d'être la seule fille à avoir des problèmes avec sa génitrice.

– Ne dis pas ça. Elle est ce qu'elle est, même après avoir tenté de te faire interner, la dernière fois. Il faut lui reconnaître un point, durant ton adolescence, tu n'étais pas simple. Mais malgré tout, elle reste…

– Ma génitrice ! Je ne sais pas comment lui pardonner, j'ai tellement de colère en moi. Et parfois, je me demande si, en fin de compte, ce n'est pas elle qui avait raison. Mon père s'est opposé à sa décision, mais j'avais la sensation qu'ils me cachaient quelque chose.

– Excuse-moi d'être indiscrète, mais quelle raison ? Serait-ce la malédiction familiale dont tu parlais tout à l'heure ? demanda Joanne.

– Non, absolument pas. Pour ma mère, toute personne ayant un métier hors norme, ne collant pas avec les étiquettes de la bienséance, est une hystérique. Selon ses dires, plusieurs femmes de son côté étaient des marginales. Je reste certaine que mes parents sont unis par un secret, j'en mettrais ma main à couper.

La voix fluette de Joanne reprit :

– Pour quelle raison a-t-elle voulu t'interner ?

– Interner est un grand mot, elle voulait que je consulte un psychiatre, mon père a refusé. Ils ont eu une conversation orageuse, dont j'ai saisi quelques bribes. Elle sous-entendait que j'avais des absences, que je faisais des choses sans m'en rendre compte. Et que tout cela modifiait ma personnalité. Elle a répété que je devais m'éloigner de la maison familiale pour je ne sais quelle obscure raison. C'est pourquoi je suis ici.

Je me levai et attrapai ma grosse écharpe.

– Où vas-tu ?

– Au *Tasse-Livre*. J'ai besoin de recharger mes batteries avec les friandises de tes parents, Joanne. Les macarons ne sont pas ma tasse de thé.

– Tu vas revenir ?

– Oui.

– Tu n'as pas changé d'avis, tu vas bien lui téléphoner ? lança Gaëlle.

– Oui, je veux des réponses et je les aurai.

– C'est totalement ridicule, articula Joanne, tu n'as jamais fait ce genre de crise, enfin je ne m'en suis jamais aperçue ! Je connais des tas de gens, au *Tasse-Livre*, qui se rencontrent pour partager des « trucs pas normaux ». Tu pourrais peut-être les approcher ? Il y a une petite communauté, dont fait partie l'amie de Linda, une hypnothérapeute. Je t'en ai parlé, Gaëlle, tu t'en souviens ? Tu devrais te joindre à eux, ils pourraient répondre à tes questions.

– Peut-être. Là, j'ai juste besoin de me calmer avant de lui parler.

D'une poigne ferme, Gaëlle retint la porte d'entrée.

– Jure-moi d'attendre d'être plus calme.

J'acquiesçai et descendis les marches tout en marmonnant.

Bien sûr, que j'allais attendre, mettre mes idées en ordre était une priorité. À notre prochain face-à-face, elle ne devait pas se défiler. Gaëlle, sans le vouloir, venait de dévoiler tout un pan de ma vie dont je n'avais aucun souvenir.

L'écho d'une voix me fit frémir, le battement sourd de mon cœur envahit ma gorge. Un autre timbre, lointain, soufflait.

– *Un… À jamais lié dans une boucle infernale…*

-6-
Richard

L'air froid du Rhône fit frissonner Richard. Il regretta son écharpe et monta le col de sa veste. Il s'engagea sur le pont de l'Université, moins fréquenté que d'habitude. Richard s'approcha du bord, l'eau sombre du fleuve semblait paisible, malgré les bourrasques qui lui labouraient le visage. Il inspira profondément et se pencha par-dessus la balustrade. Ses phalanges blanchirent, mais il tint bon, résistant à l'appel du vide. Il se redressa subitement alors que ses jambes tremblaient encore. Il scruta les alentours, prêt à prononcer son prénom. Il se ravisa et ne put s'empêcher de sourire amèrement. Son frère l'avait quitté, il y a bien longtemps. Il chassa ce passé au goût douloureux par l'image de Livia et bifurqua sur la droite pour se rendre au *Tasse-Livre*. Il les avait souvent entendues parler entre elles de leur QG. Peut-être que cet endroit pourrait apaiser le vide qui l'habitait. Richard poursuivit sa route, perdu dans ses pensées, toutes tournées vers cette jolie brune aux reflets cuivrés, Livia.

Habitué à la solitude, il la chérissait. Quand il s'approchait d'une personne, ce n'était jamais par intérêt, seulement pour sa richesse intérieure. Peut-être était-ce à cause de sa physionomie, qu'il triait sur le volet ses connaissances, ou alors de son enfance peu ordinaire.

Sa cicatrice au-dessus de la lèvre était handicapante, mais lui donnait, selon certains, un air sombre et dangereux. Il avait su passer outre les regards accentués et, d'une certaine manière, il s'était forgé une carapace. Sa grand-mère en était la raison, il soupira en repensant à elle. Il tenta de réprimer son souvenir, mais le timbre de la vieille dame fut plus fort et résonna dans sa tête.

« Sois courageux mon petit, ne fais pas attention à eux. Les hommes sont capables du meilleur, comme du pire. N'oublie jamais, l'indifférence est le meilleur des mépris. » Il était sûr que Livia s'était imaginée être à l'origine de leur rencontre fortuite sur les quais. Il avait senti son regard, sans jamais oser l'approcher. Elle s'était saisie de ce bouquin, il avait agi sans réfléchir, sa main s'était posée sur la sienne.

La place Jacobin était face à lui, il contourna la fontaine quand son regard accrocha une silhouette familière. Livia s'engouffrait dans une petite ruelle. Une pulsion sourde fit battre son cœur, il attendit cinq secondes, puis lui emboîta le pas. Il arriva au coin de la rue au moment où Livia poussait la porte. Il s'avança jusqu'à la terrasse et se pencha discrètement pour essayer de voir par la lucarne. Livia embrassa les propriétaires avec candeur puis elle fonça dans le fond de la salle et se laissa tomber avec bonheur dans un fauteuil moelleux qui lui tendait les bras. Richard ne la quittait pas des yeux tout en se demandant s'il aurait le courage de franchir le seuil du *Tasse-Livre*. Il avait remarqué Livia, bien avant l'épisode des quais, dès son arrivée à la fac, elle dégageait quelque chose de particulier qui l'interrogeait. Par peur de souffrir, il avait épié ses moindres faits et gestes pour apprendre à mieux la cerner. Enfant, il observait. C'était un jeu qu'ils avaient mis en place avec son frère. Sa mâchoire se contracta, cela faisait deux fois en très peu de temps que son frère hantait ses pensées. Il les repoussa et se concentra de nouveau sur elle. Livia avait replié ses jambes et s'était couverte de son manteau. Un magazine à la main, elle survolait les pages. Il fit deux pas en arrière puis tourna les talons. Il arriva au centre de la placette et siffla entre ses dents.

– Pauvre con !

Il inspira rapidement et se décida à entrer.

-7-

Richard

Le froid se fit plus intense, le brouillard atténua peu à peu le petit café littéraire. Ses pas crissèrent sur les petits gravillons, Richard se planta devant le *Tasse-Livre*. L'endroit où se trouvait Livia était semi-enterré. Il jeta un œil furtif à travers la lucarne, toujours assise, le nez dans son magazine, elle bâillait. Il fit glisser la fermeture éclair de son blouson et attrapa son téléphone. L'éclairage bleu accentua la légère déformation de sa lèvre, il réfléchit un instant, puis ses doigts tapèrent rapidement sur le clavier virtuel. Le message envoyé, il plaqua rapidement contre lui l'écran trop lumineux et se tourna vers la petite fenêtre. Sa poitrine se contracta à la pensée de sa réponse, malgré l'humidité de l'air, il essuya ses mains contre son jean. Des secondes interminables s'égrenèrent. Il regarda son téléphone, aucune réponse.

Le tintement de mon portable me sortit de ma léthargie. Je priais intérieurement pour que le SMS ne soit ni de ma mère ni des filles. Ma gorge se serra quand le prénom de Richard s'afficha.

Tu es dispo pour un verre ?

Je repassais ses mots en boucle dans ma tête tandis que mes mains tremblantes tapotaient.

Oui, suis au Tasse-Livre. Tu connais ?

Derrière la lucarne, Richard vit enfin un mouvement. Livia se pencha légèrement. Il devina son sourire quand elle ramena une mèche de ses cheveux derrière son oreille. Il se figea un court instant, ce n'était peut-être pas son message. La bouche sèche, il vérifia à nouveau, son estomac se contracta une nouvelle fois à sa lecture.

Oui, je suis à deux pas. J'arrive.

– Ce n'est qu'un verre, arrête de stresser, marmonna-t-il entre ses dents.

Il s'avança un peu plus sur la terrasse où le vent agitait les dernières feuilles brunâtres accrochées aux arbres. Une volée de marches cachait l'étroite entrée. Il vérifia sa montre, et estima que cinq minutes valaient les deux pas. En poussant la porte, il se demanda pourquoi elle lui faisait un tel effet.

La surprise se peignit sur son visage. Des murs en pierre de taille, des arcs voûtés, des bibliothèques chargées de romans, une délicieuse odeur de café mélangée à celle des pâtisseries. Son goût prononcé pour les lieux chargés d'histoire lui permettait de combler son sentiment de vide qui le consumait à petit feu. Il tournait sur lui-même, se laissant envoûter par la magie des lieux, quand l'image furtive de Livia s'imprima devant ses yeux. Le serveur derrière le comptoir accapara son attention, Richard s'approcha.

– La même chose que la jeune fille dans le fauteuil, pour deux, merci.

Il suivit le serveur et attendit qu'il dépose les deux cafés accompagnés d'éclairs au chocolat. Stupéfaite, Livia jeta un œil par-dessus le dossier de son assise.

– T'es déjà là ? Merci, Fred.

Fred me fit un clin d'œil tandis qu'un petit sourire étirait le coin de sa bouche. Il retira le plateau en chantant.

– Bonne dégustation !

Nerveux, Richard fit un pas, il tira un fauteuil en velours noir, juste à côté du mien. Il enleva son blouson qu'il déposa sur l'accoudoir. Son cuir dégageait les effluves de son parfum, la note de cœur alliait force et sensibilité. Il portait une chemise en jean légèrement déboutonnée sous laquelle je devinais un torse puissant. J'imaginai mes doigts glisser et explorer sa peau, mes yeux remontèrent vers son visage. Son regard noir me fit chavirer en une fraction de seconde. Je me raclai la gorge et balayai d'un geste toutes mes pensées impures, enfin presque toutes.

– Merci pour le café, une ration supplémentaire d'éclair au chocolat, je ne dis pas non, dis-je en croquant dans le moelleux de la pâte à choux. T'as fait vite pour arriver.

– Je vais t'avouer quelque chose, chuchota-t-il en se penchant vers moi.

Je réprimai un frisson tandis qu'il poursuivait.

– Je t'ai aperçue sur la place des Jacobins. Je t'ai suivie, envoyé un SMS, et j'attendais, là, dit-il en désignant la lucarne, que tu me répondes. Je ne voulais pas m'imposer.

Bouche bée, je ne savais plus quoi dire.

– Essaye d'avaler le morceau que tu as dans la bouche avant qu'il ne sèche.

J'attrapai la serviette en papier qu'il me tendit.

– Oui, excuse-moi. Je trouve cela…

– Pervers ?

– Non, non, absolument pas, clamai-je en secouant la tête. Charmant, seulement charmant et attentionné.

– Et puis, je te devais un café contre le livre ancien.

– Juste ! Comment trouves-tu le *Tasse-Livre* ? Chouette, non ? Fred est le père de Joanne, la petite amie de Gaëlle, mes colocataires. Grâce à ce lieu atypique et plein de charme, ils ont réussi à poser leurs valises, de vrais globe-trotters. Fred et Aly ont parcouru le monde. Comme tu peux le voir, chaque objet que tu trouveras ici a une histoire, dis-je en plantant mes yeux dans les siens tout en me rapprochant, je chuchotai à mon tour : il paraît même que certains d'entre eux sont magiques.

Prise à mon propre jeu, sa proximité me troubla. Je reculai vers le fond de mon fauteuil.

– Tout va bien ?

– Oui, j'ai simplement chaud, je vais enlever mon pull. Je te disais qu'ils avaient craqué pour cet endroit. À l'origine, c'était un ancien local de charbonnier.

Mon portable vibra sur la table, l'image de ma mère remplit l'écran. Je sentis son œillade discrète, je couvris de ma paume mon téléphone, la sonnerie cessa.

– C'est ma mère, elle attend mon appel depuis pas mal de temps. C'est… compliqué.

– Comme dans toutes les familles. T'inquiète, tu n'as pas à te justifier. Où en étions-nous ? Ah oui, l'histoire du *Tasse-Livre*. Tu aimes cet endroit, pourquoi ?

– J'adore me retrouver autour de tous ces bouquins. L'atmosphère me transporte. Ici, je me sens comme chez moi, murmurai-je en attrapant mon pendentif que je portai à ma bouche.

– Qu'est-ce que c'est ?

– Rien, juste un cadeau. Je l'ai reçu de ma mère, qui l'a reçu de la sienne et ainsi de suite. Tu connais, dis-je tandis qu'il se balançait entre mes doigts.

– Oui. Tu viens de titiller ma curiosité. Je suis intrigué par les femmes de ta famille. Perpétuer un legs et posséder un symbole si ancien, ce n'est pas si courant.

– Ah bon, je ne sais pas quoi te dire. Je l'ai pris parce que ma mère ne l'a jamais porté, au contraire de ma grand-mère.

– Tu trouves ce genre de pendentifs dans toutes les boutiques spécialisées dans l'ésotérisme. Sa représentation est la Fleur de Vie. En revanche, le tien est ancien, cet entrelacs définit son origine aux peuples celtiques. Je suis curieux de savoir de quelle époque il est, répliqua-t-il en se rapprochant dangereusement.

Je sentais son souffle chaud sur ma joue. Ma tête commençait à tourner et ma respiration s'accélérait.

– Je demanderai…

Subjuguée par la couleur sombre de ses pupilles, ma phrase resta en suspens. Je me retins de suivre le tracé de sa cicatrice, le sillon profond allait du cœur de sa lèvre à la base de son nez. Il ne me lâchait pas des yeux. Sa voix rauque trembla légèrement.

– C'est une marque de naissance, et non, je ne me suis pas fait opérer pour un bec-de-lièvre.

Je me penchai un peu plus, son souffle atteignait maintenant la base de mon cou.

– Je peux, murmurai-je en tendant un doigt fébrile.

Il acquiesça.

– C'est à cause d'elle que tu es si distant ?

– Non. J'ai l'habitude des regards indiscrets. J'aime simplement être seul.

– J'ai une chance pour que tes habitudes changent ?

Il tenait encore mon pendentif dans le creux de sa main, il tira lentement sur ma chaîne quand il laissa couler sa réponse.

– Oui, on n'est jamais à l'abri d'une anomalie pour bouleverser une habitude.

– C'est moi, l'anomalie ?

Son regard se fit aussi noir qu'un lac sans fond quand ses lèvres effleurèrent le coin de ma bouche ; prête à succomber, je fermai les paupières. Soudain, une implosion me contracta l'estomac, le souffle coupé, j'étais à la merci des images qui arrivaient dans un flux brutal. La femme aux cheveux roux… Un homme… Elle est désespérée…

Puis sa voix résonna.

– Le temps et l'espace ne font qu'un…

La voix rauque de Richard se superposa à celle qui hantait mon esprit.

– Tu ne me repousseras pas ? demanda-t-il, inquiet.

Je balayai d'un revers de main le timbre désincarné, prête à goûter au délice de sa bouche.

– Non.

-8-

Elena

Le temps maussade de ce début de mois d'octobre était la réplique exacte de son humeur. Elle fouilla ses poches et sortit son trousseau de clés. Elle astiqua la grosse poignée en laiton qui ornait la lourde porte, fin du XVIIIe, de son cabinet. Les traces de doigts la dérangeaient. Elena posa sa robe d'avocat au portemanteau et s'adressa à Sylvaine, son clerc.

– Que personne ne me dérange, merci Sylvaine, lâcha-t-elle d'un ton sec.

Elle fit un pas et se ravisa, Sylvaine venait de se lever.

– Désolée Sylvaine, journée éreintante. Je vais me préparer une tasse de thé, vous en voulez une ?

Le visage pâle de Sylvaine s'éclaira.

– Il est déjà prêt. Je savais que vous alliez arriver.

– Vous frôlez la perfection. Que ferais-je sans vous ? répondit-elle en s'éloignant vers la salle de repos.

Elena se servit son thé vert. L'arôme de l'orange emplit ses narines, elle soupira. Appuyée, contre le bureau qui faisait office de table, elle fit le tour de cet appartement situé au dernier étage d'un quartier cossu.

Le Tout-Paris se pressait à sa porte, depuis que John et elle avaient remporté l'affaire du siècle. Mais John n'était plus là, parti à la retraite, il avait cédé ses parts à un autre confrère. Elena affectionnait tout particulièrement son bureau qu'il lui avait laissé pour faire passer la pilule d'un nouvel associé. Son geste, elle le savait, n'était pas anodin. John savait qu'Elena avait un tempérament de feu sous son armure de glace, très peu de ses confrères aimaient la côtoyer. Quinze années à passer le plus clair de leur temps ensemble avaient lié Elena et John d'une véritable amitié. Elle se souvint de sa réponse quand John lui avait demandé pourquoi elle tenait tant à avoir son bureau. Quand elle lui avoua que c'était simplement pour ressentir l'énergie de sa présence, la surprise lui avait coupé le sifflet. Elle prit sa tasse, se dirigea vers son refuge et referma la porte. Son thé posé sur la table, Elena repositionna ses stylos et son dessus de bureau de manière rectiligne, elle aimait l'ordre. Elle s'effondra dans son fauteuil et retira ses talons. Elle massait ses pieds douloureux quand son téléphone vibra.

– Hello, mon amour. Comment s'est passée ta journée au tribunal ?

La voix calme de Thomas apaisa un peu plus les tensions qu'elle ressentait au niveau de ses épaules.

– Éreintante, mais stimulante. Je suis confiante pour le verdict.

– Génial. Une soirée à la maison ou tu préfères sortir pour te changer les idées ?

– À la maison, je n'ai pas le goût de sortir.

– Tu as réussi à la joindre ?

– Non, toujours pas. Ta fille a un sale caractère. Et surtout, évite d'assimiler mon caractère à son fichu carafon ! Arrête de sourire, je te vois.

– Mais bien sûr, Madame Irma. Si tu veux, on peut descendre ce week-end à Lyon. Je réserve un petit hôtel ? Ça nous fera du bien, et tu seras soulagée.

– Non, je ne ferai pas le premier pas.

– Tu peux toujours te cacher derrière ton bouclier ou mettre en œuvre tous les artifices que l'on vous apprend pour être insondable, mais là, c'est moi ! Tu ne l'avoueras jamais, mais depuis que nous sommes rentrés de la campagne, tu es différente. Tu as ressenti quelque chose, entre elle et toi.

– N'emploie pas des mots lourds de conséquences pour moi. Je n'ai rien ressenti. C'est juste mon instinct de mère et rien de plus ! lâcha-t-elle à bout de nerfs.

Avant qu'il ne puisse répondre, elle raccrocha. D'habitude, elle arrivait à contrôler ses sautes d'humeur, mais ces derniers temps, cela devenait presque impossible. Elena retint sa respiration et expira tout son soûl, ses doigts s'enfoncèrent dans les accoudoirs. Sa fureur monta d'un cran quand le souvenir de sa mère s'imposa. Pour juguler sa rage, elle envoya balader d'un geste sec les affaires de son bureau. Toujours assise, elle fit un demi-tour sur son fauteuil puis son dos épousa le cuir souple quand elle fit basculer le dossier en arrière. Elle entreprit de se masser les tempes, tout en gardant le contrôle sur son souffle, mais rien n'y fit. Elle se leva brusquement et se planta devant la baie vitrée. Les lumières de la ville illuminaient petit à petit les rues sombres. Elle colla son front contre la surface glacée. Sa respiration saccadée embuait la vitre. Du bout du doigt, Elena dessinait des arabesques, puis le prénom de Livia prit forme avec celui de sa mère. Sa main frappa avec violence le carreau.

– Jamais je ne rentrerai dans ton jeu… Tu m'entends, jamais ! cracha-t-elle.

- 9-

Livia

Je demeurais silencieuse au pied de la montée d'escalier, un sourire béat s'affichait sur mon visage fatigué. Je repensais à Richard, la sensation de sa main dans la mienne. Il avait insisté pour me raccompagner, j'avais fini par succomber. Je frissonnais encore au souvenir de ses lèvres. Je gravis une à une les marches sur un petit nuage et croisai les doigts pour être seule à l'appartement. Je n'avais qu'une seule envie : de prolonger ce moment. Je poussai la porte, celle-ci grinça légèrement, je la retins et tendis l'oreille. Personne. Un parfum flottait dans l'air, le mélange enivrant et puissant du patchouli, cela ne pouvait être que Linda. Elle était sûrement passée et avait embarqué les filles avec elle. Le halo de la lampe mettait en évidence un mot accroché au miroir. L'écriture ronde de Joanne remplissait le post-it : « Nous sommes parties avec Linda. Pas sûr que l'on rentre ce soir. Ne laisse pas le feu s'éteindre. Bisous. » Soulagée, je balançai ma veste sur le lampadaire transformé en portemanteau. Je passai la tête par l'ouverture du bar de la cuisine, les braises ronflaient doucement sous trois morceaux de bûche. Armée du pique-feu, je bougeai celle de dessous, elle me répondit dans un joyeux crépitement. Une bonne douche, une tisane et me prélasser avec un bon bouquin. Le seul programme auquel j'aspirais, continuer cette soirée prometteuse qui n'avait pas si bien commencé après les révélations de Gaëlle. Le crachin qui s'abattit sur les vitres du salon me sortit de ma torpeur, quelque chose clochait. Malgré le silence rassurant que m'offrait le salon, j'avais la nette impression que l'on se déplaçait autour de moi. Lentement, je me retournai, rien ni personne. Je penchai la tête, la cuisine était tout aussi déserte.

– Je me fais des idées, voilà tout, dis-je tout bas.

Je desserrai mes doigts du pique-feu et le reposai sur son présentoir. La douche s'imposait. Je remontai l'étroit vestibule au pas de course tout en me déshabillant. J'entrouvris la porte de ma chambre pour balancer mes affaires qui atterrirent en boule au pied de mon lit.

Nue, j'entrai dans la salle d'eau. Une douce chaleur m'enveloppa, Joanne avait pensé à laisser le chauffage d'appoint. Le vieux robinet tenta de résister, j'attrapai la serviette laissée à cet effet et agrippai le morceau de métal plus fortement, il céda enfin sous la pression de mes doigts, dans un grincement. Le pommeau de douche laissa déverser l'eau fumante sur mes épaules contractées. Je déposai les armes. Les tensions accumulées ces derniers jours disparaissaient, restait l'image troublante de Richard qui s'imprimait à chaque fois que mes paupières se fermaient. L'eau enlevait tout, sauf la marque encore brûlante laissée par ses lèvres, dont je pouvais suivre le tracé. Je retins mon souffle, les gouttes me tombèrent sur le visage, quand un bruit éclata au fond de l'appartement. Je tendis l'oreille, rien. Je repassai en marche rapide mon entrée dans l'appartement. J'avais bien fermé la porte à clé, après avoir lu le message de Joanne. Alors, d'où pouvait venir ce raffut ? J'enroulai mes cheveux dans une serviette et pensai que c'était sûrement la vieille bibliothèque de Gaëlle encore répandue sur le sol. On l'avait suppliée d'en changer, mais elle refusait à chaque fois de s'en séparer. Le miroir me renvoya un piètre reflet, des cernes noirs creusaient mon regard d'ambre. Exaspérée, je soufflais quand un bruit explosa à nouveau. J'attrapai mon peignoir et entrebâillai la porte de la salle de bains.

– La bibliothèque ne peut pas tomber deux fois ! OK, respire et procède par étapes, soufflai-je tout haut pour me rassurer.

Je remontai le couloir, laissant derrière moi les traces humides de mes pieds. Un coup d'œil rapide vers le salon et la cuisine, personne. Marche arrière, je refermai la porte de la salle d'eau, en silence, et cherchai autour de moi une arme. Rien, mis à part une lime à ongles restée dans la poche de mon peignoir, et je ne voyais pas comment dissuader un éventuel intrus avec. À l'extérieur, un vent glacial s'écrasait par intermittence contre la petite fenêtre de la salle de bains. Un frisson descendit le long de mon dos, je resserrai le col contre ma poitrine. Le vacarme s'intensifia. Mes sens à l'affût, je tendis l'oreille, ça venait de ma chambre. Mon imagination fertile visualisa le pire quand je me décidai à sortir. Le couloir était sombre, mais la lumière dorée de ma lampe de sel renvoyait l'ombre de mon rideau qui dansait. Il y avait une explication pour tout, j'avais oublié de fermer ma fenêtre, pensai-je en poussant la porte. À ma grande surprise, la fenêtre était close, alors que le voilage se balançait encore. L'air autour de moi se contracta, se comprima contre ma peau. Des doigts invisibles, glacés, remontèrent le long de mes jambes. Effrayée, je me réfugiai dans mon vieux Chesterfield, dont le cuir tanné gardait l'odeur de ma grand-mère. L'un des rares objets que mon père avait soustrait à la colère de ma mère, après son décès. J'avais 7 ans. Je me raccrochai à son souvenir pour chasser la terreur qui se glissait lentement à l'intérieur de mes tripes. Le phénomène mystérieux s'amplifia, animant le peu d'objets dans ma petite chambre. Impuissante, je me redressai du dossier, mes ongles entaillèrent les vieux accoudoirs, tandis qu'une sueur froide creusait un sillon dans mon dos. Les pieds massifs du vieux secrétaire de ma grand-mère glissèrent dans un crissement lugubre sur le parquet de bois, son tiroir secret s'ouvrit sur son Livre. J'approchai ma main tremblante du recueil patiné par le temps. Pour la première fois, son contact fut douloureux. Un arc électrique s'engouffra brutalement dans mon bras, ma tête fut projetée en arrière dans un craquement cruel. L'implosion d'un souffle immobilisa l'air. Une force inconnue cala ma vision sur le grimoire. Un interstice lumineux en sortit et me transperça les pupilles. L'image floue d'une jeune femme aux cheveux roux flamboyants flotta devant mes yeux. Sa colère, sa peur me firent chavirer pendant que sa voix enflait dans mon esprit. Ses mots prophétiques s'emparèrent de mon âme, un court instant.

– *Le temps et l'espace ne font qu'un. À jamais lié dans une boucle infernale, brise-la ! Accepte de te perdre.*

Le Livre m'échappa et s'écrasa brutalement contre le sol. Pétrifiée, la peur au ventre, je trouvai l'appui du mur et me laissai glisser sur le parquet. Les yeux dans le vide, je restai à le fixer. Ce Livre appartenait-il vraiment à ma grand-mère ? Contre le montant de mon placard se trouvait mon parapluie. Je l'attrapai et le tendis vers le Livre. La pointe souleva la couverture et quelques pages. Elles étaient encore toutes vierges. À quoi rimait donc tout ce cirque ? Vers qui pourrais-je me tourner pour avoir des réponses, ma mère ?

Mon portable vibra, deux mots apparurent :

Tu dors ?

– Richard ! dis-je tout bas, la gorge sèche.

Toute mon attention se porta sur son SMS. Je pris mon pull resté sur le sol et recouvris le Livre sans le toucher. Il retrouva sa place, au secret.

Je courus aussi vite que je pus me réfugier au salon. Trois coussins et deux plaids plus tard, allongée sur le sol devant la cheminée, je rangeai l'expérience surnaturelle dans un coin de mon esprit et composai son numéro. Il décrocha au bout d'une sonnerie. Sa voix rauque, sensuelle fit battre mon pouls.

– Insomniaque, comme moi ?

-10-

Livia

– Viens… Viens… Je t'en prie, Caterina.

Je me réveillai en sursaut, tourmentée par cette phrase lancinante, et meurtrie par le sol dur du salon. La cheminée ronflait à peine, les braises tièdes n'avaient plus de quoi se nourrir. Dehors, le vent rugissait et la pluie battait les vitres avec acharnement. Il faisait si sombre, qu'il m'était impossible de dire l'heure. Je m'enroulai dans le plaid à la recherche d'un bien-être éphémère. Apaiser mon cœur qui battait la chamade, me raccrocher à l'instant présent pour ne pas sombrer dans la folie de la présence fantomatique de cet homme inconnu qui hantait mes nuits. Ce maudit cauchemar avait cessé de me tourmenter, il y avait bien longtemps. Pourquoi revenait-il, maintenant ? Je repris peu à peu le contrôle de mon corps. J'évaluai cette sensation persistante que ce rêve m'avait laissée. La chaleur de cet homme, la douceur de ses bras, sa peau, au creux de mon oreille, ses paroles. Mais le plus insupportable restait le goût amer de l'incompréhension. Un amour immense affecté de cette douleur perfide de l'avoir perdu, comme s'il possédait mon âme. Impuissante, je laissai couler des larmes sur mes joues.

Un léger courant d'air glissa de l'entrée, je me redressai sur le coude quand la tête de Gaëlle apparut à l'encadrement de la porte du salon.

– Je vois que tu as passé une nuit merdique. N'obtenant pas de réponse, elle poursuivit : je prépare le café, tu en veux ? Joanne arrive avec des viennoiseries.

– Je veux bien, dis-je en m'étirant.

Fiévreuse, je rejoignis la cuisine. Gaëlle se tenait contre le plan de travail et m'observait avec un air suspicieux. Je fuis son regard. Éviter un interrogatoire de bon matin était primordial, mais elle insista.

– Tu as perdu ta langue ?

– Je veux juste avaler mon café. Ça ira mieux après.

– Je ne crois pas. Tu me donnes l'impression de devoir te ramasser à la petite cuillère.

Tout en parlant, Gaëlle me servit une tasse de café bien chaud et la glissa vers moi. Inquiète, elle ajouta :

– Alors ?

– Alors, quoi ? Que veux-tu que je te dise ?

– OK. Il y a trois mois environ, plusieurs nuits d'affilée que tu baragouinais dans ton sommeil. On voulait t'en toucher deux mots, le phénomène du somnambulisme parlant a cessé. Tu as dormi à nouveau comme un bébé. Mais là, tu as une de ces têtes ! J'ai le droit de m'inquiéter puisque je te retrouve, au petit matin, couchée dans le salon ? Il se passe quoi dans ta chambre ?

– Qu'est-ce que tu racontes ? Je ne parle pas la nuit.

– Oh, je t'assure que si. Tu n'as qu'à demander à Jo. Allez, crache le morceau, qu'est-ce qui se passe ce matin ?

– Pas grand-chose. Je me suis réveillée avec une drôle de sensation.

– Et alors, ça ne peut pas être si terrible. Raconte, tu verras les choses autrement après. Tu douterais de moi et de mes interprétations sur les rêves, dit-elle avec un timbre slave en roulant les « r ».

Un sourire marqua légèrement mes lèvres, la pression retombait.

– C'est difficile, et gênant.

– Je suis capable de t'aider, si tu me laisses faire.

Elle rapprocha sa chaise. Sans qu'elle s'en rende compte, son énergie douce et réconfortante se répandit dans chaque cellule de mon être. Je me décidai à tout lâcher pour me départir de cette angoisse.

– C'était déjà assez flippant quand j'étais plus jeune.

– Comment ça ?

– Je ne t'ai jamais raconté mes séances chez le psychothérapeute ? Ces cauchemars qui me hantaient, avec la certitude que c'étaient toujours les mêmes, alors que je ne m'en souvenais pas, la seule alternative qu'il a trouvée pour les calmer, dessiner. Puis tout s'est arrêté.

– Tes cauchemars ?

– Oui. Je ne vois pas ce qui a pu à nouveau les déclencher, mais je sais que ce sont les mêmes. Je le ressens. Je hais cette sensation d'impuissance. Je me réveille en sueur, je cherche à reprendre mon souffle, je calme les battements de mon cœur, prêt à exploser, et je me demande où je suis. Tu imagines ? Et cet homme, dont je ne vois que ses bras qui m'entourent, ses mains sur les miennes. C'est comme si je le connaissais depuis toujours. Je ne vois jamais son visage, j'entends sa voix. Elle est douce, tendre et remplie d'amour pour cette Caterina. Mais qui est-elle ?

– Qui, elle ? interrogea Joanne en déposant les croissants sur la table.

Elle ouvrit le sachet, une délicieuse odeur de beurre encore chaud me fit saliver.

– C'est juste un rêve un peu trop ancré dans sa tête qui la dérange.

En quelques mots, Gaëlle expliqua les faits à Jo.

– Cool, ne t'emballe pas. Soyons rationnelles. À mon avis, c'est juste le stress, me rassura Joanne, tu cherchais le dénominateur commun à la reprise de tes rêves, c'est peut-être le stress.

– Le stress de quoi ?

– Elena. Ta chère mère, légèrement castratrice, rajouta Gaëlle.

– Arrête de dire des conneries, ma mère n'a rien à voir avec tout ça. Sois sérieuse, deux minutes. Que pensez-vous de ce prénom, « Caterina » ?

– C'est le même, tu en es sûre ?

– Il revient à chaque fois ! Ce n'est quand même pas moi qui l'invente ! C'est tellement vrai quand il le prononce. Ça vibre en moi. Et lui, qui est-il ? C'est toujours lui. Et là, j'en suis sûre.

– Je ne sais pas, Livia ! Je n'en sais rien.

– Mouais… Je deviens folle. C'est la seule explication. Ma mère me l'a souvent dit, et nous y voilà, je suis une dingo.

– Tu n'as jamais été cinglée et tu ne le seras jamais ! clama Gaëlle.

Elle me prit dans ses bras pour me réconforter. Son contact soudain me transporta dans une autre réalité. Mon esprit sondait le sien. Je n'arrivais plus à gérer mes pensées, elles ne m'appartenaient plus. Je ressentis sa peine, son désarroi de ne pas pouvoir m'aider, comme elle le prétendait. Je percevais très clairement sa sincérité, mais son ballet incessant d'interrogations me meurtrissait. Elle s'arracha de mes bras et me toisa.

– Et si on sortait ? Te changer les idées, voilà ce qu'il te faut pour décompresser ! Après ça, je suis sûre que cette nuit, tu dormiras comme un gros bébé. Vous en dites quoi ? Je sais ! Tu vas nous accompagner chez Linda. Je dois faire le plein d'encens pour l'appartement. Tu en profiteras pour prendre rendez-vous avec l'hypnothérapeute pour tes migraines, et tu pourrais en profiter pour lui toucher deux mots sur tes rêves ? Ensuite, on ira manger une glace dans ce petit restaurant italien qui se trouve juste à côté, enfin, si ça vous dit.

Lasse de tourner en boucle ce mystère dans ma tête, je me levai pour sortir de la cuisine. Gaëlle continua à me parler, tandis que Jo terminait son café, mais je ne l'écoutais plus.

-11-

Eva

Un gong tibétain marqua notre entrée dans ce lieu haut en couleur.

– Liv, je te laisse fouiner, il y a énormément de choses à découvrir. Trouve ce qui te fait plaisir, je te l'offre.

Je regardai autour de moi.

– Avec tout ce qu'il y a, j'en ai pour un moment. On dirait un chantier archéologique ! Je vais par là pour exhumer des secrets enfouis, tu me retrouves après ?

– Je vois que ton humour est de retour, ma grande.

Je déambulais dans les rayons tandis que les filles, bras dessus, bras dessous, s'éloignaient vers le rayon bougies. Mes doigts survolaient le dos des livres aux titres aussi farfelus les uns que les autres. Les notes enchanteresses d'une musique celtique réveillaient sans conteste une mémoire, un pouvoir bénéfique, calmant mes angoisses. Je continuai à flâner, le cœur léger. Devant moi se trouvait un escalier en colimaçon, où une pancarte indiquait que des bijoux ethniques se trouvaient à l'étage. Je gravis les marches. Sur le palier, je pris quelques instants pour profiter d'une autre vue d'ensemble que celle offerte par le capharnaüm de ce magasin. Je pénétrai dans une salle au charme fou, l'immeuble où se trouvait la petite boutique était ancien, le manteau des fenêtres taillées dans la grosse pierre, où étaient sculptées d'anciennes armoiries. Je me dirigeai vers une table où étaient disposées des bagues. Un peu plus loin se situait une vitrine dans laquelle apparemment trônaient des pendentifs sur un tissu de velours bleu. Mon attention se bloqua sur un objet, identique au mien. La Fleur de Vie. Absorbée par le symbole, je ne l'entendis pas venir.

– Bonjour, je vous laisse découvrir toutes ces merveilles. Si vous avez besoin d'un renseignement, je suis là.

La jeune femme drapée d'un châle indien m'accueillit d'un sourire chaleureux.

– Merci. Je peux voir celui-ci ?

– Tout à fait ! Vous êtes une connaisseuse ?

– Non, pas du tout. Je porte un pendentif à peu près identique à celui-ci, et un ami m'en a parlé. Je trouve cela étrange que ce symbole soit ici ! Enfin, je veux dire… dans une boutique ésotérique.

– Pourquoi, jeune fille ? La Fleur de Vie a une particularité assez intéressante. À elle seule, elle réunit la science et la spiritualité de façon très harmonieuse. Une figure géométrique utilisée depuis des temps immémoriaux, à travers le monde. Plusieurs personnes l'associent à de la géométrie sacrée. Elle apparaît aussi dans le *Codex Atlanticus* de Léonard de Vinci. Le plus incroyable, c'est qu'elle a été retrouvée sur le temple d'Osiris, à Abydos, apparemment brûlée, comme quand on utilise un laser, vous voyez ?

Silencieuse, je pris l'objet qu'elle me tendit, tout en ressentant le mien sur ma poitrine. Ces lignes complexes m'attiraient, je ne savais toujours pas pourquoi.

– Je vous remercie pour toutes vos explications. C'est vraiment très intéressant.

Le bip de mon portable retentit – un SMS de Gaëlle.

Tu es où ?

À l'étage.

OK, suis à la caisse. Tu as ton petit cadeau ?

Non. J'arrive.

La petite boutique était bondée, Gaëlle faisait la queue. Devant elle, dix personnes attendaient, les bras chargés.

– J'espère que ça ira vite. Où est Joanne ?

– Elle est allée réserver une table au resto. Jo mourait de faim, et moi aussi, dit-elle en joignant le geste à la parole, il faut que je te dise quelque chose, mais ne te fâche pas !

Je la regardai, perplexe.

– Eva, l'hypnothérapeute, vient de passer. Je lui ai parlé de toi. Tu peux remonter, tu verras une porte au fond de la pièce, son cabinet de consultation s'y trouve. Mais si tu préfères réfléchir, tu peux toujours lui téléphoner plus tard, dit-elle en me tendant une carte de visite.

Je retournai ce morceau de carton plastifié, entre mes doigts. Sous son nom se trouvait sa spécialité : Maître praticien hypnose ericksonienne – Thérapie brève – Hypnose spirituelle. Devais-je sauter le pas ? Devant mon regard mi-figue, mi-raisin, Gaëlle s'arrêta net de parler.

– Hypnose spirituelle ? chuchotai-je en lui montrant la carte.

– Ne ferme pas ton esprit. Laisse-moi t'expliquer. Linda a eu de nombreux retours positifs. Il paraît qu'elle est fantastique. Son travail permet de soulager divers maux, comme tes migraines, mais aussi de renouer avec son être profond. Tu pourras comprendre tes rêves. Vois ça comme un accompagnement pour un développement personnel. Ce n'est pas ce que tu recherches ? J'ai pris rendez-vous pour moi et… il reste un créneau derrière le mien.

– Très bien. Quand ?

– Demain, 10 heures, dit-elle avec empressement, de peur de me voir refuser.

– OK, je viens avec toi.

Je gravis à nouveau l'escalier en colimaçon. Au fond de la pièce, derrière un des présentoirs, se trouvait la porte. La vendeuse s'activait dans le rayon « Histoire et ses secrets ».

– C'est encore moi. J'aimerais prendre rendez-vous avec Eva. C'est par ici ? dis-je en désignant la porte.

– Oui, longez le couloir, au fond, vous verrez son cabinet.

– Merci.

Je remontai le passage, et m'arrêtai un court instant. Prise de vertige, je me rattrapai au mur. Autour de moi, tout était silencieux. Le cœur battant, je me redressai et secouai la tête pour chasser ce malaise. Un grincement me fit me retourner, une femme replète sortit du cabinet.

– Vous vouliez un rendez-vous ?

Sa voix aux connotations américaines me fit sourire. Malgré ma gorge sèche, je réussis à lui répondre.

– Oui, mon amie Gaëlle vient demain à 10 heures. Le créneau d'après est-il toujours disponible ?

– Oui, bien sûr, suivez-moi.

Je lui emboîtai le pas.

– Je vous en prie, prenez place. Que puis-je pour vous ?

Je me raclai la gorge, cherchant les mots justes. Comment expliquer un problème que je ne comprenais pas ?

– Voilà, depuis quelque temps, j'ai des migraines. J'ai vu le médecin, j'ai un traitement, mais rien n'y fait.

– Autre chose ?

J'hésitai, je ne pouvais pas lui dire. Je sentis une pression lourde sur ma poitrine, son regard balayait mon corps.

– Non. Seulement les migraines.

Son scanner intrusif fit palpiter mon cœur.

– Je vois, marmonna-t-elle. Tenez.

Elle me tendit le carton de rendez-vous. En le saisissant, un courant d'air frais me parcourut l'échine. La voix éthérée qui me poursuivait souffla des bribes.

– *Le temps… L'espace… Un… Lié…*

-12-

Livia

Le boyau sombre qui servait de passage jusqu'au cabinet était paisible. Mon malaise survenu plus tôt n'était pas dû à ce lieu, mais bien à elle, l'hypnothérapeute. Son énergie dardait mon dos alors qu'elle venait de refermer la porte. Je tortillai entre mes doigts la mèche rebelle qui chatouillait ma joue. Un tic dont je ne parvenais pas à me défaire, il restait le seul moyen pour reprendre le contrôle de mes émotions. Le chemin inverse fut plus léger, je me sentais comme déchargée d'un poids, heureuse de la tâche accomplie, mais soucieuse du lendemain par peur de l'inconnu. Se faire fouiller le cerveau, alors que j'ai des choses à cacher, n'est pas toujours facile. Mais j'étais certaine que je pouvais dissimuler ce que je voulais. J'avais réussi avec mes parents. Gaëlle passait la porte de la boutique au moment où je débouchai dans la grande salle. Mon téléphone vibra dans la poche de mon jean. Un appel en absence de Richard et un SMS de Gaëlle. Elle partait rejoindre Jo au restaurant. Un oui rapide de ma part, comme quoi je confirmais mon rendez-vous après le sien, que je faisais déjà défiler mon répertoire pour joindre Richard.

Sa voix suave m'électrisa.

– Hello, Livia. Tu as le temps pour une petite surprise ?

– Une surprise, euh ben oui ! Mais pourquoi ?

– Détends-toi, rien de dangereux si tu aimes la vitesse. D'après mes souvenirs, tu m'as confié que oui. Alors ?

– Dans ces conditions, c'est un grand oui. J'avertis les filles. Je suis à la boutique de Linda, pas très loin de chez nous. Tu connais ?

– Oui, attends-moi devant. J'arrive.

Je raccrochai, ivre de joie. Mes doigts volaient sur les touches pour un message bref.

Désolée les filles, Richard arrive.

La réponse de Jo fut instantanée.

Profite et amuse-toi bien. Je te rapporte du tiramisu.

Je souris et ne résistai pas à répondre par un smiley. J'imaginais Gaëlle râler à la vue de ces petits visages expressifs, elle détestait ça. Je m'appuyai contre la devanture du magasin, le soleil d'automne à peine tiède tentait de réchauffer mon visage, je remontai le col de ma veste et piétinai sur place pour échapper au froid. Un vrombissement me fit sursauter. Une grosse cylindrée s'arrêta à ma hauteur. Je me décollai du mur tandis que l'inconnu enlevait son casque. Assis sur sa Harley, Richard passait ses doigts dans ses cheveux en bataille pour les tirer en arrière. Il portait parfaitement le jean skinny, et son perfecto en cuir noir mettait ses yeux sombres en valeur.

– Non, mais je rêve, c'est génial ! Tu ne m'avais pas dit que tu avais une Harley !

– Je ne voulais pas tout dévoiler dès le premier rendez-vous !

Il me tendit un casque identique au sien et un blouson.

– Tu as fait les boutiques ?

– Oui, seulement pour toi.

– Tu rigoles !

Son regard ourlé de longs cils noirs s'intensifia. Je retournai les affaires dans mes mains, tout était neuf. Son baiser caressa mes lèvres, laissant un brasier au creux de mes reins. Je comptais vraiment pour lui. Une joie inattendue gonfla ma poitrine à cette pensée.

Il m'invita à monter derrière lui. J'obéis. Un immense sourire se dessina sur mes lèvres. Il plaça sa main sous ma cuisse et me tira jusqu'à lui.

– J'adore te sentir contre moi ! cria-t-il par-dessus le bruit de l'échappement libre.

Je m'accrochai éperdument à sa taille, avide de profiter de chaque instant.

Épuisés après une longue balade dans la campagne lyonnaise, nous étions allongés sur l'herbe, à l'abri du vent, à regarder le ciel.

– Dis-moi, tout va bien ? me demanda Richard.

– Oui. Et toi ?

– J'ai posé ma question d'abord, mais je suis curieux. Tu crois que je vais mal ?

– Quand je t'observe, je sens que tu caches des blessures émotionnelles fortes, rattachées à un secret. Peut-être même à un terrible et scandaleux secret.

Je me jetai sur lui à califourchon et lui bloquai les mains.

– Tu veux qu'on en discute ?

Il tiqua et éluda ma question.

– Je te réponds que si tu le fais en premier. Donc, parlons de toi, dit-il en renversant la situation.

D'un coup de hanche, je me retrouvai sous lui, prisonnière de ses assauts. Il déposa de légers baisers à la naissance de ma poitrine et remonta jusqu'à mon oreille, sur laquelle il souffla.

– Alors ?

Je pouffai.

– Je suppose que je dois remercier Gaëlle de m'avoir donné les coordonnées d'une hypnothérapeute.

– Pourquoi ? Enfin, si tu veux en parler.

– Pour mes migraines et d'autres choses, soufflai-je, hésitante.

– Te voilà très mystérieuse ! Tu passes à table ou je te torture ! reprit-il en m'emprisonnant de ses bras.

– Je me rends, gloussai-je en me tortillant.

Je me redressai pour l'analyser discrètement. Je pus percevoir une curiosité sincère qui m'arracha un demi-sourire.

– Autant t'avertir, j'appréhende ce que tu vas penser.

– Je ne crois pas. Rien de ce que tu peux me dire ne peut me choquer.

Je percevais ses émotions. Une partie subtile de son être se dévoila. Je pouvais lire en lui et… voir ! Il se rapprocha, me caressa la joue. Je fermai les yeux pour laisser venir cette expérience naturelle et nouvelle. En un instant, suspendu sur le fil du temps, deux mondes s'ouvrirent. La frontière entre irréel et réel n'exista plus. Je fus enveloppée par une brume bleue. Ce halo diffus et bleuté émanait de Richard. Son énergie me poussait dans mes retranchements pour me dompter, me rassurer, me donner sans condition de la douceur, supprimer les doutes, les craintes. Mon cœur me poussait à tout lui avouer. Mais ma raison me fit taire les expériences surnaturelles. Je revins à moi quand ses lèvres effleurèrent ma bouche. Il m'encouragea.

– Je ne te force à rien.

– Je sais, mais ce n'est pas le problème, j'ai confiance. Mon rendez-vous est pour demain matin. Notre premier entretien était bizarre, lâchai-je en me calant confortablement dans le creux de ses bras.

Il releva mon menton, sa moue interrogative me poussa à me confier.

– J'ai eu une drôle de sensation. C'était comme si elle fouillait et répertoriait mon pedigree, tu vois ?

Il acquiesça, silencieux.

– En même temps, elle pratique une sorte d'hypnose. L'hypnose spirituelle.

Je sortis sa carte de visite pour la lui coller devant les yeux.

– Tout s'explique. Il faut une certaine sensitivité pour être à l'écoute de ses patients. Tu as sûrement une sensibilité à fleur de peau.

– Sûrement.

– Tout se passera bien…

Je ne le laissai pas finir sa phrase, ma bouche couvrit la sienne.

-13-

Richard

Assis sur le siège de son bolide, Richard prit son temps pour enlever son casque. Le visage de Livia imprimait encore ses rétines. L'odeur de sa peau et le goût de ses lèvres l'avaient laissé sur sa faim quand elle avait reçu l'appel de sa mère, lui annonçant leur arrivée prochaine. Son comportement jusqu'ici doux et confiant s'était mué en colère sourde quand elle avait parlé à sa mère d'un livre retrouvé dans son bureau. Il n'avait pas osé lui poser plus de questions, son regard noir l'en avait empêché. À bout de souffle, elle avait enfoui son visage au creux de son épaule et lui avait demandé de la raccompagner. En descendant de sa moto, il lui avait promis de la soutenir. Mais en silence, son discours était différent. Il s'assurerait de lui faire prendre conscience qu'elle avait encore ses parents et une chance incroyable d'être en désaccord avec eux. Perdu dans ses pensées, Richard ne vit pas l'ombre furtive se rabattre vivement contre le mur, au coin de la rue. Il tapa son code et la porte vitrée de son immeuble s'ouvrit dans un déclic. Il enleva son blouson et attrapa ses clés dans la poche avant de le coincer sous son bras. Il ne lui restait que quelques marches à gravir quand il ressentit une sensation étrange l'envahir. Elle lui picota la base de sa nuque. Richard jeta un regard par-dessus son épaule, rien. Aucun bruit dans sa montée. Il se réprima à voix basse et s'arrêta net sur son palier. Coincée sur le montant de sa porte, une enveloppe. Fébrile, il la décrocha et entra. La pénombre régnait en maîtresse dans son petit duplex, mais il avança sans sourciller jusqu'à un vieux buffet. Richard laissa tomber son cuir et son casque à ses pieds. Sa main tremblante décacheta l'enveloppe immaculée. Ses yeux se promenèrent sur le paysage, le mont Saint-Michel trônait fièrement autour d'un écrin bleuté. Il retint son souffle et retourna la carte, non signée. L'écriture, toujours la même, penchée et étroite rendait hommage à un premier vers d'un recueil de poèmes de Paul Éluard, que sa mère adorait.

« La nuit n'est jamais complète. Il y a toujours, puisque je le dis, puisque je l'affirme, au bout du chagrin une fenêtre ouverte, une fenêtre éclairée. »

Une rage incontrôlée le submergea. Ainsi, il l'avait retrouvé ! Comment ? Il avait fait attention et avait changé de nom. Mais une question lui brûlait les lèvres. Pourquoi avait-il choisi ce vers ? Ses jambes se vidèrent de toute énergie, il se rattrapa sur le bord du meuble. Richard expira longuement et se détacha de ses émotions en un claquement de doigts, tout en fixant la boîte en fer qui se trouvait au fond du tiroir. Celle-ci appartenait à sa grand-mère, elle y mettait les cookies qu'ils préparaient ensemble, tous les samedis. Un sourire crispé étira le coin de sa bouche puis son regard se vida de tous souvenirs. Il se saisit de la boîte au couvercle déformé. Elle résista légèrement. Il insista. D'un geste sec, il posa la carte sur les autres. Toutes, d'un endroit différent, mais toutes du même recueil de poèmes.

-14-

Livia

Nous étions en retard. J'emboîtais le pas de Gaëlle dans les petites rues sinueuses du Vieux Lyon. Notre rendez-vous se situait dans l'appartement juste au-dessus de la boutique ésotérique. Inquiète, Gaëlle me guettait du coin de l'œil.

– C'est le rendez-vous qui te stresse ou quoi ?

– Ça va ! Je pense que je vais y survivre. Par contre, le tête-à-tête avec ma mère, peut-être pas. Elle m'a téléphoné hier. Ils arrivent tout à l'heure.

Gaëlle soupira.

– Tu pars défaitiste. Laissez-vous une chance, et sois moins têtue que ta mère. Sinon, les infos sur ta grand-mère et son métier, *nada*. Tu pourras faire une croix dessus. Reste zen. Eva va te donner un soin de l'âme au top.

– Je viens plus par curiosité et soulager mes satanées migraines que pour un prétendu soin de « paix de l'âme », tu peux me croire !

– Liv ! Ne commence pas. L'esprit ouvert, s'il te plaît, tu me l'as promis.

– L'esprit ouvert, ronchonnai-je. Tu ne passes pas par la boutique ?

– Non, l'entrée se fait par l'arrière-cour. Viens par ici.

Gaëlle s'approcha pour frapper à la porte, mais Eva, un chapeau vissé sur la tête, nous prit de court.

– Bonjour, mesdemoiselles, articula-t-elle avec son fort accent américain. Je suis Eva, dit-elle en se présentant à Gaëlle. Je suppose que tu es Gaëlle, puisque j'ai fait la connaissance de Livia, hier.

D'une poigne énergique, elle la salua, puis plaça sa main dans mon dos pour me diriger en salle d'attente. Son toucher m'électrisa, une vague de bien-être dévasta les résidus de ma colère, j'étais vidée.

– Cela ne vous dérange pas que l'on se tutoie ? Parfait. Gaëlle, je commence par toi ? Livia, prends ce temps pour te ressaisir. Il y a du thé, si tu veux.

Pour « me ressaisir » ! Elle avait senti mon malaise et m'en avait débarrassé en quelques secondes. Je me retrouvai seule dans cet endroit, prise au piège. L'expérience qu'elle venait de m'imposer, aussi agréable fût-elle, m'avait déstabilisée. Depuis mon enfance, je cachais mes émotions et sentiments à tous les thérapeutes que mes parents m'avaient imposés, un jeu que je pratiquais à merveille. Je m'attendais au pire, serais-je capable d'en faire autant ? Je venais pour mes migraines et pas pour autre chose.

D'après ma montre, cela faisait maintenant une heure que Gaëlle était avec elle, quand la porte s'ouvrit. Elle sortit, rayonnante.

– Gé-nial, c'est vraiment un soin fabuleux. Vas-y, c'est à toi. Je vais prendre juste un thé puis je rentre. Je suis lessivée.

– Très bien, à tout à l'heure.

Je me levai, me demandant encore ce que je faisais ici. J'espérais de tout cœur que tout allait bien se passer. Je sentais la peur papillonner dans mon estomac. Eva s'effaça, je pénétrai dans une pièce à la fois simple et intimiste, les murs blancs étaient vierges de décoration. Je pensais voir des objets en lien avec sa profession, mais rien, à part une bougie violette posée sur son bureau. Curieusement, sa flamme vacillait au rythme de ma respiration et elle tressauta quand une légère angoisse me traversa. Assise sur une chaise, Eva m'invita à m'installer face à elle.

– Livia, merci à toi d'être ici.

– Merci ? Pourquoi ?

– Merci de ta présence et de ce qu'elle m'apporte.

Dubitative, je la regardai tandis qu'elle me souriait.

– Quel est le motif de notre rendez-vous ?

– Des migraines. Je viens pour mes migraines. Elles me font atrocement souffrir. J'aimerais en être soulagée, voire débarrassée.

– Je vois. Je suppose que tu as vu un médecin et que tu as suivi sa prescription.

Silencieuse, je hochai la tête pendant qu'elle s'enfonçait dans son fauteuil.

– Je vais t'expliquer. Je pratique l'hypnose ericksonienne. Le point de vue fondamental de cette thérapie est que le patient est acteur de sa guérison. C'est au patient de mettre à profit l'état hypnotique pour accéder à ses ressources intérieures, trop souvent inexploitées. L'idée est que chacun d'entre nous n'utilise qu'une petite partie de ses capacités. Tout au long de notre vie, divers schémas se créent suivant les décisions prises face à nos choix. Tu comprends ?

– Non, pas tout à fait.

– Quand je dis que nous sommes acteurs de notre guérison, je sous-entends aussi qu'il faut cesser de rejeter la faute de notre mal-être sur les autres. Notre corps nous envoie des signaux afin de corriger le tir. Pour toi et tes céphalées, il y a une représentation. En général, la tête représente le centre de la communication, elle est reliée à ton individualité. C'est par elle que passent toutes tes émotions. Et voici comment s'interroger. Si je souffre de maux de tête, c'est que je vis un conflit qui touche mon essence primordiale, celle que je suis réellement. Où en est ma croissance personnelle ? Quelle réalité j'ai peur d'aborder ? Ou pourquoi je me prends la tête sur telle ou telle chose ?

Je restai sans voix. Tout ce qui sortait de sa bouche me bouleversa de vérité. Son regard absent me transperçait, comme si chaque cellule de mon corps n'avait plus aucun secret pour elle. Je déglutissais et d'un timbre tremblant, je lui demandai :

– Vous n'êtes pas seulement une hypnothérapeute, n'est-ce pas ? Vous êtes quoi ?

Son sourire se figea légèrement.

– Je sais que tu es capable de comprendre ce que je m'apprête à te révéler sur moi.

À mon tour, je me raidis sur mon fauteuil. Elle poursuivit :

– Mon travail est de me brancher sur ton essence, ton âme, si tu préfères, afin de lire et de comprendre les blessures qui t'entravent et t'empêchent de vivre pleinement celle que tu es. Alors, oui. Je suis plus qu'une hypnothérapeute. Mais ça, tu le sais déjà.

J'opinai du chef.

– Acceptes-tu ma lecture ?

Je ne comprenais toujours pas où elle voulait en venir. Je souriais bêtement. Que pouvais-je bien lui répondre, à part…

– Oui.

Elle ferma les yeux et commença à respirer de manière longue et profonde. Je l'observai attentivement. Je perçus en elle une altération. Mais impossible de pouvoir dire laquelle. L'ambiance autour de nous changea radicalement, elle était plus éthérée. Son regard vide se stabilisa sur moi.

– Livia, ton intuition est très développée. Tu le sais, mais tu ne peux toujours pas mettre un mot sur ce que tu es, sur ce que tu ressens. Tes contacts avec les personnes décédées sont réels car tu es passeuse d'âmes, comme l'attachement avec le monde invisible. Tu dois transformer ta peur pour accueillir cette part de toi, en lien…

Elle s'arrêta un bref instant, m'analysa intensément et continua :

– Je ne saisis pas bien la suite du message, mais je vais quand même te le transmettre.

Elle se centra et reprit de sa voix monocorde.

– Cette capacité fait partie de tes acquis en lien avec une vie antérieure. Voici l'essentiel de la communication : « Ne pas te juger, t'aimer profondément… Afin de vous réunir… »

Elle s'arrêta de parler, durant quelques secondes qui me parurent une éternité.

– Voilà, pour l'instant, c'est tout ce que l'on me permet de lire.

J'étais décomposée, aucun son ne pouvait sortir de ma bouche.

– Je…

– C'est normal. C'est la première fois que tu reçois une lecture ?

Un « oui » à peine audible sortit de ma bouche.

– Je ne sais pas comment vous faites tout ça, je suis surprise. Je n'ai jamais rien dit à personne, et vous… Je n'arrive pas à comprendre exactement ce qui se passe. Ce que vous dites résonne en moi, et… Il m'est impossible de vous croire sans remettre en cause les croyances de mes parents. Ils sont… Enfin, surtout ma mère, elle est très cartésienne. Vous parlez de vie antérieure, et on ne m'a pas appris la survivance de l'âme, c'est totalement absurde ! Et avec qui dois-je « me réunir » ?

– Tu poses beaucoup de questions auxquelles je ne peux répondre, mais tu peux y accéder facilement.

– Ah bon ! Et comment je fais pour les obtenir ?

– Voilà une question très intéressante ! Il y a plusieurs causes aux maux de tête. Souvent, on se vrille le cerveau et l'on s'efforce de savoir comment faire pour être, jusqu'à l'obsession. Mais voici la solution : être, faire, avoir.

– C'est un proverbe chinois, lui répondis-je avec arrogance. Ça n'a aucun sens !

– Je te lance simplement une invitation, Livia. Quand tu seras prête à découvrir qui tu es réellement, je serai là pour toi. Sache que cette voie est simple, si tu acceptes de te voir sans jugement. Je te laisse y penser.

Elle me tendit un bout de papier.

– Tu sais où me trouver, et voici mon numéro personnel. Une dernière chose, aucune âme n'appartient à aucune âme.

Elle me prit les mains et récita une sorte de prière en dialecte amérindien. Je voulais me débarrasser de son empreinte. Je ramassai rapidement ma veste et sortis, tourmentée. Je le savais, je le pressentais. Un changement s'opérait sans que je puisse y faire grand-chose.

Mais étais-je prête à le vouloir ? Pouvais-je le refuser ?

-15-

Elena

La porte du taxi claqua. Elena jeta un œil agacé à Thomas.

– Je viens de te le dire, je suis sûre de ce que je fais.

– Mais enfin, lui cacher cette information n'est pas juste, ni pour elle ni pour toi.

Thomas crut déceler de la peur dans le regard de sa femme. Son index releva le menton d'Elena, il se rapprocha et effleura ses lèvres. Elena se serra contre lui et chuchota :

– J'ai besoin de ton soutien. Je ne reviendrai pas dessus.

Avant qu'il ne puisse répondre, elle grimpait déjà les vieilles marches du 4, rue Saint-Jean.

– Pas facile tous les jours d'avoir une femme avec du caractère, dit le chauffeur en rendant la monnaie, j'ai la même à la maison.

Thomas soupira, lui répondit par un sourire crispé et poussa à son tour la lourde porte cochère, elle se rabattit silencieusement dans son dos, plongeant la cage d'escalier dans la pénombre. Son pas plus lourd que d'habitude marquait sa prière muette.

J'espère que tout se passera bien.

⁂

Je tripotais machinalement mon pendentif tout en me mordillant la lèvre pour m'éviter de crier tout haut : *merde !*

Le SMS de Gaëlle avait ralenti mon allure. À chaque fois que je posais les yeux sur mon portable, une bouffée d'angoisse balayait les scénarios montés dans ma tête. Tout s'embrouillait dans mon esprit. Mon envie d'oublier pour le moment ce qu'Eva m'avait livré en consultation, et le désir incontrôlable de découvrir ce que ma mère me cachait. Elle voulait que l'on parle, c'était important selon ses dires. Mais malgré tout, je savais qu'elle réfuterait habilement chacune de mes questions.

– On verra, dis-je tout bas en ouvrant la porte de l'appartement.

Le petit vestibule aux notes bucoliques était tamisé par les reflets orangés d'une lampe de sel, chinée par la mère de Joanne. Avec peine, je me débarrassai, sans bruit, de mon manteau. Je me frottai les bras pour chasser le froid qui accrochait encore mes vêtements et tendis l'oreille sur la discussion animée dans le salon. Je suspendis ma respiration, la voix de ma mère plus grave qu'à son habitude prononça mon prénom. Je me collai contre la porte du salon quand celle-ci s'ouvrit sur Joanne.

– Ah, te voilà enfin ! Mais tu es frigorifiée. Viens vite près du feu et prends ça.

Elle me jeta sur les épaules son châle de laine.

– Hello tout le monde. Vous m'avez manqué.

– Livia, viens par ici que je te regarde.

Mon père ouvrit grand les bras, je m'y plongeai avec délice. Il me berça tendrement, tandis que ma mère s'approchait, timidement.

– Maman, soufflai-je.

Elle me tendit les mains auxquelles je me raccrochai. Je sentis la pression amoureuse de ses doigts sur les miens et la chaleur intense de sa paume contre ma joue.

Silencieuse, Gaëlle restée assise dans son fauteuil se leva.

– Je file en cuisine avec Jo. On vous prépare de quoi grignoter puis on vous laisse en famille.

Gaëlle sortait à peine que ma mère me demanda :

– Quoi de neuf depuis notre dernière visite ?

Son air enjoué ne trompa ni mon père ni moi. Son œil critique balayait chaque parcelle de mon corps avec la sensation désagréable qu'elle recherchait quelque chose de précis. Je me raclai la gorge pour chasser le malaise naissant.

– J'ai un petit copain, Richard. Vous allez l'adorer. Il vient tout à l'heure.

– C'est fantastique, ma chérie. Nous avons hâte de faire sa connaissance, n'est-ce pas Elena ?

– Mm, rien d'autre ?

– Mes migraines sont revenues. Les médicaments n'ont plus aucun effet. J'ai donc pris rendez-vous avec une hypnothérapeute. Ces séances vont me permettre de gérer la douleur.

– Pourquoi sommes-nous au courant seulement maintenant ? Cela dure depuis longtemps ?

Je souriais intérieurement. Sans m'en rendre compte, je lui avais tendu une perche. Une ouverture précieuse pour lui parler de ce qui me préoccupait réellement.

– Non, depuis peu. Ça a commencé, le jour où j'ai découvert le tiroir secret dans le bureau de grand-mère, affirmai-je en ne la lâchant pas des yeux.

Un silence perfide noua entre nous un lien solide. Je scrutai tour à tour mes parents. Gêné, mon père se repositionna dans son fauteuil puis posa sa main au milieu de mon dos. Une douce chaleur se répandit. Ma mère ne laissa rien transparaître, sinon une légère crispation au niveau de son cou. Elle rajusta la seule touche romantique posée avec délicatesse autour de ses épaules, son foulard en soie. Elle ne s'en séparait jamais. Elle se dirigea vers la fenêtre, le regard perdu dans le vague. Tranquillement, elle replaça une mèche blonde échappée de son chignon puis, mécaniquement, elle lissa plusieurs fois la jupe de son tailleur, sorti tout droit d'une grande manufacture, son éternelle armure pour plaider à la cour. Elle se retourna légèrement et nous détailla calmement. Son visage angélique incitait toute personne à la confidence. Je connaissais son stratagème. Je restai sur mes gardes et me lançai de nouveau.

– Il s'est passé quelque chose quand j'ai pris ce livre entre mes mains ! Je sais que je ne suis pas folle, et tu ne pourras plus me le faire croire. Je suis assez cartésienne pour analyser ce que je ressens, ce que j'entends et ce que je vois.

– Très bien, siffla-t-elle, allons dans ta chambre et nous verrons.

Étonnée, j'opinai du chef. Ils me suivirent sans un mot.

– Tu permets, dit-elle en poussant la porte du bout des doigts. Alors, où est ce fameux livre ? À sa place, dans le bureau ?

Elle traversa la pièce, glissa son index sous le tiroir. Un petit clic se fit entendre tandis que le compartiment se dévoilait sous nos yeux.

– Tu savais comment l'ouvrir ? Tu savais ?

– Oui, ce secrétaire, avant d'être le tien, fut le mien. Et ce livre était à moi, dit-elle fermement. C'est un journal intime, dont je ne me suis jamais servi.

– Non ! Ce n'est pas possible. Prends-le !

– Pourquoi ?

– Quand je m'en approche, il réagit, il est vivant ! Je suis certaine que c'est le grimoire dont grand-mère me parlait.

– Non, Livia. Tu divagues, comme elle. Tout sortait de son esprit torturé. Tu vois maintenant l'importance de prendre les médicaments que le psychiatre t'avait prescrits. Tu n'aurais jamais dû les arrêter…

– Elena ! coupa Thomas, tu n'as pas à dire des choses pareilles à notre fille. Je te rappelle que j'étais d'accord avec cette décision.

– Pousse-toi ! Je vais te montrer que je ne suis pas folle.

Elle m'attrapa par les épaules et verrouilla son regard sombre dans le mien. Troublé par la soudaine colère de ma mère, mon père tenta de nous séparer.

– Il ne se passera rien à son contact. Tu entends ? Rien !

Thomas remarqua un changement à peine perceptible chez Elena, ses lèvres se mirent à bouger rapidement. Un murmure s'en échappa. Elle desserra son étreinte, je vacillai sous le choc de ses paroles. Ses mots flottaient encore dans mon esprit quand je pris le livre. Je le tournai dans tous les sens, le secouai, mes doigts caressaient la couverture souple à la recherche du symbole. Rien, tout avait disparu.

– Cela confirme bien ce que je pensais. Je vais demander au Dr Schwartz de te confier à un de ses confrères. Thomas, tu as mon téléphone ?

– Non ! Je n'irai plus chez un psychiatre.

– Elena…

D'un geste de la main, elle fit taire mon père, puis alla s'asseoir sur le bord de mon lit. Elle m'observa tout en faisant glisser son foulard d'une main à l'autre. Elle tapota le matelas et m'invita à m'asseoir. Elle remit ma mèche rebelle derrière mon oreille, tandis que son foulard glissait sur le sol.

– Très bien, on laisse tomber le psy. Mais promets-moi d'empêcher tes affabulations de prendre le contrôle de tes émotions. Nous devons y aller maintenant, j'ai un rendez-vous important au téléphone. Organise un déjeuner avec ton petit ami, on le rencontrera avant notre départ. Ce soir, ce n'est pas possible. Tu veux bien, ma chérie ? renchérit-elle de sa voix mielleuse.

Vidée de toute force, j'acquiesçai. Ma volonté m'avait quittée. Elle m'embrassa sur la joue et sortit sans un dernier regard pour moi. Mon père m'ouvrit ses bras, je me réfugiai contre son torse.

– Je sais que tu ne vas rien comprendre, mais écoute-moi. Je ne peux malheureusement rien te dire, c'est à elle de le faire. Sois patiente.

Il déposa un baiser dans mes cheveux et m'abandonna.

⁂

Thomas déboula dans le salon, il jeta un œil furieux dans la cuisine, les filles n'étaient pas là. Il se planta devant sa femme et susurra :

– Tu peux m'expliquer ? Que s'est-il passé avec notre fille ? Tu n'as jamais eu de journal intime, c'est trop sirupeux pour toi. Je t'ai vu murmurer avant qu'elle ne touche ce livre !

– Murmurer, moi ? Absolument pas. Comment peux-tu dire de telles âneries ? Tu as accepté de me soutenir. Je ne lui dirai rien sur ma mère et ses divagations fanatiques. Il suffit que son esprit soit accaparé par autre chose. Je pense que ce Richard fera l'affaire.

– Tu ne peux pas ! Tu n'as aucun droit sur ce qu'elle est…

– Oh que si, j'ai tous les droits, crois-moi !

-16-

Livia

Des entraves invisibles se dérobèrent au moment où ma mère sortit de l'appartement. Prise d'un vertige, je me laissai glisser sur le sol. Une multitude d'émotions contradictoires essayaient de me grappiller les neurones. L'étau qui me paralysait le cerveau s'effaçait peu à peu. Mes parents avaient quitté ma chambre avec la douloureuse impression que l'on m'avait vidée de ma liberté. Le cours de mes pensées circulait à nouveau, mais une drôle de sensation vibrait à travers mon corps. Nos disputes me réduisaient toujours à cet état. L'image de ma mère se plaqua devant mes yeux. Ma main rencontra la douceur de la soie sauvage. Son foulard fétiche gisait, abandonné. Je le pris et y enfouis mon visage pour m'accrocher désespérément à son odeur. Malgré nos accrochages, elle me manquait déjà. Un grattement discret à la porte me fit lever les yeux, le sourire de Gaëlle m'apaisa. Elle attendit mon signe de tête pour me rejoindre. C'était une des qualités que j'appréciais chez elle, le respect. D'aussi loin que je me souvienne, elle avait toujours eu cet effet apaisant sur moi. Plus qu'une amie, Gaëlle était devenue au fil du temps ma sœur de cœur. Et jusqu'ici, rien n'avait détruit notre amitié.

– Ils viennent de partir. Ça va toi ?

– Oui, dis-je dans un souffle, ma mère a eu la grande idée d'un déjeuner. Ils veulent rencontrer Richard.

– Non ! Eh ben ça promet ! Tu as réussi à l'interroger sur ta grand-mère et tes souvenirs manquants de cette époque ?

– Non. J'essaye de remettre de l'ordre dans mon esprit. Je n'arrive toujours pas à m'expliquer cette sensation, c'est comme si ma volonté d'agir avait été aspirée.

– C'est peut-être le contrecoup de ta consultation avec Eva.

– Possible. Mais difficile de faire le rapprochement avec elle.

– J'en peux plus, tu me fais trop languir, raconte-moi ton rendez-vous.

– Il s'est passé beaucoup de choses et elle m'en a révélé d'autres.

– Arrête avec tes énigmes et crache le morceau.

– Elle a évoqué des expressions comme « vie antérieure », « intuition très développée », « communications avec les personnes décédées » et « passeuse d'âmes ».

Je me levai et me dirigeai vers mon bureau. Je tendis le bras pour me saisir du Livre. Un léger courant parcourut mon corps, mes cheveux se dressèrent sur mon crâne. Je jetai un œil discret, Gaëlle se décomposait lentement devant mes yeux tandis que sa bouche béante essayait de sortir un son.

– C'est dingue ! Quand je lui ai parlé de ce livre, elle m'a répondu que ce n'était qu'un de ses journaux intimes…

– Stop ! Stop. C'est quoi ce bordel ? Qu'est-ce qui arrive ? J'ai du mal à avaler ce que tu viens de me dire. Et là, tes… tes cheveux flottent en l'air, glapit-elle en joignant le geste à sa parole. Il s'est passé un truc en plus chez la thérapeute ?

J'écoutais à peine Gaëlle. Une seule question envahissait mon esprit. Pourquoi avec ma mère rien ne s'était produit ?

– Livia !

– Oui, je vais tout t'expliquer. Quand ma mère m'a téléphoné pour me rendre visite, je me suis dit que le moment serait parfait pour qu'elle réponde à ça, dis-je en pointant du doigt le Livre resté sur ma table. Ce n'est pas seulement le fait d'avoir oublié certains souvenirs qui me chamboulent. Ce qui me dérange, c'est que depuis la découverte du tiroir secret et ce Livre, mes migraines sont devenues ingérables et sont toutes accompagnées par une voix. Elle m'a menti, Gaëlle. Elle m'a menti ! Ma mère m'a regardée droit dans les yeux et m'a soutenu que c'était son journal intime. Enfin, tu as bien vu ce qu'il se produit quand je m'en approche ?

– Son journal, n'importe quoi, soupira-t-elle en secouant la tête, je ne vois pas ta mère tenir un quelconque journal. Ça ne colle pas avec sa personnalité rigide. C'est la reine du contrôle. Je ne la vois pas déposer ses états d'âme au risque que quelqu'un tombe dessus. Les révélations d'Eva, combinées à ce Livre et à cette voix, Liv, tu ne peux pas rester comme ça. Retourne voir ta mère et interroge-la de nouveau. Et que raconte cette voix ?

– Je ne sais plus trop bien. Il y a des mots comme le temps, l'espace, un lien. Bref, pour revenir à ce que tu viens de dire, oui, je vais m'expliquer avec ma mère et mon père. Il m'a confié un truc en partant, et je veux en savoir plus. Tu peux compter sur moi, je vais reprendre contact avec Eva, elle saura peut-être m'expliquer ce qu'il m'arrive, murmurai-je en suivant du bout des doigts le symbole à peine dessiné sur la couverture en cuir craquelée. Alors qu'il y avait à peine quinze minutes, sa couverture était vierge au contact de ma mère.

– Donc, tu l'as trouvé dans le vieux secrétaire de ta grand-mère ?

– Caché dans un tiroir à double-fond. Je me demande ce que représente ce symbole…

– On dirait un dessin celtique. Et si c'était un Livre des Ombres, tu vois, comme un grimoire ?

– Un grimoire ! Comme l'histoire que me racontait ma grand-mère. C'est possible. Que sais-tu sur les Livres des Ombres ?

– Ne me regarde pas avec ses yeux ! Je n'ai pas grand-chose à te révéler, mes compétences sont nulles dans ce domaine. Je sais seulement ce que l'on raconte dans les livres. Il peut contenir des rituels en lien avec les cinq éléments. Généralement, il est lié aux sorcières, à la nature, aux druides, aux Celtes. Tu penses que ta grand-mère était vraiment une sorcière et que cet ouvrage lui appartenait ?

– Je n'en sais rien ! Quand elle est décédée, on avait le même âge et nous étions enfants. Mais j'ai souvent entendu ma mère se plaindre de ma grand-mère, même après sa disparition. Oui, je suis certaine qu'il lui appartient. Quand je pose ma main sur lui, c'est l'image de ma grand-mère qui apparaît. Je ressens une sorte de connexion avec elle.

– En creusant bien, peux-tu te souvenir de certaines paroles ?

Je secouai la tête.

– Quand j'essaye de penser à elle, mes souvenirs sont… absents. Et ma mère attendait toujours que je sois sortie pour exprimer son hostilité envers sa mère. Je n'en sais pas plus, je viens de te le dire, rajoutai-je épuisée.

– Ne t'énerve pas. C'est dommage, cela aurait pu être un bon commencement.

– Une chose est sûre, je mettrai tout en œuvre pour obtenir des réponses. Comme savoir d'où vient ce Livre, et si ma mère en connaissait l'existence. Je ne sais pas encore pourquoi ni comment, mais je trouverai ce qu'elle cache.

– Le hasard n'existe pas. Qui sait, peut-être que ce grimoire est là pour te permettre d'avancer ?

– C'est tout à fait possible. Je n'en peux plus de me battre contre moi-même. Je vivais dans la crainte permanente de ce que l'on allait penser de moi. Je sais que je dois agir et montrer à mes parents qu'en réalité, je ne suis pas folle.

Gaëlle me serra contre elle avec tendresse.

– Je te comprends. Moi-même, j'ai étouffé ma sexualité et je me suis forcée à aimer les hommes. Ne pas être en harmonie avec nos émotions n'apporte jamais rien de bon. Pour recevoir de l'amour des uns et des autres, il faut en tout premier lieu s'aimer et se respecter. Je suis passée par là, je ne te laisserai pas tomber. Même si ce n'est sensiblement pas la même chose, un coming out reste un coming out !

Gaëlle devina mes larmes et tira maladroitement sur sa manche de jogging.

– Tiens, je n'ai pas de mouchoir, mais tu es une amie, je peux faire un petit effort.

Même dans les pires moments, elle avait le chic pour me faire sourire. Et contre toute attente, je me blottis dans ses bras.

– Tout va bien se passer. Je ne sais plus qui dit cela, mais c'est quand on touche le fond que l'on peut remonter, clama-t-elle avec sérieux.

– On s'en contre fiche de qui, ajoutai-je en souriant. Tu sais, ce lien avec l'invisible, je le repousse depuis toujours. Et voilà que, maintenant, je fonce droit dessus. Alors qu'au plus profond de mon être cette peur est tapie dans l'ombre, prête à bondir et à me dévorer.

Le carillon de l'entrée retentit.

– Arrête de me fiche la trouille ! Qui peut sonner à cette heure-ci ? Tu crois que tes parents reviennent partager le pain avec nous ? ironisa Gaëlle.

– On peut toujours rêver ! Je pense que c'est Richard. Je l'ai invité à dîner avec nous et à peut-être rester cette nuit.

– Oh, je vais lui ouvrir pendant que tu te refais une petite beauté, et range-le. Elle accrocha mon regard et ajouta : notre conversation n'est pas terminée, je veux en savoir plus sur cette voix d'outre-tombe.

Elle déposa le Livre des Ombres sur mes genoux. La couverture brune reprenait vie. À son contact, mes mains commencèrent à chauffer, au creux de mes paumes, des petits battements pulsés. Ma respiration s'accéléra, des frissons dévalèrent mon dos. Les voix immatérielles se rapprochaient et murmuraient des paroles incompréhensibles.

Je lâchai subitement le grimoire et le couvris d'un tissu. Il retrouva sa place au fond du tiroir.

– Je ne peux pas tout gérer en même temps ! râlai-je tout bas.

⁂

Elena se laissa tomber sur le lit. Épuisée, elle chercha le contact de son foulard en soie. Elle se releva brutalement.

– Et merde, je l'ai oublié chez Livia !

Un courant d'air froid lui chatouilla le cou tandis qu'une langue glacée se plantait dans ses reins. Les dents serrées, Elena tenta de juguler cette sensation désagréable. Cela ne servit à rien, la présence invisible rentra en force.

– Tu ne peux pas renier ta nature… Tu as utilisé ton pouvoir de suggestion pour endormir les pensées de Livia…

Elena s'accrocha au couvre-lit, ses phalanges blanchirent sous la pression.

– Ta vraie nature, ma fille…

Elena poussa un cri désespéré alors qu'elle envoyait balader les coussins moelleux qui ornaient le lit.

– Va te faire foutre ! Toi et ta nature ! lâcha-t-elle en retenant ses larmes.

-17-

Livia

Joanne précéda Richard, les bras chargés de desserts, gentiment préparés par ses parents. Gaëlle sonna le ralliement. Ils se regroupèrent tous au salon. Le feu crépitait dans l'âtre, laissant échapper une délicieuse odeur de bois. Pendant ce temps, je m'activais à la cuisine, assommée par tous les ordres lancés par les filles. Je quémandai après Richard, mais, d'après Jo, il s'était proposé pour réparer le foutu robinet de la douche. Je ramenai les pâtisseries qui se voulaient appétissantes et n'attendaient que notre bon vouloir. Je servis le café, quand Richard revint, Joanne se jeta dans une discussion animée qui s'amplifiait entre nous, pour les festivités du soir.

– Ça vous dérange si nous sortons en amoureuses, ce soir ? On a besoin de se retrouver, lança Gaëlle timidement.

Je jetai un œil discret à Richard. Je compris dans son regard pétillant que cela ne le dérangeait pas le moins du monde.

– Bien sûr ! Ne t'en fais pas pour nous.

– Génial, on fait la fête à ces gourmandises et on y va tout de suite après.

Je me retrouvai enfin seule avec Richard. Il s'approcha un peu plus et souleva mes cheveux. Ses lèvres remontèrent lentement le long de mon cou.

– Tu viens, j'ai une petite surprise pour toi.

Enfiévrée, je le suivis sans un mot jusqu'à ma chambre. Il poussa la porte. Le spectacle me laissa béate. Il avait eu la délicate attention de la préparer. Une farandole de bougies renvoyait des éclats surnaturels aux murs. Des pétales de rose parsemaient le sol et finissaient leur course sur mon lit.

– Comment as-tu fait pour préparer tout ça ?

– Gaëlle t'a envoyée dans la cuisine, et j'ai pu…

– Je comprends mieux tous ses ordres et son envie subite de se retrouver en amoureuses !

Richard se dirigea vers mon iPod et pressa le bouton de lecture pour laisser échapper les notes de « River Flows in You ». Il savait que cette mélodie me transportait. Tout était parfait pour ma première fois. Il s'avança avec une lueur de convoitise dans les yeux. Malgré cette peur de l'inconnu qui me tiraillait, je lui demandai avec volupté :

– Peux-tu me dire ce que tu aimes, chez moi ? Depuis que je suis avec toi, c'est une question parmi tant d'autres qui tourne en boucle.

Il se dégagea légèrement, son regard noir plongea dans le mien.

– Je n'aurai pas assez de cette nuit pour tout énumérer. Je suis totalement dingue de toi. Je n'ai jamais ressenti cela pour personne. Mais là, tout de suite, j'aime voir les étincelles dans tes yeux quand tu me dévisages. J'aime tes lèvres pleines et gourmandes.

Sa voix était chaude, suave, ses paroles étaient accompagnées de gestes lents et précis. Il caressa la naissance de mes seins et laissa glisser ses doigts sur mes hanches. Je me retrouvai plaquée contre lui. Il déboutonna ma chemise pour la faire couler sur mes épaules. Emportée par une impétuosité qui ne me ressemblait pas, j'aurais préféré qu'il me l'arrache.

– J'aime tout ce que tu es, Livia… J'aime ta fragilité, ta puissance que tu ne soupçonnes pas.

Il se dégageait de lui une sensualité à fleur de peau qui poussait la mienne à naître. Mon regard effleurait chaque courbe de son visage, la ligne droite de son nez aquilin, ses lèvres enivrantes qui déposaient, ici et là, le souffle léger de ses baisers. Sa main souleva délicatement mon menton, offrant ainsi ma bouche à ses délicieux assauts. Il me souleva et me posa précieusement sur le lit. Je sentis son torse puissant et ferme. Ses doigts se promenèrent sur mon corps débordant de désir. Je me laissai anéantir par cette vague de plaisir. Absolument plus rien n'avait d'importance. Pour la première fois de ma vie, je lâchais prise, je n'étais plus sur mes gardes. Il ne restait que lui et moi. Rassasiée, je me blottis contre lui. Tant que j'étais à l'abri dans ses bras, ce monde invisible qui me suppliciait ne pouvait plus avoir de prise sur moi. Le sommeil nous emporta.

L'air se tendit, lourd, écrasant. J'essayai de me relever, mais une force invisible m'empêcha de le faire. Une poigne chaleureuse et imposante me plaquait dans le lit. Je tentai de tourner la tête vers Richard. Il dormait à poings fermés. Une voix longtemps ignorée murmura distinctement à mon oreille :

– *Ton âme sœur… Philippe…*

La pression se relâcha. Je réunis les forces qu'il me restait pour percevoir ce que je ressentais autour de moi… L'atmosphère devint plus éthérée, plus froide, plus lointaine. Sans aucune conviction, je tentai encore de me redresser. Mes paupières lourdes de fatigue s'ouvrirent un peu plus. La lumière crayeuse de la lune s'étira entre les rideaux, dévoilant une silhouette, un homme, apparemment. La tête me tourna, je suffoquai. *Il faut absolument que je respire, je dois me calmer pour comprendre cette hallucination.* Les mots résonnèrent à nouveau dans mon crâne.

– *Ton âme sœur, Philippe…*

Cette fois-ci, à la différence des autres expériences, je ne pouvais plus douter de l'existence de l'irréel. Ce monde onirique prenait vie face à moi. Les liens invisibles cédèrent. Je posai mes pieds sur le sol glacé. Chancelante, je m'approchai prudemment pour que cette vision ne s'évapore pas. Plus j'avançais, plus mes perceptions étaient acérées. Elles pénétrèrent à plusieurs reprises dans ma chair comme des lames de couteau. Impossible de pouvoir les nommer, sauf une, plus forte que toutes les autres : un amour éternel, perpétuel, inconcevable…

Richard se réveilla en sursaut et m'appela avec inquiétude.

– Liv, tout va bien ? Qu'est-ce qu'il se passe ? Liv, réponds-moi !

– Philippe…

Impossible de le rassurer, malgré toute ma volonté. J'étais irrémédiablement aimantée par cette forme fantomatique, elle aspirait mon âme. Une puissance incroyable me déstabilisa et m'arrêta sur place. La chose qui me possédait desserra son emprise, mon corps s'écroula sur le sol. Un dernier regard vers cette ombre qui se volatilisa. Elle me laissa la sensation d'avoir le cœur arraché. Richard me secoua par les épaules. Avec difficulté, j'entrouvris les paupières. Mon poids inerte s'incrustait maintenant sur le tapis. La voix de Richard essayait désespérément de me ramener. Je me battais pour y parvenir. Une dernière image s'imprima sur mes pupilles. Richard, baigné par l'éclat argenté de l'astre des ténèbres et l'ombre menaçante de la silhouette, au-dessus de lui.

Au petit matin, je me réveillai, un mal de crâne enserrant ma tête. Richard était à mes côtés. Son visage était marqué par l'angoisse. Il effleurait ma joue avec mesure pour ne pas m'effrayer.

– Comment te sens-tu ?

– Je ne sais pas…

– Tu te souviens de ce qu'il s'est passé ?

– Oui, partiellement.

Les scènes oniriques de la nuit dernière obstruèrent ma vision. Je me redressai avec difficulté, cherchant une explication tangible à lui donner.

– Je crois que je suis somnambule.

Avec tendresse, il enfouit son nez dans mes cheveux bouclés. Il prit son temps pour m'enlacer. Son inquiétude était palpable. Mais quand il parla, il n'en laissa rien paraître. Il me protégeait.

– Je pense que c'est plus que ça. Tu veux un bon café, et tu nous racontes tout ? J'entends Gaëlle dans la cuisine.

Je le suivis sans un mot. J'avais du mal à reprendre mes repères, mais je réussis à me lever. Je sentais cette impression insidieuse, tapie dans l'ombre, d'un changement profond, mais lequel ? Je sortis de ma chambre sans un regard pour mon reflet dans le miroir, de peur d'apercevoir derrière moi le fantôme de la veille au soir. Le contact de Richard m'était précieux, je pouvais grâce à lui m'accrocher à cette dimension. Main dans la main, nous remontions le petit couloir menant à la cuisine. Gaëlle s'affairait joyeusement devant la cuisinière, quand on passa la porte.

– Hello, les amoureux, ça va, ce matin ?

N'obtenant aucune réponse, elle leva le nez de la poêle d'où s'échappait une délicieuse odeur d'œufs brouillés.

– Tu as vu un revenant ou quoi ?

– On peut dire ça.

– Raconte !

Mon regard accrocha le sien et celui de Richard, qui me poussa à relater mon expérience.

– Bon, tu es prête ?

Plus j'avançais dans mon récit, plus la curiosité se peignait sur le visage de mon amie.

– Donc, si je résume, tes seuls souvenirs sont des perceptions étranges, une voix qui ne cesse de répéter « ton âme sœur » et, pour finir, la vision d'un homme, jusqu'au moment où tu t'évanouis, et tout ça te semble très réel…

– C'était insensé, poursuivit Richard. J'avais beau l'appeler, elle était comme en transe, à répéter des mots incompréhensibles.

Troublée, Gaëlle se racla la gorge.

– OK. Tu veux dire quoi par « réel » ? Et qui est cet homme ?

– Je parle du réalisme de toutes ces émotions. Je les ai prises en pleine gueule. Elles étaient palpables physiquement ! Et pour l'apparition, je n'en sais rien. Ce n'était qu'une ombre ! Mais avec une vague impression… non, la certitude de le connaître.

– Que comptes-tu faire ?

– La seule chose qui s'impose. Je devais aller voir Eva bien plus tard, mais là, je n'ai plus le choix. Je veux savoir… et j'ai la conviction qu'elle peut m'aider. Je ne peux plus continuer comme ça.

– Cela s'est déjà produit ? demanda Richard nerveusement.

Gaëlle répliqua avec plaisir :

– Plus d'une fois, mais c'est une première avec cet homme, enfin si je peux l'appeler ainsi. Sans oublier…

Je me redressai sur ma chaise pour la faire taire.

– C'est bon, arrête ! On ne va pas en faire toute une histoire ! Je suis comme ça… depuis toute petite. J'ai toujours été capable de faire comme si de rien n'était…

– Je ne suis pas d'accord avec toi, Livia. Ces expériences montent en puissance de jour en jour. Tu t'es regardée, dernièrement, dans ton miroir ? Tu fais peur à voir ! Tu ne dors pas, ou mal, résultat des courses : tu es irritable au possible. Il faut que tu réagisses ! Quelque chose s'est passé depuis que tu es ici. J'en mettrais ma main à couper ! Souviens-toi, à ton arrivée sur Lyon, et l'autre fois, quand on revenait du *Tasse-Livre* ! Tu penses vraiment que je ne me suis aperçue de rien ?

Je n'avais absolument rien à répondre à Gaëlle. Je la savais bienveillante à mon égard, mais pas à ce point !

– Ça prend de l'ampleur, mais faut pas en faire toute une histoire ! Et je n'ai aucune idée de ce qui m'arrive.

– Je crois avoir une théorie, chuchota Richard.

– Ah bon ! Laquelle ?

– Avant de te l'exposer, peux-tu revenir sur ce que vient de raconter Gaëlle ?

– C'est toujours au même endroit, un endroit précis dans la rue, affirma-t-elle.

– Je ne savais pas, Gaëlle. Pourquoi tu ne m'as rien dit ?

Impuissante, elle haussa les épaules puis insista pour que je poursuive.

– Je suis assaillie par des images d'une autre époque. D'après mes connaissances, les scènes se situeraient vers le XVIIe siècle…

– Ce que tu racontes, ressemble singulièrement à des réminiscences d'une vie antérieure.

– Qu'est-ce qui te fait dire ça ?

– Tu y crois ou pas ?

– Je ne sais pas. Il m'arrive certaines choses que je ne peux remettre en question, alors pourquoi pas, si tu me l'expliques.

– Je me suis toujours intéressé à tout ce qui est alogique. C'est mon côté scientifique insoumis qui me pousse à chercher au-delà du monde qui nous entoure. Il est beaucoup plus vaste que tu ne l'imagines. Mais pour en revenir à notre problème, j'ai déjà entendu des témoignages en ce sens, et ils sont assez troublants. D'après ce que je sais, Eva pratique l'hypnose spirituelle. C'est la bonne personne, elle t'aidera à trouver tes réponses.

– Très bien. Je l'appelle pour savoir si elle peut me recevoir dans la journée.

Richard me demanda timidement :

– Je ne veux pas m'imposer, mais je peux t'accompagner ?

Je me lovai dans ses bras.

– Bien sûr, je n'osais pas te le demander.

– Je viens aussi, renchérit Gaëlle, on rejoindra Joanne au *Tasse-Livre* après.

⁂

La porte d'entrée était entrouverte. Richard la poussa. Le reflet d'un miroir placé devant elle nous renvoyait une Eva assise, les yeux obstinément fermés. Son fauteuil élimé trônait au milieu de la pièce où mon « soin de l'âme » m'avait été offert.

– Je vous attendais, déclara-t-elle sans bouger d'un cil.

Nous nous observâmes sans un mot. Elle était affublée de son éternel chapeau, trop petit pour cette grande femme.

– Que puis-je pour vous ? Ou devrais-je dire pour toi, Livia ?

-18-

Eva

Ses yeux pétillaient de malice en se retournant vers nous. Elle me souriait tendrement.

– Jeune homme, allez chercher deux chaises dans la pièce à côté et installez-vous. Livia, je t'écoute.

Je pris mon courage à deux mains pour tout lui relater, sans rien omettre. Son regard m'emprisonna, se fondant dans le mien. Elle me sondait, et fouillait mes moindres pensées, à la recherche des plus infimes particules que mon âme lui livrait pendant mon récit. Tout cela était très déstabilisant. Je croyais, à tort, être la seule à pouvoir percevoir les plus sombres secrets des personnes que je touchais. Et là encore, j'étais étonnée qu'elle puisse le faire avec autant d'aisance.

– Alors, qu'en pensez-vous ? Qu'est-ce que cela veut dire ? Qui est cet homme, à votre avis ?

– Chaque chose en son temps, Livia. Avant que je te réponde, il faut que tu sois prête à accepter ton véritable Être.

– Oui, je sais ! Vous me l'avez déjà dit ! Mais si je suis là, c'est que je suis prête, non ?

– En es-tu sûre ?

– Pourquoi ?

– Pouvez-vous nous laisser maintenant ? demanda Eva.

À contrecœur, Gaëlle et Richard sortirent, murés dans le silence.

– Mais pourquoi ? Expliquez-moi les choses une bonne fois pour toutes, au lieu de toujours parler par énigmes !

– Très bien. Il te faudra aller et plonger dans toutes tes expériences.

– Ce n'est pas si dramatique, répliquai-je en levant les épaules au ciel.

– Celles qui ont fait de toi celle que tu es. Elles sont liées à tes états d'âme. Sans faire abstraction des émotions qui t'ont fait souffrir.

– Je ne comprends rien ! Pourquoi irais-je intentionnellement revivre des moments douloureux ? C'est totalement ridicule !

Elle me saisit les mains, me forçant à sonder mon âme. Des échos d'un passé proche s'imprimaient devant mes yeux. Je m'arrachai de son emprise. Je commençais à saisir. Elle cherchait à m'ébranler.

– Vous voulez parler de mon enfance ?

– Oui.

– Je… je ne désire pas en discuter, pas plus que de mes parents. Si je suis en colère contre eux, cela m'appartient, ça ne regarde personne ! Je me refuse de porter un jugement. Je souhaite oublier ! Je sais, c'est paradoxal. Gaëlle peut confirmer. Je suis compliquée comme fille et super chiante.

– Mon rôle n'est pas de juger, mais de t'enseigner à te voir différemment, de te permettre de percevoir les êtres qui gravitent autour de toi autrement. Te souviens-tu, quand je te disais « aucune âme n'appartient à aucune âme, mais nous sommes tous reliés pour vivre les expériences de vie » ?

Dépitée, je baissai les bras.

– J'abandonne. C'est bien trop compliqué ! Découvrir mon potentiel, c'est bien pour ça que je suis là ? En quoi voir les gens différemment va-t-il m'aider à atteindre mon but ?

– Livia, ton âme est dévastée. Tu ne sais pas gérer ni accueillir tes émotions. Elles sont là pour te rendre plus sereine, plus forte, même si au premier abord elles te mettent hors de toi. En les repoussant, tu choisis la voie la plus obscure sans t'en rendre compte.

– Oh oui, je vois ! Vous allez me sortir un vieux dicton, comme « ce qui ne tue pas nous rend plus forts ».

Elle hocha la tête.

– Pourquoi pas ? Cela fait longtemps que tu refoules ta véritable nature, par peur, par jugement, peu importe. Mais, si tu es avide de comprendre ces expériences surnaturelles, sans oublier cet homme ni les présences invisibles, alors tu dois accomplir une dernière étape.

– Laquelle ?

– Cesser de te sous-estimer ! Tu vois comme c'est paradoxal ? Tu ne désires pas que l'on critique tes parents, par contre, tu ne te gênes pas pour te méjuger…

– Mais… la coupai-je.

– Laisse-toi aller, ne retiens plus rien, gronda-t-elle.

Ces quelques mots eurent l'effet d'une bombe, les émotions refoulées depuis tant d'années implosaient les unes après les autres. Eva s'approcha, me prit dans ses bras et me berça doucement. Je reniflai et essuyai mes larmes du revers de ma manche.

– Peux-tu revenir quelques instants sur les liens qui t'unissent à ta mère ? Saurais-tu les nommer ?

– La culpabilité et le jugement.

– Très bien. Sois attentive, le but n'est pas de faire le procès de tes parents. Le passé appartient au passé. Tu dois te positionner pour être, faire et avoir. Me comprends-tu maintenant ?

J'acquiesçai.

– Es-tu prête à tenter une expérience ?

– De quel genre ?

– Te connecter étroitement avec le monde spirituel.

– Pour y trouver quoi ?

– Ta paix intérieure. C'est indispensable pour la voie que tu désires emprunter.

– Si je fais ce que vous me demandez, je sais ce qu'il va se passer. Je serai engloutie par toutes ces… ces choses. Je ne distinguerai plus le réel de l'irréel.

– D'où te vient cette peur, à ton avis ? Prends ton temps avant de répondre, pose-toi les bonnes questions.

J'inspirai profondément, remontant ainsi dans mes souvenirs.

– Mon enfance. J'ai un souvenir précis, ma tante décédée depuis peu. Je la vois au côté de ma mère en train de la réconforter. Mais elle ne sentait rien, elle n'entendait pas ma tante lui dire : « Tout va bien, dis-lui, Livia… » Je m'en souviens, je n'avais aucune appréhension !

– Que s'est-il passé ensuite ?

– Je me suis rapprochée de ma mère. Je voulais sincèrement la consoler et lui expliquer ce que je voyais. C'est ce que j'ai fait, mais elle m'a regardée avec horreur. Elle a crié, en parcourant le salon de long en large. Pour elle, j'avais un problème. Je me souviens encore de ses paroles. « Les morts, une fois qu'ils sont morts, sont morts ! Combien de fois vais-je devoir te répéter que tout ce qui se passe dans ta tête n'est que ton imagination ! Et comment oses-tu jouer avec mes sentiments ? » Elle s'est enfermée deux jours dans sa chambre, où elle n'a fait que pleurer. Seul mon père avait le droit d'y entrer. Il a essayé de me rassurer en me certifiant que ce n'était pas ma faute, mais je pensais le contraire. Après cet épisode, ma mère me surveillait sans cesse. Dès qu'elle s'apercevait que mon état était différent, elle… Enfin bref, j'ai vite compris que je devais me taire.

Je déglutis face à toutes ces apparitions grimaçantes qui jonchaient mon enfance et mon adolescence.

– As-tu vécu d'autres expériences similaires ?

– Il m'arrive de voir des ombres furtives, d'entendre des voix, de sentir un parfum. Dans ces moments-là, le froid me transperce, et mon cœur se met à palpiter. Si je suis concentrée, je peux aussi voir des couleurs autour des gens. C'est assez étrange et beau à la fois. Vous voyez, comme un genre de brouillard. Plus jeune, je pouvais côtoyer et endurer les affres des personnes que je rencontrais. J'ai étouffé tout ça. C'était parfois simple, de neutraliser cet état, et quelquefois plus difficile. Pendant un temps, plus rien ne s'est passé. Je me suis même demandé si j'étais enfin comme tout le monde, conforme. Mais depuis que je suis à Lyon, tout revient, c'est pire qu'avant.

– Aurais-tu une idée de ce qui a enclenché de nouveau tous ces phénomènes ?

Le souvenir furtif du Livre traversa mon esprit.

– Non. Je ne vois pas.

– Très bien, chuchota-elle d'un ton suspicieux. La spiritualité, Livia, n'est pas une religion, elle est simple. C'est être en harmonie avec ton âme qui est en lien avec toute chose. Ton rôle est de te placer sur ta voie, celle que tu trouveras juste pour toi. Tu peux voir ce monde avec les croyances que l'on t'a inculquées. Je te donne un exemple : le chiffre 13 ou le chat noir portent malheur pour les uns et chance pour les autres, tout dépend de leur croyance.

– Eh bien ! Je ne suis pas sortie de l'auberge ! J'ai du travail, avant d'avoir votre philosophie de vie.

– Aucune inquiétude, cet apprentissage se fait chaque jour. La vie nous offre des tas d'expériences pour pratiquer, dit-elle en souriant.

– Vous pouvez m'expliquer cette peur qui m'habite ?

– Il faut lâcher tes préceptes, voir au-delà des apparences. Le monde invisible coexiste avec le nôtre. Pour y avoir accès, tu dois être à l'écoute de ton être intérieur, c'est la clé. Apprends à faire la distinction entre tes émotions et celles des autres pour les décrypter. Tu les refoulais par peur, car on te disait que c'était mal, mais il y a toujours le revers de la médaille. Les énergies et les entités que tu attires sont ton propre miroir. Si tu es angoissée, tu vis des expériences angoissantes. Tout est une question de vibration.

– Vibration ? dis-je d'un air perplexe.

– Connais-tu la loi du Kybalion ?

– Non, jamais entendu parler !

– Attends, deux minutes.

Elle sortit son ordinateur portable de son sac et ouvrit une page Google. Ses doigts survolèrent le clavier avec rapidité.

– Dites-moi, on peut dire que vous êtes vraiment connectée ! Là-haut et ici… Excusez-moi pour cette blague pourrie.

– Cela ne me dérange pas. Beaucoup sont surpris de voir que je me débrouille comme un chef avec la nouvelle technologie.

Elle me demanda de m'approcher de l'écran.

– Regarde ce qui est écrit là. C'est une étude philosophique tirée de l'Égypte et de la Grèce anciennes. La troisième loi fondamentale du Kybalion est : « Rien ne repose, tout remue, tout vibre. » Tu vois, ils mettent l'accent sur les fréquences et les vibrations, les couleurs, les sons, et nous pouvons tout aussi bien inclure les émotions. Tout ce qui nous entoure est vibration. Chacun peut apprendre à maîtriser son état d'âme. Les vibrations basses sont en lien avec des émotions sombres – la colère, la peur, la culpabilité… –, tandis que les émotions lumineuses sont des vibrations hautes – la joie, le bonheur, le partage, l'amour. Dans notre vision, le bien et le mal n'existent plus. Nous vivons l'unité et non plus dans un monde de dualité. Le côté sombre est là pour mettre en lumière ce que tu dois transformer. C'est pour cela que nous trouvons la vie magique. Elle nous permet à chaque instant cet apprentissage.

– Je commence à piger, dis-je soulagée.

– Oui, ma belle, je peux percevoir un changement dans ton énergie. Tu es bien plus calme et sereine. Nous pouvons commencer ?

– Oui.

– Parfait, donne-moi tes mains. Maintenant, plonge ton regard dans le mien et respire lentement, profondément. Sois à l'écoute de ce rythme qui s'installe. Laisse-toi porter…

Tout était sombre, calme, vaporeux. Une étincelle s'agita devant mes yeux, mon intention se fixa dessus, elle laissa place à une flamme. Je suivis le mouvement hypnotique de cette langue de feu perchée sur une torche. Une main noueuse enserrait le morceau de bois. Un visage puis un deuxième s'approchèrent de la flamme. Une respiration lente et laborieuse résonna dans mes oreilles. Les deux faciès ridés s'écartèrent pour laisser place à une troisième figure. Trois femmes aux traits identiques, profondément marqués par des sillons, se tenaient face à moi. Elles m'imposèrent l'image d'une stèle où se trouvaient des dessins primitifs. Leurs voix se superposèrent les unes aux autres et dans un souffle rauque, elles me délivrèrent les mots qui me hantaient depuis des jours :

– *Le temps et l'espace ne font qu'un. Prends possession du Grimoire. À jamais lié dans une boucle infernale, brise-la ! Accepte de te perdre. Dans cette dimension, Chénéa peut t'accompagner, dans l'autre, tu sais déjà qui t'ac-com-pa-gne.*

Leurs syllabes se détachaient tandis que leurs essences s'éloignaient, laissant place à une énergie plus chaude. Elle m'enveloppa et posa un carcan. Des images, des sons, des silhouettes, des lieux s'imprimaient devant mes yeux. Il commença à raconter une histoire.

– Livia. Tu es ici et maintenant… Tu peux ressentir ton corps dans la pièce, ton dos contre le dossier… Tes mains sur tes genoux et maintenant, tes yeux ouverts sur ce qui t'entoure…

Eva m'observait avec une patience infinie. Je n'avais jamais ressenti autant d'amour, un amour absolu au travers d'une expérience onirique.

– Tout va bien ? dit-elle avec une délicatesse insoupçonnée.

– Les mots me manquent pour décrire ce que je viens de vivre. Je suis à la fois déchirée intérieurement et heureuse. J'ai du mal à faire le tri.

– Es-tu capable de m'expliquer ton voyage ?

– Oui. Je viens de ressentir la même présence chaleureuse que la nuit dernière. Je savais que sa voix me paraissait familière. Je sais maintenant pourquoi.

– Et…

– Il a dit être une sorte de guide, ici, dans cette dimension. Sa mission consiste à m'accompagner dans cette vie, sans pour autant me prendre mon libre arbitre.

Je secouai la tête en pinçant mes lèvres.

– Bien. Et ensuite ?

– Je lui ai demandé de m'expliquer la vision fantomatique.

– Mm… Continue.

– Il m'a parlé de lien entre les âmes. Il m'a donné un prénom, Philippe, et dit que… que quelque chose n'était pas terminé entre nous… Je devais choisir… quoi, je ne sais plus… Il a ajouté aussi les mots « bonheur » et « épanouissement ».

– Ce sera parfait pour la séance d'hypnose spirituelle. D'ailleurs, j'en profite pour t'avertir maintenant. Cette séance sera menée par une consœur.

– Pourquoi ?

– Comme je connais ton histoire, tu pourrais avoir un doute sur le bon déroulement de la séance. Rien d'autre ?

– Il m'a semblé entendre les villes de Lyon et Sassenage. Tout était emmêlé, trop d'informations, mais bizarrement, je me sentais à ma place ! Avant cette rencontre, il y a eu la vision de trois femmes aux visages identiques. Je me tus un court instant, je ne pouvais lui délivrer ce que j'avais entendu sans lui révéler l'existence du mystérieux Livre, puis un nom émergea de ma mémoire. Elles m'ont dit que Chénéa m'accompagnera dans cette dimension. Je ne sais pas qui c'est. Et si tout cela venait de mes migraines, il est possible que quelque chose soit détraqué ?

Surprise, Eva recula contre son dossier. Avec curiosité, elle darda ma silhouette puis grimaça.

– Tu es certaine d'avoir entendu « Chénéa » ?

Je hochai la tête.

– Intéressant.

– J'ai peut-être mal saisi ce que l'on me disait.

– Absolument pas, tu peux me croire. Chénéa est mon deuxième prénom, je le tiens de mon arrière-grand-mère. Elle pratiquait un art ancestral en lien avec la nature. Je suis ses traces.

– Donc, je ne me suis pas trompée… Mais alors, ces vieilles femmes, qui sont-elles ?

– À nous de le découvrir, puisque je dois t'accompagner.

-19-

Livia

Je pressai le pas, j'avais hâte de pousser la porte du *Tasse-Livre*. La bonne humeur des propriétaires du café littéraire était communicative. Après m'avoir embrassée, le père de Joanne me glissa à l'oreille :

– Ils sont au fond, ils t'attendent avec impatience. Vas-y, je t'apporte un chocolat chaud ?

– Oh oui, ça va me faire un bien fou ! Tu peux rajouter…

– Un éclair au chocolat !

Le plafond voûté de la salle transportait le brouhaha des conversations. Je reconnus la voix de Jo et lui fis signe de la main, avant de claquer deux bises sonores sur les joues de son père, pour le remercier. Arrivée à leur hauteur, je m'écroulai sur le vieux biplace en cuir où Richard m'attendait, impatient.

– Livia ! Comment vas-tu ? Raconte-nous tout ! Depuis qu'ils sont là, j'ai du mal à les garder en place ! me dit Joanne avec humour.

Elle se tenait assise au côté de Gaëlle. Sa main ébouriffait de manière tendre les cheveux de mon amie.

– Ah bon, vous m'en direz tant ! La patience n'est-elle pas une qualité hautement spirituelle transmise par la pratique du yoga ?

– Oh, c'est bon, Liv ! Tu ne me pardonneras donc jamais de t'avoir entraînée dans ce cours ! Tu te rends compte, tout de même, que ça fait plus de trois heures que l'on tourne en rond !

Richard m'attrapa les doigts pour les embrasser tendrement.

– Je me suis vraiment inquiété pour toi. J'ai failli me précipiter chez Eva, à maintes reprises, mais elles m'ont empêché de le faire.

Je plongeai mes yeux dans les siens.

– Tout s'est bien passé, je t'assure.

– Je ne sais pas pourquoi, j'ai eu cette sensation de mal-être, tout le temps de ton absence, dit-il doucement.

À bout de nerfs, Gaëlle nous coupa.

– À présent, tu es là ! Alors ?

– Vous n'allez pas être déçus !

Je leur livrai un résumé rapide.

Quelques instants plus tard, je les interrogeai du regard dans l'attente de la moindre réaction.

– Alors ? Vous ne dites rien !

Gaëlle s'avança sur son siège, comme pour donner plus de poids à ce qu'elle allait me livrer.

– Deux solutions s'offrent à toi. La première, attendre d'avoir une autre visite nocturne et entrer en contact avec cette entité. Tout en sachant que tu peux toujours lui poser des questions sans avoir d'autres réponses que celles qu'il t'a déjà données.

– Quel programme !

Gaëlle leva les yeux au ciel en soufflant et balaya mon ironie d'une main.

– La deuxième solution est…

Elle lança un regard en biais à Richard, qui prit la parole.

– Nous en avons discuté tout à l'heure, et on arrive tous à la même conclusion.

– Ah oui ? Je suis curieuse de l'entendre.

– L'hypnose spirituelle.

– C'est prévu, mais pas avec Eva, ce sera avec une de ses consœurs. Mais je ne suis pas vraiment certaine du résultat.

– Cette approche a déjà fait ses preuves. Le but de ces séances est de faire une régression dans une de tes vies antérieures, et peut-être avoir une explication sur ta découverte de Sassenage, Lyon et sans oublier… cet homme, dit-il en terminant sa phrase d'une voix tendue.

– Chaud devant ! Voilà de quoi vous requinquer, les jeunes. Vous en faites une tête !

– Merci, papa, je m'en occupe, répliqua Joanne.

Elle prit le plateau chargé de délicieuses pâtisseries. J'attrapai mon péché mignon pour le savourer avec plaisir, rien de tel pour me remonter le moral. Richard me tendit mon chocolat, et j'en profitai pour lui glisser à l'oreille :

– Je suis épuisée. La seule idée que mon cerveau approuve est mon lit. Et ça, dis-je en levant ma tasse.

La saveur douce-amère du chocolat fit tomber mes dernières forces.

– Bon, je te ramène. Rien ne presse, demain est un autre jour.

Il m'aida à me lever et me serra étroitement contre lui.

– On y va, nous !

– OK, on arrive plus tard avec des pizzas, dit Jo avec entrain.

Les filles m'étreignirent. En sortant du *Tasse-Livre*, je leur jetai un regard discret. Je pouvais palper leur désarroi qui enflait dans ma poitrine. J'inspirai profondément pendant que Richard posait un léger baiser dans mes cheveux. Son souffle réveillait un désir latent. Il me chuchota tout bas :

– Viens, je vais m'occuper de toi.

-20-

Livia

Je retirai mes baskets et les envoyai valdinguer à l'autre bout du couloir. Mon écharpe glissa, tandis que fatiguée, j'avançai pour m'écrouler dans le canapé. Appuyé contre le chambranle, Richard secoua la tête d'un air amusé.

– Un gros bébé. Voilà à quoi tu ressembles maintenant.

– J'ai froid. Tu viens ?

Il s'approcha sans un mot et attrapa au passage le plaid posé négligemment sur le fauteuil. Il me couvrit puis détourna son regard.

– Il n'y a plus de bois ?

– Pas grave, on ira en chercher plus tard. Viens, s'il te plaît. Rappelle-toi ce que tu m'as promis tout à l'heure.

Je nichai ma joue contre son épaule et me laissai aller. La chaleur de son corps me réchauffa petit à petit.

– C'est vrai que tu es complètement gelée, chuchota-t-il en soufflant sur mes mains rougies par le froid.

Ses doigts effleurèrent mon cou, ils descendirent le long de mon épaule et se faufilèrent jusqu'aux boutons de ma chemise en jean.

Richard entreprit de les défaire un à un, découvrant mon décolleté. Il s'arrêta net. Il sortit le pendentif de sa cachette et le laissa tourner sur lui-même.

– La Fleur de Vie. Incroyable, cette complexité aux lignes pourtant si simples.

Le pendentif suspendu au bout de son doigt tournoyait devant mes yeux.

– Je me souviens que tu m'en avais touché deux mots au *Tasse-Livre*. Et j'attends toujours tes explications. Tu m'avais laissé sous-entendre que tu en connaissais la signification.

– Oui.

– Et ?

– D'après Wikipédia, c'est un symbole constitué de dix-neuf cercles entrecroisés à l'intérieur…

– Richard ! Je voulais dire la signification ésotérique. Il me semble avoir lu sur le Net qu'elle avait été gravée sur le temple d'Osiris, à Abydos.

– Osiris est considéré comme le seigneur de la réincarnation. C'est peut-être pour cela que ce pendentif t'attire tellement ! dit-il avec inquiétude.

Je posai ma tête contre sa poitrine et entendis les battements saccadés de son cœur.

– Oui, il m'attire, mais parce qu'il appartient à notre famille depuis des générations. Qu'est-ce qui t'arrive ? Ça ne va pas ?

– Je pensais simplement à notre conversation de l'autre jour, dans la cuisine.

– Avec Gaëlle ?

Il hocha la tête.

– C'est une chose que tu as dite, enfin, pour être plus précis, que tu n'as pas dite.

– Je ne te suis pas.

– Tu as mentionné avoir la sensation de le connaître, l'homme, ou son apparition. Mais j'ai la nette impression…

– Que vas-tu t'imaginer ?

– Plus j'y réfléchis, plus je me dis que c'est possible. Pour toi comme pour moi, on est persuadé que la vie continue après la mort. Donc il n'est pas impossible d'envisager aussi la réincarnation. Avec tout ce qui t'arrive comme la sensation de déjà-vu ou reconnaître des lieux dans une autre époque, je dirais…

Sa voix se brisa, il me serra fort contre lui. Il déglutit avant de me répondre :

– Je dirais sans aucun doute que quelqu'un, quelque part, est fait pour toi et qu'il attend votre rencontre.

– Tu parles de qui ?

– De cette ombre, ou plutôt de cet homme dans ta chambre.

Abasourdie, je restai plantée là à le regarder. Qu'est-ce qu'il racontait ?

– Mais tu es fou ! Comment peux-tu me dire que cette… Bref, qu'on m'attend quelque part ? Réveiller mes capacités psychiques, oui ! Mais de là à croire qu'une âme arrivant de je ne sais où… N'importe quoi !

Inquiète par sa réaction disproportionnée, je me lovai plus profondément dans ses bras.

– Je pensais que tu m'aimais…

– Bien sûr, je t'aime ! Tu ne peux même pas imaginer à quel point. Dès que je t'ai vue, je suis tombé raide dingue de toi. C'est au-delà de tout ce que j'ai connu.

Mes yeux étaient remplis de larmes. Avec retenue, il les essuya une à une.

– Ne pleure pas. Je suis désolé ! Je ne sais pas ce qui m'a pris. Je ne voulais pas t'effrayer en te confiant mes sentiments. D'habitude, je garde tout. Mais avec toi, c'est différent. Mes protections tombent. Rien que de penser qu'il est possible de te perdre, ça me rend fou.

– Pourquoi ?

– Je n'ai pas envie d'en parler maintenant.

– Je t'aime aussi, je ne te laisserai pas.

– Non, ne me dis pas ça. S'il te plaît, ne dis rien. Tu ne sais pas vraiment ce que veut dire aimer.

– Attends ! Je ne comprends pas… Rien n'a compté, pour toi ?

– Cela n'a rien à voir ! Faire l'amour avec toi…

Je baissai la tête, l'avais-je blessé ?

– Regarde-moi, s'il te plaît.

Il planta ses yeux dans les miens.

– Non, crois-moi, c'était magique, on ne faisait qu'un… Mais tu n'as jamais connu ni aimé d'autres hommes avant moi. Ce que je veux te dire maladroitement, c'est qu'il t'est impossible de faire une comparaison.

– Je n'en veux aucune ! Je te veux, toi, simplement toi. Tu compliques tout.

– Ce n'est pas ce que je cherche à faire. Je ne désire pas te voir souffrir et je ne veux pas avoir mal. J'ai bien compris qu'avec toi le hasard n'existe pas. Pour preuve, la Fleur de Vie est un symbole puissant.

– Comment ça ?

– Très bien, voilà ce que je pense : certaines personnes pratiquent la visualisation ou la méditation profonde avec la Fleur de Vie. Le but recherché est de rétablir la connexion avec l'âme. Ce lien, une fois créé, permet de reprendre le pouvoir sur toi et à partir de toi… Tu vois ?

– Non.

– Avec Eva, tu vas apprendre à accueillir toutes tes expériences sans peur, tu pourras voir au-delà.

– Je ne vois toujours pas où tu veux en venir.

– Tu ne comprends donc pas ! Chez toi, tout est en place. Tu n'as simplement aucune notion de ce que tu es capable de faire, sans parler de ton potentiel ! Il te serait facile d'entrer en méditation profonde avec cet outil, c'est une clé ! Tout deviendra possible… Même savoir ce que représente cet homme.

Abattue, je sentais une part de vérité.

– En quoi cela va-t-il mettre en péril notre relation ? Savoir n'a rien de terrifiant. Je te rappelle quand même que l'on parle d'une vision ! Rassure-toi, je ne compte pas te quitter !

D'un geste las, il ramena ses boucles en arrière puis ajouta :

– Je ne sais pas où cela va te mener, ni comment, ni pourquoi, ni avec qui. Cette peur est plus forte que moi, mais je serai là.

Avec fébrilité, mes lèvres cherchaient les siennes. Mes mains descendirent le long de son dos. Entre deux baisers, je lui dis tendrement :

– Je ne veux que toi… Viens…

Il me souleva sans aucune difficulté pour traverser l'appartement, son dos poussa la porte de ma chambre. Il me posa à terre et son regard intensément noir me fit chavirer. Sa bouche courut le long de ma nuque. Il détacha le lien dans mes cheveux qui tombèrent en cascade sur mes épaules. Il était si proche de moi que je sentais nos cœurs battre à l'unisson. Il murmura doucement :

– Je t'aime, ne l'oublie jamais…

Avant que je ne puisse répondre, il m'arracha ma chemise et me renversa sur le lit.

-21-

Livia

La sonnerie répétitive d'un SMS nous réveilla. Je tendis le bras à la recherche de ce bruit horrible, mais Richard fut plus rapide que moi et attrapa le téléphone.

– C'est Gaëlle et Jo, pour les pizzas.

– Pourquoi elles nous préviennent ? C'est ridicule !

– À ton avis ?

Je rougis en repensant à notre cinq à sept.

– Elles seront là dans combien de temps ?

– Elles sont déjà là.

– Merde ! Quand Gaëlle a faim, elle n'est pas particulièrement patiente.

Richard se leva et enfila son jean. Il ouvrit la fenêtre. L'air frais envahit la pièce. Je me levai à mon tour et me dirigeai vers le miroir. Il me renvoya un reflet surprenant. C'était bien moi, mais je me sentais différente, sans savoir d'où pouvait venir le changement que je percevais. Mes boucles brunes encadraient mon visage, mes pommettes saillantes étaient colorées d'un joli rose, mes yeux avaient un éclat particulier. Une teinte plus profonde que je voyais pour la première fois. C'était peut-être ça, le signe de l'amour. Richard se plaça derrière moi. Les doutes avaient quitté son regard. Il plongea son visage dans mes cheveux.

– On y va ?

– Oui.

Une délicieuse odeur flottait dans l'air. Des pizzas encore fumantes trônaient sur le bar, aux côtés d'un bon vin italien que Jo avait rapporté du *Tasse-Livre*.

– Merveilleux ! J'ai une faim de loup !

– On sait pourquoi, hein, Jo ! dit Gaëlle avec malice.

Joanne essaya à sa manière de m'aider.

– Arrête de la chambrer, ce n'est pas cool, elle rougit. Regarde, tu peux être fière de toi !

La réponse de Gaëlle fut de rire à gorge déployée. Richard se dirigea vers la chaîne hi-fi. Il tourna les disques de manière machinale quand son attention se porta sur un groupe des années 1980. Il brandit cette pièce collector sortie tout droit d'un musée.

– Un jour il va vraiment falloir que vous m'expliquiez votre engouement pour ces années-là.

Il posa le 33-T. sur la platine. Les craquements du vinyle emplirent l'appartement avant de pouvoir jouer les premières notes de « Sweet Dreams ». Une douce mélancolie gonfla ma poitrine. Il ne me fallait rien d'autre pour être heureuse, c'était peut-être ça, l'instant présent. Être avec les personnes qui comptaient pour moi. Un verre de vin à la main, un morceau de pizza dans l'autre. Gaëlle choisit ce moment pour fourrer sa main dans la poche arrière de son jean et me tendre un bout de papier froissé.

– Tiens, nous avons croisé Eva, voici le téléphone de sa collègue, pour ta séance. Elle te conseille de l'appeler maintenant. Elle est très prise et ne donne rendez-vous que si tu lui laisses un message sur son répondeur.

Richard se crispa, mais resta silencieux. J'attrapai le billet. Les paroles de « Sweet Dreams » résonnaient dans le salon. Était-ce un signe ? Doux rêves ! Devais-je téléphoner pour élucider le mystère de cet homme qui hantait mes nuits ? Ou simplement vivre la bonne fortune que la vie m'accordait ? Richard ressentit mon dilemme. Il me tendit son téléphone et souffla au creux de mon oreille :

– Je t'aime…

Je composai le numéro, laissant un message sur le répondeur du Dr Stuart.

Lyon, octobre.

Je lus à plusieurs reprises le SMS.

Bonjour, Livia, je vous attends au cabinet à 11 heures. Cordialement. Dr Stuart.

Je me frottai les yeux, comme si ce geste pouvait réellement me réveiller. Quelle heure était-il ? À tâtons, je cherchai mon radioréveil enfoui sous nos vêtements. Il indiquait 9 h 30.

– Parfait ! J'ai le temps de boire un bon café.

– Quoi ?

La voix de Richard était assourdie par la couette.

– L'hypnothérapeute vient de me répondre. Elle a un créneau, en fin de matinée. Tu m'accompagnes ?

Il envoya balader la couverture et s'étira de tout son long.

– Ne me regarde pas avec tant d'envie ! Sinon tu risques de rater ton rendez-vous.

– Tu peux toujours rêver ! Tu viens ou pas ?

– Oui.

– Merci ! Je te laisse couvrir ce corps sublime. C'est à mon tour de préparer le petit-déjeuner, je le fais pour les filles. Et nous, on petit-déjeunera à l'extérieur. Ça te dit ?

Son oui se matérialisa par un coussin reçu en pleine tête.

Euphorique, je m'affairai à préparer le café avant de partir. Les filles dormaient sûrement encore, après cette soirée si bien arrosée. La cafetière italienne sifflait sa douce mélodie, quand Gaëlle et Richard arrivèrent ensemble.

– Hello, ma grande ! Il vient de me dire que ton rendez-vous est pour ce matin ! Au moins, tu n'auras pas trop attendu.

Elle termina sa phrase en claquant une bise sonore sur ma joue.

– Tu te lèves bien tôt !

– Jo aimerait prendre café, croissant au lit. Tu te sens prête à vivre cette expérience ?

– Je suis mitigée. Je verrai bien.

Richard s'approcha et leva mon menton avant de poursuivre.

– Je suis sûr que tout va bien se passer. Une séance avec le Dr Stuart, *come on, what are we waiting for !*

– À plus tard.

Il m'entraîna dans le couloir, la porte se referma sur nous, laissant Gaëlle rêveuse.

Une pluie fine tapait sans relâche sur la visière de mon casque, je ne voyais pas la route. Je me serrai contre le dos de Richard pour ressentir la chaleur de son corps.

Il connaissait l'endroit de mon entrevue, il gara sa Harley sous un porche.

– La porte du cabinet est juste là. Tu veux ton chocolat maintenant ?

– Non, après. Là, je suis un peu tendue.

– C'est normal, reprit-il en passant une mèche de mes cheveux derrière mon oreille. Je vais t'attendre au café d'en face, je pourrai me sécher. Tout se passera bien ! Tu ne veux vraiment pas que je t'accompagne ?

– Non, je sens que je dois y aller seule.

Son silence lourd de contradictions, il m'étreignit longuement, mais n'ajouta rien, à part :

– À tout de suite.

Fébrile, je fis défiler les noms par ordre alphabétique, Stuart. J'appuyai sur l'interphone, une voix douce et énergique me demanda de décliner mon identité.

– Vous êtes ?

– Livia. J'ai rendez-vous avec le Dr Stuart pour une séance.

– Oui, je vous attendais, je suis au premier étage, je vous laisse la porte ouverte.

-22-

Thomas

Le gel précoce cristallisait les grandes baies vitrées, Thomas s'avança, la gorge serrée. Le voile sombre descendait et enveloppait au fur et à mesure immeubles, voitures, mobiliers urbains. Il espérait asphyxier ses émotions comme la nuit occultait tout ce qu'elle touchait. Malgré tous ses efforts, le père de Livia n'arrivait pas à se détendre. Il arpentait de long en large le petit salon attenant à leur chambre, pendant qu'Elena se reposait. Il ne pouvait plus reculer et se sentait démuni face à la décision qu'on lui avait imposée. Elle lui avait demandé sur son lit de mort, elle, Henora, la mère d'Elena, une chose qu'il se sentait aujourd'hui incapable de réaliser. Il se souvenait avec effroi de chaque seconde égrenée en ce funeste jour. Thomas réprima un frisson, il se dirigea vers la chambre. Il entrebâilla la porte qu'il referma sans bruit, Elena dormait toujours. Son regard s'arrêta sur la desserte.

– Un bon whisky, voilà ce qu'il me faut.

Il se versa une larme ambrée et huma le liquide vieilli. Chaque gorgée avait un arrière-goût. La cannelle, la tourbe, le gingembre et le vieux bois lui rappelaient l'antre d'Henora et sa cuisine. Sans crier gare, l'ombre du passé l'engloutit.

La bonne humeur d'Henora n'avait jamais failli face à cette maladie, qui la rongeait depuis cinq ans. Et rien ne laissait présager ce qui allait arriver en cette belle journée ensoleillée. Elena s'était retirée pour calmer Livia qui ne voulait pas quitter sa grand-mère. Henora avait profité de cet instant, peu de forces l'habitaient, mais son regard lourd de non-dits appelait Thomas. Il s'était précipité à son chevet.

Thomas avala une gorgée et écrasa la larme au coin de son œil, la pensée de cette femme qu'il aimait comme sa mère le tourmentait encore. Le souvenir de ses mains tremblantes et froides se refermant sur les siennes le replongea près d'Henora.

Le chuchotement d'Henora résonnait dans la pièce vide. Son oreille bourdonnait encore de cette phrase, qu'il avait tant redoutée.

– Va le chercher.

Thomas avait ravalé ses sanglots en ouvrant le tiroir pour y prendre le minuscule coffret en argent ciselé de motifs celtiques. Il l'avait déposé sur la poitrine ahanée de la vieille femme. Elle avait retenu Thomas et, sur leurs mains entremêlées, Henora avait murmuré dans un dernier effort :

– Je compte sur toi, tu sais ce que tu as à faire…

Peu à peu, ses doigts s'étaient desserrés, alors que son dernier souffle arrachait la vie dans ce corps. Stupéfait par la rapidité de son envol, il regardait, muet, ces bras inertes sur la couverture que Livia avait offerte à sa grand-mère. L'ouverture de la porte l'avait fait sursauter. La petite boîte en argent lui avait échappé, roulant sous le lit. Il avait jeté un œil discret par-dessus son épaule, priant intérieurement qu'elle n'ait rien remarqué. Plus droite qu'à son habitude, Elena ne bougeait plus. Seule sa respiration courte trahissait peu à peu sa perte de contrôle.

Thomas se ressaisit et se resservit un whisky, bien tassé. Cette fois-ci, il le but d'un trait. L'ambre précieux brûla sa trachée tandis que se diffusait le reste de ses souvenirs douloureux.

Elena s'était effondrée à genoux et répétait en boucle :

– Je n'ai pas pu lui dire au revoir. Même ça, elle me le refuse…

Livia, du haut de ses 7 ans, s'accrochait au cou de sa mère. Sa petite voix essayait de prendre le dessus.

– Non, maman. Regarde, elle est là. Pourquoi tu ne l'écoutes pas, elle te parle. Elle dit qu'il ne faut pas t'en vouloir. Arrête de pleurer, maman. Elle te dit qu'elle a attendu que tu sortes pour partir.

Livia s'était retournée vers sa grand-mère.

– Tu vas où ? Je peux venir, grand-mère…

Avec effroi, Elena avait retiré les petites mains qui tentaient vainement de rester accrochées à son chemisier. Elle était sortie sans un mot. Tout avait changé, à partir de ce jour.

Quelques mois auparavant, Henora lui avait confié les grandes lignes de son histoire, ou plutôt le désaccord qui la liait à Elena. À maintes reprises, il était revenu à la charge, mais sa réponse restait la même.

– C'est à elle de se livrer. Peut-être le fera-t-elle ou pas. Mais sois certain d'une chose, quand le moment sera venu, ton rôle sera important.

À présent, il savait. Reculer lui était impossible. Thomas avait senti le changement s'opérer chez Elena, elle n'avait rien vu, il en était certain. Elle avait refusé toute discussion de retour de l'appartement. Thomas s'en voulait encore de ne pas s'être interposé entre les femmes de sa vie. Tous ses doutes s'étaient envolés au moment où il avait surpris Elena crier à haute voix, alors qu'elle était seule. Il avait refermé la porte de la chambre, sans bruit, mais il avait eu le temps de sentir le parfum d'Henora.

Il posa avec force son verre vide et passa sa main sur la poche de son pantalon. Henora lui avait fait promettre de ne jamais s'en séparer. Aujourd'hui, le poids de ce secret pesait lourd. Il trouverait bien un moyen pour lui donner le minuscule coffret en argent ciselé de motifs celtiques.

-23-

Dr Stuart

La voix du Dr Stuart fut coupée par un déclic, la porte s'ouvrit automatiquement sur un hall assez chic. Une moquette rouge serpentait au milieu d'un sol aux larges carreaux noirs et blancs, elle amortit mes pas jusqu'au premier étage. Je poussai la porte entrebâillée et me retrouvai devant le bureau d'une secrétaire absente. De loin, une voix terminait une conversation téléphonique. Je me dirigeai vers la salle d'attente. Une tension insidieuse commença à m'envahir. Mes mains étaient moites, je frottai mes paumes contre mon jean, pendant que mon cerveau montait en ébullition, je chuchotai.

– Le calme à tout prix, autrement, tu auras droit à une thérapie psychologique, voire psychiatrique, au lieu d'une séance d'hypnose. Et puis surtout, pas un mot sur les paroles qui hantent mon esprit, parler simplement de ce rêve incessant. Tu as compris, pas un mot.

Tenue par mon conciliabule, je n'entendis pas venir le Dr Stuart.

– Bonjour, Livia, je vous souhaite la bienvenue. Vous permettez, je vous précède.

Le Dr Stuart était une femme assez grande, athlétique. Ses cheveux roux étaient mis en valeur par un beau carré plongeant, et de magnifiques taches de rousseur parsemaient son visage. Elle m'invita à entrer et me montra de la main un fauteuil relax. J'hésitai deux secondes avant de m'asseoir. Elle prit place sur une chaise. Ni trop près ni trop loin de moi.

– Que puis-je pour vous, Livia ?

– Je viens de la part d'Eva. Elle pense que vous pouvez me venir en aide. Je fais un rêve depuis quelque temps. Il me terrifie et, en même temps, je ressens un sentiment d'appartenance avec ce que je vis. Je ne sais pas si c'est clair ce que je vous raconte.

Avec une certaine insistance, elle me toisa. Ses yeux magnétiques me scannèrent, mais bizarrement, cela ne me dérangea pas.

– À votre avis, pourquoi les faites-vous ?

– J'ai eu des passes difficiles avec mes parents, mais comme tout ado. Ça pourrait en être la cause ? Ou bien est-ce autre chose ? Je ne sais vraiment pas.

Je m'arrêtai quelques instants pour dissiper ma gêne, puis je repris :

– Ce que je désire le plus, c'est comprendre ce rêve et ne plus en être captive.

– Que vous rappelez-vous ?

– Il est assez vague. Je vis plutôt des sentiments. Ne vous moquez pas… C'est un amour profond, comme éternel, il y a parfois des images, ce sont toujours les mêmes. Cela se passe dans un autre temps.

– Quelle époque ?

– Je pense aux alentours du XVIIe siècle. Mais ce qui me perturbe le plus, c'est la présence de cet homme, et cette phrase leitmotiv : « Philippe, c'est lui… ».

– Qui vous parle ? Avez-vous une idée ?

– Non, aucune.

– Ce discours change-t-il parfois ?

– Non, jamais. À ma dernière crise de somnambulisme, il paraît que j'étais comme en transe et je me suis évanouie. Pouvez-vous m'aider ?

– C'est possible, mais l'hypnose n'est pas une baguette magique. C'est bien de vouloir apprendre sur vous. Il vous faut d'abord intégrer et s'assurer que cela s'inscrit dans une demande profonde et sincère de votre part. Et garder l'esprit ouvert pour entrevoir les possibilités quand nous irons à la rencontre de votre inconscient. Je vous invite à lâcher prise. Ainsi, votre attitude sera positive face à ce processus.

– Si je vous suis bien, et si j'ai bien compris ce que m'a expliqué Eva sur les bienfaits de l'hypnose, je pourrai à nouveau vivre tranquillement, si pendant la séance, mon inconscient transforme les émotions liées à ce rêve. C'est bien ça ?

– Tout à fait. Pendant la séance, vous serez toujours présente, mais dans un état modifié de conscience. L'induction est le protocole pour vous guider vers une expansion de vous-même. De manière à vous intégrer complètement à l'Univers, dans toutes ses dimensions et ses espaces-temps. Vous vous sentirez comme faisant partie d'un tout.

Je pris deux secondes pour pouvoir digérer ses explications, quand elle démystifia notre séance, qui serait enregistrée et filmée. Elle me prévint de l'interrogatoire tout au long de celui-ci, afin de décrire ma vision et mes ressentis.

– Avez-vous d'autres questions avant de commencer ?

– Non, je veux en finir au plus vite.

Je m'installai confortablement et pris la couverture comme protection, par réflexe. Elle me demanda de décroiser mes jambes.

– Respirez profondément à un rythme régulier… Vous allez maintenant… suivre ma voix.

Elle parla lentement. Son élocution monotone se posa sur mon expiration. Cela me fit penser aux roulis des vagues… et elles m'emmenèrent loin…

– Faites comme si l'air que vous inspirez allumait des milliers de lumières en vous. Votre tête… votre cou… vos épaules… vos bras… votre poitrine… votre dos… vos jambes… vos pieds… Vous n'êtes maintenant que lumière…

À ces mots, je fus projetée dans un trou noir, mon cœur s'accéléra. Je me raccrochai à sa voix.

– Observez autour de vous. Que voyez-vous ?

– L'Univers, les étoiles, les constellations…

De nouveau, je fus happée par une brèche. Je sentis les soubresauts intérieurs de mon corps. Chacune de mes cellules vibrait au moindre indice. Bizarrement, je sentis le Dr Stuart se redresser sur son siège. Elle était aux aguets, prête à me réveiller à tout instant. Mais ma respiration s'apaisa, et elle continua.

– Où vous trouvez-vous ?

– Dans une sorte de vortex… Je suis dans un mouvement lent, suspendue dans le néant… Des images flottent autour de moi… Elles sont de différentes époques…

L'une d'elles se figea et se rapprocha jusqu'à m'engloutir… Je suffoquai… Je cherchai à reprendre mon souffle.

– Je suis arrivée, dis-je dans un murmure.

– Où, Livia ?

– Je ne sais pas… J'ai l'impression de connaître cet endroit… Quelqu'un est là…

– Pouvez-vous percevoir son visage ?

– Non, rien que sa main… Quelqu'un parle…

Un cri retint mon attention : « Oyez, oyez ! Vous écoutez le crieur de Sassenage… »

– Décrivez-moi ce que vous percevez.

– Je suis heureuse, je sautille… Je tourne, et ma jupe virevolte autour de moi… On traverse une place… Sa main est puissante, il m'entraîne… J'entends son rire, ça me fait du bien… Nous sommes sous un arbre… Je ressens son amour puissant m'habiter… Je l'aime aussi…

Un autre décor balaya celui-ci et s'imposa. Je me contractai sur le fauteuil. J'essayai de me débattre. Ma voix était marquée par des sanglots.

– Livia, ne me lâchez pas, dites-moi ce que vous voyez.

– Nooon ! Pourquoi ? Non, pourquoi tu me fais ça ? Des mains m'attrapent les cheveux… On me traîne, j'ai mal…

-24-
Dr Stuart

Des spasmes secouaient mon corps. Tentant de me ramener, la voix lointaine du Dr Stuart retentit et capta une partie de mon attention alors qu'une autre part de moi se raccrochait pour rester, je voulais savoir. Son appel se fit plus impérieux. Je me laissai happer par le tunnel vertigineux du timbre de sa voix.

– Et maintenant, je vous laisse vous diriger vers cette prairie magnifique. L'herbe est verte… Le soleil vous réchauffe… Vous êtes à présent allongée… La température du sol est parfaite pour vous, vous caressez l'herbe, qui vous chatouille le creux de la main… Vous êtes emportée par toutes les odeurs que vous offre la terre. Prenez le temps qu'il faut pour vous laisser bercer… Lorsque le moment sera venu et pour bénéficier de tous les bienfaits de cette expérience, il vous suffira de faire juste une chose… juste une seule… ouvrir les yeux.

Je les entrouvris instantanément. J'étais désorientée. Elle se leva et se dirigea vers sa fenêtre, sûrement pour me laisser quelques instants avant de me parler. Mes pleurs s'apaisèrent, je retrouvai doucement une respiration régulière. Je fouillai dans ma mémoire les morceaux que j'avais réussi à ramener de ce passé, sans vraiment comprendre ce que je venais de vivre.

– Il pleut… J'adore entendre la pluie, et vous ?

Pourquoi me parlait-elle du temps qu'il faisait, elle était vraiment bizarre ! Elle se retourna vers moi et vint s'asseoir.

– Comment vous sentez-vous ?

Je regardai discrètement la pendule derrière elle.

– Deux heures se sont écoulées !

– Oui, deux heures, mais vous savez dans cet état de conscience modifiée, le temps n'existe plus. Voulez-vous partager votre expérience ?

– C'était à la fois intense et lointain, comme si j'étais simplement observatrice, tout en vivant les émotions. C'était ma vie, mais ailleurs. Est-ce possible ?

– Oui, on les nomme des réminiscences de vies antérieures. De quoi vous rappelez-vous ?

– La voix que j'ai entendue, mon ressenti sur l'époque, et le village de Sassenage. Je vois très bien quelqu'un me tenir. J'ai encore la sensation de sa main dans la mienne.

– Oui, mais vous êtes indécise ?

– Oui… Je sais que je suis sur le point de découvrir ce que cela signifie, je le sens. Ne m'en veuillez pas. Je suis seulement déçue. Je pensais qu'une séance avec vous aurait levé le voile sur cet homme et ce rêve, mais il n'en est rien.

– C'est votre inconscient qui bloque l'accès à cette mémoire émotionnelle.

– Pourquoi ?

– Tout simplement parce que vous n'êtes pas encore prête à revivre certaines souffrances de cette vie-là. N'abandonnez pas, creusez. Pourquoi n'iriez-vous pas à Sassenage ? C'est un petit bourg, pas très loin de Grenoble.

– J'ai peur de ce que je vais y trouver.

– Si vous me permettez de vous donner un dernier conseil, ne fuyez jamais vos problèmes. Il arrive souvent que nos peurs soient amplifiées parce que nous leur laissons trop de place. Surmontez-les ! Vous en êtes capable. Ce voyage n'est pas anodin, il va éveiller en vous encore d'autres souvenirs et jouera un rôle essentiel dans votre épanouissement. Vous comprenez ? Je suis certaine que dans peu de temps, vous aurez la solution.

– Je vous remercie.

Je quittai le cabinet, quelque peu désorientée.

La pluie avait cessé. Un soleil timide tentait de percer quelques nuages. Richard observait les feuilles virevolter dans l'air avant de se poser délicatement au sol. Il était perdu dans ses pensées, et moi dans les miennes. Devais-je tout lui dire ? Ou me taire pour ne pas le blesser ? Le bruit de mes pas lui fit lever la tête. Son regard rempli d'attente et son sourire charmeur finirent de m'émouvoir, malgré mon déchirement intérieur. Je me jetai dans ses bras. Le ton de sa voix me renvoya un léger électrochoc au creux de l'estomac quand il me questionna.

– As-tu les réponses que tu cherchais ?

Son souffle me chatouilla la nuque.

– Oui et non.

– Tu as faim ?

– Non, je veux rentrer.

– Les filles sont au *Tasse-Livre*. Tu veux y aller ?

– Pourquoi pas. J'envoie un SMS à Jo pour qu'elle passe commande, tu veux un café ?

Pour toute réponse, son regard interrogateur me sonda, je ressentis sa peur m'envahir. Perdue autant que lui, comment pouvais-je l'apaiser ? Il ouvrit la bouche puis se ravisa en me tendant mon casque. Il enfourcha sa Harley, le moteur couvrit sa voix. Il me fit un signe de tête, je grimpai derrière lui. Il glissa sa main sous ma cuisse et me rapprocha de son dos. Il aimait ce contact, me sentir proche de lui quand on roulait pour ne faire qu'un. J'aimais ça aussi.

⁂

Gaëlle et Joanne nous attendaient à notre table habituelle.

– Merci pour le petit-déjeuner que tu nous as préparé. Votre commande arrive, ton chocolat chaud, un café, sans oublier les éclairs, nous dit Jo avec un sourire timide.

Gaëlle ne tenait plus en place.

– Alors ? Tu as appris quelque chose d'intéressant ?

– Non, pas grand-chose. Sauf que, d'après le Dr Stuart, je devrais me rendre à Sassenage. J'y trouverai peut-être les réponses pour débloquer mon inconscient.

– Tu nous caches quoi ?

Le ton de mon amie d'enfance était suspicieux. Elle me connaissait bien, Gaëlle savait qu'un truc clochait. J'avalai ma salive et rougis légèrement.

– Rien ! Je suis simplement curieuse, j'aimerais bien pouvoir me rendre à Sassenage pour mettre un point final à tout ça.

Je me tournai vers Richard.

– Dis-moi, c'est à une heure d'ici, c'est ça ?

– Oui.

– Super ! On peut tous y aller ce week-end et même prolonger notre séjour.

Je m'assis sur ses genoux. Il enroula ses bras autour de ma taille.

– Tu en penses quoi ?

– C'est impossible pour Jo et moi. Nous avons promis à ses parents de tenir le *Tasse-Livre* dès vendredi soir.

– Je me porte volontaire, dit Gaëlle enjouée.

– Tu es sûre ?

– Mais oui, on en a pour la journée. C'est juste un aller-retour. Samedi soir, on sera là toutes les deux pour aider Jo et Richard.

-25-

Livia

Grenoble.

Les kilomètres défilaient sous mes yeux, je me laissais juste porter par le panorama spectaculaire. Des montagnes trônaient fièrement de part et d'autre de la route. Les couleurs qu'elles nous proposaient formaient un mélange exquis pour les yeux : rouge, ocre, jaune et un vert qui tentait vainement de résister à l'automne. Je restais bouche bée devant une telle exhibition de nuances. Gaëlle me sortit de ma rêverie.

– Tu n'as jamais vu de montagnes ?

Je soupirai tandis que ma voix se faisait plus lointaine.

– Seulement dans les livres. Tu sais très bien qu'on ne partait jamais en vacances, le travail avant tout.

Elle changea de sujet.

– J'ai une surprise pour toi.

– C'est vrai ?

– J'ai l'habitude de te mentir ?

– Non, seulement celle de modifier les faits, lui répondis-je en riant.

– Tu veux savoir ou pas ?

Je hochai la tête.

– Alors, avant de nous rendre à Sassenage, nous allons à Grenoble. Une amie y habite. Tu vas adorer la suite !

– Arrête de me faire saliver, crache le morceau.

– Camille nous attend dans un café à côté de l'ancien palais de justice de Grenoble. Elle est historienne, c'est une de nos amies. Elle s'est portée volontaire pour te guider dans Grenoble et Sassenage. Une visite à travers les âges. Contente ?

– L'idée est potentiellement intéressante.

– Cache ta joie, j'en connais un qui s'est démené pour rien.

– Qui ?

– Tu remercieras ton beau brun, il a insisté pour la contacter. Camille a tout organisé. Je ne pensais pas dire cela un jour, mais j'ai bien l'impression qu'il est vraiment accro.

Je souris et mordillai ma lèvre, révélant le signe d'une légère nervosité, et Gaëlle le savait.

– On est seules. Tu peux parler maintenant.

– Je ne sais pas quoi te dire ! Je n'arrive toujours pas à comprendre tout ça. Je croyais que ce rendez-vous chez le Dr Stuart m'annoncerait que tous mes rêves et ces trucs étaient liés à mon imagination.

– Et ?

– Et rien ! Si ce n'est que cet homme est de plus en plus présent, ici, soufflai-je en montrant mon cœur, je veux l'oublier, mais je n'y arrive pas. Je vis encore et toujours cette servitude qui m'unit à lui. Et cette sensation insidieuse m'oppresse au point que je ne sais plus…

– Quoi ? Tu ne sais plus quoi ?

– Qui j'aime vraiment, Richard ou cet inconnu. Ces cauchemars montent en puissance. Ils sont de plus en plus saisissants depuis la séance d'hypnose. Les sensations physiques deviennent réelles. À mon réveil, j'ai encore le goût de ses baisers, de ses caresses. J'ai l'impression de tromper Richard. C'est comme si je ne disposais plus de ma vie, je déteste me sentir impuissante.

– Arrête de te morfondre. Comme te l'a dit le Dr Stuart, c'est peut-être simplement une blessure émotionnelle. Te rendre à Sassenage va tout arranger. Et ça aurait pu être pire, on aurait pu partir bien plus loin, on a échappé à Pétaouchnock !

– Mm… Tu as sans doute raison.

Elle gara la Fiat 500 tout près de la place Victor Hugo. Nous descendîmes de la voiture.

– Allez, suis-moi !

J'emboîtai le pas de Gaëlle quand elle se retourna, téléphone à la main en mode GPS.

– Rue Belgrade, parfait. Nous allons prendre à droite la rue Montorge, puis nous serons arrivées.

Un magnifique jardin de ville et son kiosque se dressaient devant nous. Une école donnait sur le parc, les rires des enfants résonnaient de toutes parts, se répercutant sur les vieilles pierres qui ornaient les bâtiments alentour. Un passage voûté débouchait sur une place, mes doigts caressèrent les vieilles pierres. Prise d'un vertige soudain, je me rattrapai à Gaëlle. Je connaissais bien le phénomène, ça recommençait ! Soumise, je recevais avec stupeur les émotions qui me traversaient. La peur, la haine, mais aussi la joie. Incrédule, je ne fis aucune supposition. Gaëlle me soutenait toujours le bras. Inquiète, elle me demanda :

– Tout va bien ? Tu as pris le temps de manger ce matin ?

Je redressai la tête et ouvris les yeux.

– C'est quoi cet éclat doré dans tes pupilles ?

– Oui, ça va, non, je n'avais pas faim. Et j'ai juste trébuché sur ce pavé ! Quel est le nom de cette place ?

– C'est la place Grenette. Je sais qu'elle est importante dans l'histoire de Grenoble, mais ne me demande pas pourquoi. C'est le domaine de Camille, dit-elle en débouchant sur la place Saint-André.

Assise à la terrasse d'un bistrot, l'amie de Gaëlle nous fit signe.

– Comment vas-tu, Camille ? Tu es toujours aussi magnifique ! Regarde-moi ça ! Tu es encore bronzée ! Il va falloir que tu me donnes ta recette.

Devant moi se tenait une jolie brune aux yeux noisette. Ses cheveux descendaient sur les épaules. Ils étaient aussi raides que les miens étaient bouclés.

– Oh, c'est simple, tu viens avec moi en randonnée toutes les semaines et tu auras le même teint que le mien, dit-elle en souriant.

– Non, pas possible. Le sport et moi, ça fait deux, sauf si tu me laisses sur la terrasse d'un bar en montagne.

– Tu es une adepte du ski-bar ? Tu m'en diras tant !

Gaëlle m'attrapa par l'épaule.

– Camille, je te présente Livia, une férue d'histoire. On compte sur toi pour nous sortir les trucs les plus gores de ces derniers siècles ! Tu penses que c'est faisable, Grenoble ce matin et Sassenage cet après-midi ?

– Sans problème ! Mais avant de faire quoi que ce soit, il me faut ma dose de caféine, clama-t-elle en hélant le serveur.

Je profitai de cet instant pour jeter un coup d'œil autour de moi. Le palais de justice de style gothique néo-Renaissance se tenait fièrement face à nous, mais sans aucun doute, ce fut l'église à ma gauche qui titilla ma curiosité.

– C'est splendide ! J'ai vraiment hâte d'entendre l'histoire de ce bâtiment et de ce sanctuaire.

– OK, je comprends mieux pourquoi « la férue d'histoire ». Je vais me régaler à te dévoiler les secrets de cette vieille cité.

J'étais conquise par sa bonne humeur, mais surtout soulagée. Je pouvais souffler un peu. J'associais mon stress à Sassenage, non à Grenoble. Je n'avais rien à craindre ici, et Camille était intarissable.

– Grenoble est une ville dynamique, attrayante pour les sportifs, hiver comme été. Comme tu l'as certainement remarqué, elle est cernée par de magnifiques massifs. À ta droite, la Chartreuse. Si nous avons le temps, je te toucherai deux mots sur les moines chartreux et leur délicieux élixir ! Sur ta gauche, les Alpes, et non loin, le Vercors. Tu dois savoir, en premier lieu, que la richesse de cette capitale des Alpes se trouve dans l'Histoire. On pense souvent à tort que la Révolution française débuta à Paris. Mais c'est un an auparavant, le 7 juin 1788, que le peuple, harassé par les taxes, les lois et j'en passe, se dirigea vers l'hôtel particulier du représentant du roi et récupéra les clés du palais. Les soldats, venus en renfort pour protéger les lieux, reçurent des projectiles lancés des toits. Tu devines, il s'agissait des tuiles. Ce jour est connu sous le nom de la journée des Tuiles.

Je levai mon regard vers les toits de Grenoble et imaginai aisément les cris, la colère, l'injustice…

– Tu vois, le temps passe, mais les revendications restent les mêmes, ajouta Camille avec malice.

Notre café avalé, nous nous dirigeâmes vers le centre de la place. Camille continua son exposé historique.

– Cette statue est celle de Bayard. Le chevalier sans peur et sans reproche, né en 1475 à Pontcharra, à environ une quarantaine de kilomètres d'ici. Et ce bâtiment, face à toi, c'est l'ancien palais de justice de Grenoble. Il a occupé cette fonction jusqu'en 2002. Bien avant cela, et jusqu'à la Révolution, c'était le siège du Parlement du Dauphiné. Sa partie la plus ancienne date de la fin du XVe siècle. Nous le visiterons plus tard, car je sens ton attention s'exacerber pour le lieu saint, non ?

J'opinai machinalement, l'église Saint-André se trouvait devant moi. Je levai les yeux pour admirer son incroyable flèche gothique. Ne pouvant plus attendre, je poussai à deux mains la porte en bois. Tandis que les filles continuaient à discuter à l'extérieur, je pénétrai seule dans l'édifice. La fraîcheur des lieux me saisit. Je resserrai ma veste pour me réchauffer. Je remontai l'allée centrale tout doucement pour ne rien rater de toutes ces merveilles. Mes pas me dirigèrent vers la nef. Les vitraux rendaient la lumière du soleil surnaturelle. Mon cœur commença à se serrer dans ma poitrine. Le sol tangua sous mes pieds. J'entendis des murmures lointains, je m'efforçai désespérément de les reconnaître… peut-être le bruit de sabots sur des pavés… Affolée, je cherchai Camille et Gaëlle des yeux, tout en essayant de me débattre pour me sortir d'un gouffre qui m'emportait inexorablement. J'ouvris la bouche pour crier, mais aucun son ne sortit. Ne pas sombrer resta ma seule alternative, malheureusement, je vacillai et m'écroulai sans réussir à atteindre le banc.

– Livia ! Qu'est-ce qui se passe ? Liv ? Tu m'entends, Livia ?

Elles arrivèrent en courant. Gaëlle me secoua.

– Camille ! Les secours ! Vite !

Mes paupières s'ouvrirent un bref instant. Une odeur douceâtre pénétra mes narines et descendit telle une araignée le long de ma gorge. Je suffoquai, cette odeur me rappelait le soufre et la chair brûlée. J'essayai de le lui dire, mais la toile perfide contractait ma trachée. Je distinguai mon amie penchée sur moi. Elle hurlait, mais sa voix ne me parvenait pas. Des images se superposèrent… Gaëlle… Camille… les vitraux, les voûtes… et…

-26-

Caterina

Grenoble, 13 août 1606.

Étais-je morte ?

Mes paupières étaient lourdes. J'avais du mal à les ouvrir. Un scintillement m'empêchait de percevoir où je me trouvais. Une drôle de sensation montait peu à peu. Je n'arrivais pas à la définir. Je me sentais à l'étroit dans ce corps douloureux, pourquoi ? Je levai ma main, ce n'était pas la mienne. Que m'arrivait-il ? J'étais tombée, peut-être mal tombée. J'étais morte ? C'est la seule explication qui me venait à l'esprit.

Je laissai retomber ma tête lourdement sur le sol en pierre. La panique m'envahit, une légère nausée laissa un arrière-goût amer dans ma gorge.

Que s'était-il passé ? Une ambiance chaotique régnait dans ma tête. Elle me faisait si mal. Je peinais à réunir mes souvenirs.

L'église à Grenoble. Mon malaise. Gaëlle qui criait. Puis plus rien. Non, je me trompais ! La terre avait bougé sous mes pieds. Ou bien était-ce moi qui avais tremblé de l'intérieur ? Non, ce n'était pas cela.

Une force phénoménale m'avait happée pour me jeter dans un tunnel sombre, où des présences, froides, douloureuses, perdues essayaient de s'accrocher à moi. Leurs mains tendues et glacées tentaient de m'accrocher. D'autres formes, incertaines, refusaient d'avancer, bloquées par la peur. Elles hurlaient le même mot : jugement.

Une lumière aveuglante mais bienveillante avala leurs paroles terrifiantes, tout en me couvrant d'un amour infini. Au fur et à mesure, des vibrations chahutaient mon enveloppe où chaque parcelle de celle que j'avais été, celle que j'étais et celle que je serais vibraient à l'unisson. Cette omniprésence me conseillait. Était-ce cela, l'au-delà ?

Mes vertiges s'intensifièrent alors que je fouillais mes souvenirs à la recherche d'un éclaircissement.

Elle, cette force lumineuse, me déroulait des bribes de vies, les miennes, à d'autres époques. Les personnes que j'avais connues, celles que je connaissais et celles que… Je les avais toutes choisies ! Mais inexplicablement, cela me convenait et me rassurait, de me savoir aimée.

Je creusai encore et, petit à petit, les indices se dévoilaient.

Une fois de plus, ce gouffre m'avait aspirée. Je flottais, habitée par l'amertume de tout perdre. Je mourus à nouveau pour renaître ailleurs. J'abandonnais des êtres que j'aimais dans cette dimension. Prendre conscience de cet éternel recommencement et glisser encore dans ce tunnel vertigineux, synonyme de vie entre les vies pour me retrouver ici-bas.

À présent, tout était plus clair. Enfin, presque tout. Ce n'était pas mon enveloppe charnelle !

J'avais mes souvenirs, mais d'autres se superposaient et se mêlaient aux miens. Je me risquai à regarder autour de moi. Je reconnus, non sans mal, les voûtes, les vitraux, mais où étaient mes amies ? Je revoyais Gaëlle, suivie de Camille, courir pour me porter secours. Et là, personne ! Non, je me trompais, il y avait bien quelqu'un. Je ressentis sa présence et entendis un sifflement gai qui tentait vainement de reproduire une chanson.

J'attrapai le dossier du banc pour me relever et demander de l'aide. Mon poids le fit basculer. Je tombai à genoux dans un immense fracas. Je retins un cri de douleur entre mes lèvres. Pourquoi avais-je autant de mal à bouger ? Le vacarme assourdissant se répercuta dans l'église.

L'inconnu s'approcha, inquiet.

– Caterina ! Que t'arrive-t-il ?

Sa phrase resta en suspens, tandis qu'un éclair fulgurant frappa mon cerveau. Ma vision se floua devant l'apparition de formes géométriques translucides. Je planais entre deux dimensions bien distinctes. Mon amnésie se dissipait, la mémoire de cette Caterina se distillait dans mon cerveau, comme un parasite. Ma personnalité partageait un corps d'une de mes vies en 1600. Était-ce possible ?

Les souvenirs, à présent, se multipliaient, se bousculaient. Je nous revis petite. Francesco de Nobilibus était né à Rome. Il avait décidé de venir en France et de s'installer à Lyon, après avoir endossé l'habit des franciscains à la suite d'un vœu. Dans cette ville, il m'avait adoptée et prise sous son aile, moi, Caterina. Un lien très fort nous unissait, j'étais sa fille de cœur.

Francesco, passionné de médecine, m'avait appris l'astrologie, la minéralogie, la chimie. Sa passion s'étendait pour mon don avec les esprits. Subjugué par ma facilité à communiquer avec eux et l'au-delà.

Le timbre de sa voix emplie d'exaltation résonnait dans l'esprit que je partageais avec elle. Il avait eu dans ses mains les travaux de Cornelius

Agrippa et les écrits de Leonardo da Vinci, le *Codex Atlanticus*, qui parlait de la Fleur de Vie. Tout commençait à prendre sens.

– Caterina, tout va bien ?

Je levai les yeux vers lui et le reconnus, Padre Alessandro ! Le plus vieil ami et le confident de Francesco. Son embonpoint et sa bonhomie mettaient tout de suite en confiance. Un homme de foi, débordant de bonté et d'écoute.

– Oui, tout va bien, articulai-je tremblante.

Un léger déséquilibre me fit vaciller, il me retint par le bras.

– Je t'ai cherchée à Lyon ! Ici, à Grenoble, aucune trace de toi ! Où étais-tu passée ?

N'obtenant aucune réponse de ma part, il poursuivit :

– Viens ! Nous avons assez traîné ici. Il faut te mettre à l'abri, personne ne doit savoir que tu es en ces lieux.

Il me saisit par la taille et m'emmena vers la chaire. Il actionna une petite sculpture. Le bruit d'un mécanisme se fit entendre, dévoilant un passage secret. Padre Alessandro s'y engouffra et me traîna dans une moiteur silencieuse. Seul le frottement de sa bure, et l'écho qu'elle renvoya, me laissait deviner un long couloir. Le sol descendait légèrement, je posai mes mains à tâtons sur les pierres froides. Un filet de lumière s'infiltrait par un soupirail. Un lit sommaire et une bougie posée sur la terre battue ornaient notre refuge. Padre Alessandro saisit son briquet d'acier et alluma une torche, son reflet blafard ricocha sur le mur où pendait un bout de miroir.

Avec une appréhension curieuse, je m'approchai et découvris mon reflet. Mon apparence totalement différente me laissa sans voix. Mes doigts tracèrent le contour de mon visage aux traits fins et racés.

Mes cheveux longs, d'un roux flamboyant, mettaient en valeur mon teint diaphane. Puis mon attention se porta sur mon cou, d'où descendait une chaîne. Un pendentif était posé à la naissance de ma poitrine. Surprise, je touchai le médaillon du bout des doigts. Il représentait la Fleur de Vie. Une image s'imprima dans mon écran intérieur. C'était un cadeau, un présent de Francesco pour mon seizième anniversaire. Une émotion intense me submergea, je le serrais contre moi, il disait appartenir à ma mère biologique. Voilà pourquoi j'y tenais tant, ni plus ni moins, le pendentif que je portais était le même que celui-ci, transmis de mère en fille. Mais qui était cette femme, Caterina, moi ? Je me ressaisis et m'approchai encore vers cet autre moi pour y plonger mon regard. Il n'était pas différent… Ne dit-on pas que les yeux sont les portes de l'âme ? Je fis volte-face, surprise par les suppliques de l'homme qui m'avait conduite dans ce souterrain.

– Tout va bien, Caterina ? Tu es bien étrange !

– Que se passe-t-il ? Pourquoi tant de cachotteries, et où est mon père ?

– Enfin, mon enfant ! Francesco est à la prison du Parlement du Dauphiné, depuis deux ans maintenant. Ne le sais-tu point ?

– Oui, bien sûr… Je m'en souviens. C'est pour cela que je suis ici, pour son accusation !

– Oh mon Dieu, tu ne sais pas tout ! Ils l'ont enfermé dans ces maudits cachots ! Sa chambre a été mise à sac. Ils ont trouvé, sous une latte du plancher, des livres de Cornelius Agrippa. La sentence va être rendue sous peu. Depuis tout ce temps, ils ont eu raison de lui, il perd la tête.

– Pourquoi les a-t-il gardés ? C'est de la pure folie ! Je lui avais dit de s'en débarrasser ! Tout le monde sait que Cornelius était considéré comme l'un des maîtres de la sorcellerie. Ont-ils aussi mis la main sur les sceaux planétaires ?

– De quoi parles-tu, Caterina ?

– Cesse de faire comme si tu ne savais rien ! Francesco ne vit que pour l'astrologie, une science primordiale pour ses recherches.

– Je le sais, mais je ne comprends pas ce que tu veux dire !

– Alors, il ne t'a jamais mis dans la confidence ? Je le pensais, pourtant. Il étudiait les carrés magiques de Cornelius. Ces nouvelles amulettes sont des symboles qui captent la magie et les vertus des planètes. Il voulait prouver que chaque astre permet de réveiller des dons endormis en chacun. Il approfondissait son étude pour démontrer la corrélation entre les dons que je possède et ma date de naissance. Il disait que l'heure de ma venue était la clé, l'origine pour comprendre et modeler ses calculs pour créer de nouveaux sceaux planétaires. Pour lui, rien n'était dû au hasard. Souvent, il répétait la phrase de ce Cornelius Agrippa : « Chaque monde inférieur est gouverné par un monde supérieur et reçoit l'influence de ses forces. » Il était fasciné par les écrits de cet homme qui a vécu à Lyon et Grenoble. J'ai suspecté Francesco de suivre les traces de cet érudit pour être au plus près de lui, de ses pensées.

– Pourquoi ne m'en a-t-il jamais parlé ?

– Le connaissant, je pense qu'il voulait te protéger.

– Que voulait-il accomplir ?

Le timbre de ma voix vibrait de haine et de mépris. J'intégrais et je vivais les émotions de Caterina !

– Ses recherches, il les a menées aussi pour ces nobles, ceux-là mêmes qui le condamnent à présent. Il a été abusé par ces riches notables avides de mystères. Celui qui possédait un sceau magique avait le pouvoir d'activer ses capacités psychiques. Plus j'y pense, plus j'ai la certitude que la jalousie des uns et des autres l'a conduit à son propre anathème.

Bien entendu, il était dans les secrets du pouvoir, en savait-il désormais trop ? Alessandro le pensait. Quoi de plus simple pour faire taire à tout jamais une personne que de l'accuser de sorcellerie ? Padre Alessandro me serra tendrement dans ses bras.

– Je n'en doute pas non plus ! Mais on ne peut plus rien pour lui. Que comptes-tu faire, à présent ?

– Je désire le voir !

– Que nenni ! Moult soldats sont à ta recherche. Tu es soupçonnée de sorcellerie. Il se dit de sources sûres que tu possèdes tous les secrets alchimiques de Francesco. Je ne croyais pas toutes ces balivernes, mais je vois qu'ils ont raison. Francesco voudrait que tu sois en lieu sûr !

– Je ne céderai pas. Conduis-moi !

À force de suppliques, il accepta. Une nuit sans lune nous enveloppait. Il me somma de me taire et nous conduisit vers une étroite ruelle, un passage sûr pour se rendre auprès de Francesco. Il l'empruntait deux soirs par semaine depuis son arrestation. Devant nous, une architecture massive arborait fièrement des gargouilles. Ces gardiennes du bien, sculptées sur l'enceinte du bâtiment, nous narguaient. Selon les croyances, elles empêchaient le malin de pénétrer, une fois que les sorciers et les alchimistes y étaient enfermés.

Nous parvînmes dans un endroit froid et lugubre. L'eau nous arrivait aux chevilles. Le Padre remarqua ma mine dépitée.

– La dernière crue fut dévastatrice. Nous sommes bien heureux, l'eau est descendue. À ma dernière visite, elle montait à hauteur de cuisse.

– Où est-il ?

– Par ici, mon enfant, à droite.

L'humidité des lieux m'empêchait de respirer convenablement. Un mouchoir couvrait mon nez et ma bouche. Plus nous nous enfoncions dans ce couloir interminable, plus l'obscurité régnait en maîtresse autour de nous. Seule la flamme de notre bougie vacillante nous permettait de croire en la vie. Padre Alessandro s'arrêta devant une geôle, d'où aucune lumière ne sortait.

– Il est ici ? Comment peut-il survivre dans ces ténèbres ?

– Il est plus fort que tu ne le penses. Laisse-moi l'appeler.

J'acquiesçai.

– Francesco ! *Mio fratello, ascoltami* !

Une plainte se fit entendre et résonna faiblement contre les murs de pierres.

– Alessandro ! Sandro, est-ce toi ?

– *Si, mio fratello.* Donne-moi ta main, prends ça. Mange-le vite avant que les rats ne le dévorent. Je ne suis pas seul ! Approche-toi, si tu le peux. Oui, c'est bien, *mio fratello.*

Un corps décharné, entravé par les fers, s'avança et s'accrocha aux barreaux. Avec horreur, je discernai dans le clair-obscur mon père adoptif. Des sanglots secouèrent mon corps, je touchai son visage avec une infinie douceur, pour ne pas le blesser.

– Qu'ont-ils fait ? Si Dieu existe, pourquoi est-ce arrivé ?

– Caterina, mon enfant, est-ce toi ?

– Oui ! Je suis là ! Je trouverai le moyen de te faire évader.

– Ne dis pas de sottises.

Un rire fou s'échappa de sa bouche.

– C'en est fini de moi, ma fille. Je suis en sursis, j'attends mon trépas. Mais toi, tu dois fuir. M'entends-tu ?

– Non, je ne puis !

– Tu dois te montrer courageuse, Caterina ! Ne dis jamais…

Il s'accrocha férocement à mes mains, comment pouvait-il encore avoir de la force ? Je me penchai pour écouter ses dernières paroles. Il me susurra, avec le peu de vigueur qu'il lui restait :

– Ne révèle jamais ton secret. Tes dons avec les esprits doivent être cachés. Tu es unique, ma fille, mon enfant, tu es l'origine. Je t'aime à jamais. Garde-toi ! Maintenant, va ! Ne te retourne pas ! Alessandro, mène-la loin d'ici.

Les pas des gens d'armes résonnèrent dans ce couloir maudit.

– Ne tardez plus ! Fuyez !

Francesco de Nobilibus, pour couvrir notre fuite, se mit à crier comme un damné sa désolation, son supplice.

– J'invoque le Seigneur, Dieu tout-puissant, pour ma délivrance et celle de notre monde ! Je suis un enfant de Dieu ! Je suis Son représentant !

Qui pouvait bien croire ce qu'il racontait ? Quand on posait les yeux sur lui, il ne restait que l'ombre de lui-même.

Je ne pus dormir, cette nuit du 13 août. Toutes les parcelles de mon corps brisé pleuraient l'homme qui avait eu l'amour de m'accueillir.

J'entendais, au loin, les ouvriers frapper de leurs marteaux le gibet. Était-il pour Francesco de Nobilibus ?

-27-

Caterina

Grenoble, 14 août 1606.

Padre Alessandro vint toquer à la porte de ma chambre. Il m'annonça ce que je pressentais : la sentence était tombée, la veille au soir pendant notre visite. Francesco, mon père adoptif, serait brûlé sur le bûcher pour l'expiation de ses péchés. Il posa sur mon chevet le brou de noix pour noircir ma chevelure. Il me tendit une aube, me demandant de me vêtir ainsi pour me cacher. Tout était arrangé. Il devait me mener dans un lieu sûr où un paysan m'attendrait. Comme tous les lundis, ce dernier quittait Grenoble pour livrer le grain derrière l'église de Sassenage.

Nous devions passer par la place du Breuil où se tenaient les exécutions. Il espérait me voir quitter Grenoble avant la mise à mort de mon père.

Sa main trembla quand il rabattit ma capuche. Elle me couvrait le visage, ne laissant rien entrevoir de mon apparence. La peur lui serrait la gorge lorsqu'il me donna ses dernières recommandations.

– Ne parle à personne, il en va de nos vies.

Alessandro ralentit son pas, nous ne devions pas attirer l'attention sur nous.

Nous marchions en silence. Je me sentais seule, abandonnée, triste. Je ne pouvais décrire toutes les émotions qui me traversaient, mais une, en particulier, me dévorait davantage : l'injustice de toute cette mascarade.

La place du Breuil était noire de monde.

– Ces saligauds ont peur de rater le spectacle, il est tôt, me susurra le Padre.

Les badauds attendaient l'exécution dans une excitation malsaine. Les acclamations obscènes et les rires gras retentissaient de toutes parts quand un soulèvement prit naissance au sein de la populace. À l'unisson, ils aboyèrent :

– À mort ! À mort ! Sorcier ! Suppôt de Satan !

– Ce n'est pas possible ! Pourquoi ont-ils avancé l'heure ? souffla-t-il déchiré.

Une escouade convoyait le proscrit. À son passage, chaque âme se signait et implorait protection. Padre Alessandro me tira en arrière. D'un geste de la main, il m'indiqua de garder la tête baissée. Les gens d'armes écartèrent tous ces gueux édentés. Francesco portait des fers trop lourds pour sa silhouette si frêle. L'acier le saignait aux poignets, au cou. Malgré sa souffrance, il s'avança avec dignité et humilité. Toute trace de folie avait disparu de son visage. Une paix imperturbable émanait de sa personne. Le peuple jugulé se retenait de crier devant ce revenant et le spectacle qu'il offrait. Le bourreau, couvert de son masque, attendait patiemment que sa victime gravît les marches de la potence. Nous nous tenions toujours à l'écart, quand une voix hystérique somma :

– Padre Alessandro ! Approchez-vous ! Soyez témoin devant Dieu pour requérir les dernières paroles de pénitence de votre frère.

La frayeur me coupa le souffle. Je me reculai pour me cacher derrière un arbre. Discrètement, le Padre retint mon aube et secoua la tête.

Tout s'enchaîna. Les gens nous bousculèrent sans ménagement au-devant de l'estrade. Mon père adoptif me reconnut malgré mon déguisement. Il tenta de n'en rien laisser paraître. Je le compris aux larmes qui suivaient les sillons de ses joues amaigries. J'avais envie de hurler, mais le regard douloureux de mon père m'en empêcha. Je tremblais, je ne pouvais pas raisonner mon corps, la sueur ruisselait, accrochant ma bure dans le dos. Soudain, mon père se laissa tomber à genoux. Je fis un geste pour le relever, mais Alessandro me stoppa. Démunie, je l'écoutai prononcer les derniers mots qu'il cria :

– Merci à Dieu, au roi et à la Justice !

Le bourreau se plaça derrière lui, sortit de son dos une corde, l'enserra autour de son col et lui brisa la nuque d'un coup sec. Mes jambes se dérobèrent sous moi.

Padre Alessandro me saisit par le bras et me traîna à sa suite. Personne ne devait nous prendre à partie, personne ne devait savoir. Ils étaient tous obnubilés par ce qu'ils avaient invoqué. Les braillements de la foule devinrent incontrôlables. Mes sanglots étaient couverts par ses vagissements.

Le corps de Francesco gisait aux pieds du bourreau. Celui-ci se baissa et porta mon père comme un vulgaire sac de grains. Je lançai un dernier regard à cette scène horrible : on jetait mon père aux flammes avec ses livres, ses parchemins, ses sceaux magiques.

Pour eux, le Mal était vaincu. Les flammes purifiaient cette âme déchue, mais, à moi, elles me renvoyaient des instants précieux.

En ce début de l'an 1606, il avait dressé la carte du ciel. Quelle ironie du sort ! Je me souvenais de ses paroles : « Caterina, mon enfant, approche. Je vais te montrer quelque chose. Regarde, la carte du ciel, nous entrons dans un grand carré. Entre Mercure, Uranus, Jupiter et Mars. Ce qui est révélateur d'une période agitée, avec des troubles entre les pouvoirs. Je pense à la royauté et l'Église, sans oublier le peuple. D'autant que le Soleil en Lion est aussi en carré avec Uranus en Taureau. Les têtes couronnées seront sur la sellette. »

Padre Alessandro balbutia quelques mots.

– Si tu restes cachée, tout devrait bien se passer. Ne te soumets à aucune magie ou contact avec les esprits.

Son dernier geste fut de poser un baiser chaste sur mes lèvres. Mes larmes salées s'échouèrent sur sa bouche. Il m'aida à monter dans la charrette et m'enveloppa d'une couverture. Je l'aperçus donner une bourse sonnante et trébuchante au paysan. La carriole s'ébranla. Je laissai Grenoble et son abomination derrière moi. Je laissai mon père adoptif, Francesco de Nobilibus. Ils avaient détruit son corps, mais son âme, nos souvenirs heureux resteraient à jamais gravés dans mon cœur. La fumée du bûcher se voyait de loin, éparpillant les cendres de mon père. *Je ne faillirai point, je serai forte, je te le promets.*

-28-
Thomas

Une lueur froide transperça ses paupières. Thomas entrouvrit les yeux avec peine. Des effluves alcoolisés flottèrent autour de lui quand il bâilla. Il s'étirait pour chasser les courbatures de sa nuit passée dans le fauteuil quand la voix d'Elena le fit sursauter.

– Avec tout le whisky que tu as ingurgité, tu arrives à te réveiller de si bonne heure ? Qu'avais-tu à fêter ?

Thomas sentit le poids du coffret dans sa poche, comme si le timbre d'Elena le réveillait. La gorge nouée, il sourit timidement à sa femme, et sortit sans réfléchir la phrase qu'il avait rabâchée dans son esprit torturé.

– J'ai un présent pour toi. Un cadeau précieux qu'Henora m'avait demandé de te remettre quand le moment serait venu.

Elena recula d'un pas et se figea sur place.

– Qu'est-ce que tu racontes ? Tu as perdu la tête ! Tu vas me faire avaler que depuis toutes ces années, tu as avec toi un objet que ma folle de mère t'a demandé de me donner, lâcha-t-elle dans un gloussement fébrile, toi et ta fille, vous frisez la démence !

– Ça suffit ! Tu ne peux plus continuer à faire semblant.

Thomas s'approcha d'elle, sa main se referma sur son bras tandis que, de l'autre, il lui présentait le coffret. Elena s'arc-bouta et tenta de se dégager, mais ses larmes la trahirent.

– Ce n'est pas possible, tu l'as depuis tout ce temps. Il… Il appartenait à ma grand-mère. Tu l'as ouvert ?

– Non. Et ce n'est pas faute d'avoir essayé. Des années que je rêve de savoir ce qu'il cache.

Elena secoua la tête et se dégagea violemment.

– Range-le ! Je n'y toucherai pas.

Désarçonné, Thomas laissa tomber le coffret, qui roula vers la fenêtre. Il ouvrit les bras, Elena s'y réfugia, laissant aller tout son soûl.

– Raconte-moi, souffla-t-il dans ses cheveux, s'il te plaît raconte-moi.

Elena décolla son visage de l'épaule de son mari, ses lèvres tremblotaient encore. Sa locution si parfaite d'habitude se transformait en des propos incompréhensibles. Thomas déposa Elena sur le canapé, face à la baie vitrée. Le reflet de son mari s'activant derrière elle lui serra le cœur. Il posa une couverture sur ses épaules et lui tendit un verre. Elle huma le liquide ambré et réussit à lui sourire.

– Tu as toujours su ce qu'il me fallait pour me remonter le moral. Mais là, il me faudra plus d'un verre, je le crains.

Il ne répondit pas, mais souleva la couverture pour se glisser à ses côtés.

– Ça prendra le temps qu'il faudra, quitte à vider le bar, si cela peut aider à faire tomber le mur que tu as érigé tout autour de toi.

Elena planta son regard dans le sien. Puis avala d'un trait le whisky.

– OK, je suis prête. Mais avant, tu me racontes comment tu l'as eu, dit-elle en le désignant d'un léger coup de tête.

Ils laissèrent le petit coffre aux gravures celtiques sur le sol pendant que la voix grave de Thomas relatait le jour où Henora le lui avait confié. Elena resta silencieuse, de temps en temps des trémolos discrets secouaient son corps, alors Thomas la serrait un peu plus fort contre lui. Son récit se termina alors que le soleil d'hiver inondait à présent la pièce.

– Que veux-tu faire ? Acceptes-tu son présent ?

– Oui, souffla-t-elle.

Thomas se leva et le ramassa. Elena ouvrit sa paume, au contact du coffret des picotements parcoururent son bras, elle sursauta, surprise. L'objet se façonnait à la morphologie de ses doigts.

– Tu sais comment l'ouvrir ?

– Non. Mais ma mère avait la fâcheuse habitude de répéter que la magie circulait dans mes veines. Qu'il fallait simplement que j'arrête de tout contrôler.

– Alors, qu'attends-tu ?

– Ne me brusque pas ! Tu sais très bien que je ne supporte pas les ordres, et que je déteste tout ce qui est en lien avec la magie !

– Très bien, je te laisse. Je vais en profiter pour checker mes mails, et prendre des nouvelles de Livia.

Elena acquiesça discrètement. Ses doigts couraient le long des lignes celtiques. Chaque motif réveillait en elle une drôle de sensation, mais, bravant sa peur, elle continua à en faire le tour. Peu à peu, elle se décontracta. Elle inspira profondément et entendit un petit clic. Les desseins du coffret s'effacèrent, laissant d'autres gravures faire surface, un langage oublié depuis longtemps, l'ancien Futhark. Elle se redressa et de manière innée toucha les vingt-quatre symboles. Au dernier, le couvercle scellé depuis tant d'années s'ouvrit. Les larmes couvraient à présent ses joues. Tremblante, Elena saisit la petite boussole appartenant à sa grand-mère. À regret, elle s'extirpa de la douceur de sa couverture et se précipita dans la chambre.

– Thomas ! J'ai réussi !

Il leva les yeux de son écran, et découvrit le soulagement redessiner les traits de son visage.

– Je suis tellement fier de toi, murmura-t-il en déposant un baiser sur son front. Tu as vu mon chargeur de téléphone ? Je n'ai plus de batterie.

– Dans mon sac.

– Que vas-tu faire de ton étrange… boussole, c'est bien une boussole ? Tu peux l'accrocher à ta chaîne, regarde ce n'est pas une petite bélière, juste là en dessous ? dit-il en rallumant son portable.

Elle lui sourit et défit son collier.

– À défaut de savoir comment cela fonctionne, il est magnifique comme sautoir. Tu ne trouves pas ? Thomas ?

Il décolla l'oreille de son téléphone, sa voix sourde résonna.

– Il est arrivé quelque chose à Livia. Gaëlle a laissé un message.

⁂

Grenoble.

En appui contre le mur, Camille fixait son amie sans rien dire.

– J'en ai marre ! J'en peux plus d'attendre. Personne ne me rappelle, j'ai pourtant laissé un message aux parents de Livia et à Richard ! Qu'est-ce qu'on peut faire pour l'aider ? soupira Gaëlle.

– Rien, on ne peut rien faire. Mais je suis sûre qu'elle ressent notre présence. Sois confiante, répondit Camille avec assurance.

Gaëlle, face à la fenêtre, tentait vainement de se changer les idées. Vu de cet angle, le massif de la Chartreuse lui offrait un merveilleux panorama. Mais, exaspérée, elle se tourna pour observer, impuissante, la scène qui se jouait devant elle. Son amie allongée, le drap remonté jusqu'aux épaules, branchée à une machine.

Son regard faisait le va-et-vient entre le monitoring et son visage. Elle sortit un mouchoir imbibé de lavande et inspira profondément pour effacer les relents de la chambre aseptisée. Elle avait toujours détesté les hôpitaux. Son téléphone vibra dans sa poche. Elle décrocha.

– Enfin ! Tu en as mis du temps, pour me rappeler !

Richard, à l'autre bout du fil, répondit à son accusation :

– Je sais, je sais… Calme-toi, on arrive !

– Tu viens avec Jo ?

– Oui, et avec Eva. Elle veut être là. Comment est-elle, depuis son admission ?

– Ils disent que ses constantes sont normales, mais elle est toujours inconsciente.

– Que vont-ils faire pour la réveiller ? ragea-t-il.

– Je ne sais pas ! C'est incompréhensible.

Elle retint ses sanglots et reprit :

– Je ne sais pas, Richard. Ils ne le savent pas non plus. Voilà ce que l'on m'a dit : « Elle est inconsciente mais semble rêver. Mouvements de paupières et réponse aux stimuli. » Ils ont rajouté que nous ne devions pas nous inquiéter. On doit se débrouiller avec ça ! Quand elle était dans l'ambulance, elle a prononcé un nom, je crois, enfin, on le pense. C'était à peine audible. Mais Camille a déjà entendu ce patronyme quelque part. Elle doit partir faire des recherches.

– On est dans la voiture ! D'ici une heure, nous serons avec vous…

L'alarme stridente du monitoring cardiaque se déclencha. Richard cria au téléphone.

– Qu'est-ce qu'il y a ? Qu'est-ce qui se passe ? Gaëlle, réponds !

– Je n'en sais rien ! Elle s'agite… Non ! Livia !

Une équipe médicale pénétra en trombe dans la chambre, suivie par le chariot de réanimation. Le médecin donna l'ordre de faire sortir les filles. Dans le couloir, le nez collé à la fenêtre, Gaëlle espérait la moindre information. L'infirmière évita le regard apeuré de Gaëlle et tira d'un coup sec les rideaux. Ses mains glissèrent contre la vitre, son cerveau prenait conscience peu à peu qu'elle ne voyait plus rien. Son téléphone lui échappa pour se fracasser sur le sol, tandis que la voix déformée de Richard hurlait toujours.

– Gaëlle, putain, Gaëlle ! Tu vas me répondre ?

-29-

Caterina

Grenoble, août 1606.

Le mouvement lent de la charrette eut raison de ma colère, de mes peurs. La fatigue me plongea dans un sommeil peuplé de cris, d'hommes masqués, de fourches.

Soudain, la couverture qui me cachait fut soulevée brutalement. Je réprimai un cri de terreur et me recroquevillai entre deux tonneaux. Mon regard craintif scrutait le marchand. Le brave homme m'aida à descendre et me tendit la fameuse bourse donnée par Padre Alessandro.

– La route la plus sûre pour te rendre à l'église de Sassenage, c'est par là, suis les tavernes. Je ne peux pas y aller avec toi, continua-t-il, embarrassé, même si je l'ai promis au Padre. C'est jour de marché, jour où le crieur de cette bourgade annonce les nouvelles de la cité de Grenoble. Les condamnations et les têtes mises à prix.

Apeurée, mon regard silencieux le suppliait, sa main noueuse me poussa dans le dos.

– Vas-y ! Ne tarde pas, et cache-la.

J'obéis sans broncher, l'aumônière trouva sa place dans un pli de ma robe qui faisait office de poche secrète. J'essayai de me fondre dans la foule joyeuse, parmi les étals de fruits et légumes. Je devais longer les tavernes pour arriver à ma destination. Plus loin, des gens d'armes ivres jouaient aux dés. J'avançais prudemment, je déviais les yeux sur les pavés. Je priais pour qu'aucun ne m'aperçût. Mais avant que je ne puisse réagir, on m'extirpa brutalement de la route. Une sorte d'aboiement salace, une main solide, je me retrouvai logée sur des cuisses inconnues. Une forte haleine d'alcool noya mes narines dans des effluves écœurants. Des hommes rirent à gorge déployée tout en essayant de soulever mes jupes. Je me débattis, mais en vain. Quelle était la meilleure solution pour moi ? Me taire, ne pas me faire remarquer, les pensées de Caterina prirent le dessus, elle ne voulait pas perdre sa virginité avec des soudards ! Je me morfondis, essayant de me détacher de ses peurs pour pouvoir réfléchir, quand une voix posée, mais puissante, résonna alors.

– Lâchez-la !

L'homme desserra son étreinte avec une certaine rage, sans pour autant obéir. J'arrêtai de gesticuler. Je distinguai un jeune homme aux cheveux châtains, qui devait être d'un rang important, car aucun soldat ne broncha. Avec assurance, il me tendit la main. Avec hésitation, je la saisis. Il me ramena contre lui tout en continuant à donner des ordres aux soldats. Effrayée par ce qu'il pourrait arriver, je me cachai derrière son dos. Je mis quelques minutes à reprendre mes esprits pour m'apercevoir que les bruits alentour disparaissaient. Il se tourna vers moi et souleva mon menton tout en plantant son regard vairon dans le mien.

À cet instant, tout se figea, tout s'effaça. Il ne restait que lui et moi. Nos âmes, je le sentais, ne faisaient qu'une. Le trouble finit par anéantir le peu de forces qu'il me restait. Il me soutint plus fortement contre lui.

– Mais vous tremblez ! Vous avez froid ?

– Non, soufflai-je.

– Allons, venez, je vous prie.

L'inconnu me conduisit vers un sentier qui s'enfonçait dans la montagne pour nous mener au bord du torrent. Je me laissai emporter sans sourciller.

Le bruit de l'eau couvrait nos pas, et sa voix devint un chuchotement.

Nous nous dirigeâmes vers le bord. Il me présenta un énorme rocher sous un chêne pour m'y installer. Il trempa un linge qu'il me tendit. Le contact humide et froid m'éclaircit les idées.

– Comment vous nommez-vous ? Moi, c'est Philippe, dit-il dans une révérence.

Je restai sans voix, non par peur, mais tout simplement parce qu'il m'avait envoûtée.

– Philippe ! répétai-je, indécise, était-ce le Philippe de mes rêves ?

– N'ayez aucune crainte ! Quel est votre nom ?

– Caterina…

– Où vous rendiez-vous, Caterina ?

– À l'église, on m'y attend.

– Quand vous vous sentirez prête, je vous guiderai. En attendant, reposez-vous sans crainte.

– Quel est cet endroit ? On y est bien.

Je ressentais une source inépuisable de magie tout autour de nous, mais impossible de trouver la source.

– Ce torrent est le Furon. Une légende y est rattachée, celle d'une fée.

Il se rapprocha dangereusement, sa main frôla mon avant-bras, déclenchant une vague de plaisir inattendu.

– Vous me la racontez ? lui demandai-je, tremblante.

– Sans aucun doute à notre prochain rendez-vous. Mais à présent que vous êtes remise, rendons-nous à l'église, avant que le prêtre ne s'inquiète.

Lorsque nous fûmes arrivés aux portes de l'édifice, il déposa un baiser sur le bout de mes doigts, et son regard pénétra le mien. Lui aussi, je le sentais, cherchait des réponses.

Il me promit une nouvelle rencontre. Comment pouvais-je refuser ?

Mon âme entière le reconnaissait et criait de désespoir ma longue litanie à chaque fois qu'intérieurement je prononçais son prénom, Philippe. Je ne sus par quelle sorcellerie cela fut possible, mais il en était ainsi.

Le soir même, au coin du feu, à l'abri du petit monastère, je lisais un billet écrit de sa main. Il me donnait rendez-vous au Furon, près du chêne, notre chêne. À partir de ce moment, je sus que Sassenage ne serait pas une étape dans ma fuite mais le commencement de notre amour intemporel.

Il sut tout de ma vie, de mes dons. Nos âmes fusionnaient, les priver l'une de l'autre aurait été synonyme de néant.

Les jours s'écoulaient entre les jalousies nombreuses et mes rencontres cachées. Beaucoup cherchèrent mes origines, mais le curé de Sassenage me couvrit par de pieux mensonges. Sa loyauté pour son ami, le Padre Alessandro, ne connaissait aucune faille.

Philippe, à son tour m'avait confié son désarroi. Premier né d'un noble de la région, son père avait organisé ses futures noces. Philippe retenait plus particulièrement l'attention de Dame Odile, à laquelle il était promis. Je ne pouvais rivaliser, n'ayant ni nom ni argent, et certainement pas avec ma tête mise à prix. Le curé me prévint un soir, il avait entendu des ragots. Il me supplia de rester sur mes gardes et d'organiser au plus vite mon départ.

Sans cesse, une question me taraudait : étais-je prête à partir et laisser cet amour pour le protéger ? La réponse était sans controverse : oui, il le fallait.

En ce 30 octobre 1606, je décidai de continuer ma route vers Lyon pour y rejoindre les frères franciscains, la famille de mon père adoptif, Francesco de Nobilibus.

Philippe l'apprit et me demanda une ultime rencontre, le soir même.

L'hiver approchait à grands pas, les signes ne trompaient pas. Les premières neiges tombaient sur les hauteurs des Alpes, le froid descendait dans la vallée. Je fermai la fenêtre et me couvris chaudement de mon pelisson. Sur le chemin qui me séparait de lui, je ressentis la présence et l'énergie de mes ancêtres m'accompagner. L'air chargé de magie me donnait la force d'avancer vers le changement qui s'annonçait. Pour rassurer mon cœur lourd de cette séparation future, je pensai qu'il n'y avait aucun mal à sentir ses baisers, une dernière fois. Il m'attendait sous notre chêne. Sa beauté me coupa le souffle. Je me jetai dans ses bras. Il me confia :

– Je sais…

Il m'embrassa fiévreusement, son regard accrocha le mien.

– Je sais à présent quoi faire pour que nous ne soyons jamais séparés !

– Que veux-tu dire ? Vas-tu rompre tes fiançailles ? C'est de la pure folie !

– Oui ! Mais avant cela, je t'épouserai ! Tout est arrangé avec l'abbé.

– Mais quand ? Il ne m'a rien dit, et m'a même conseillé de m'enfuir.

– J'ai réussi à le faire changer d'avis. Demain soir, à la même heure, tu seras mienne…

– Non, le coupai-je, c'est impossible ! Notre bonheur… fera notre malheur ! criai-je désespérée. Et l'abbé ne peut se fourvoyer, il risquerait la pendaison !

– Il t'aime tellement et a peur pour toi, mais il est prêt à t'accompagner, il me l'a certifié.

Il me redressa le menton avec douceur.

– Ne comprends-tu donc pas ? Je ferai tout pour que tu sois liée à moi. Nous n'aurons plus rien à craindre, une fois unis devant Dieu, personne sur terre n'aura le pouvoir de nous désunir.

Des larmes d'espoir coulaient sur mes joues.

– Ensuite, nous partirons pour l'Angleterre et nous rejoindrons l'Écosse.

– Pourquoi l'Écosse ?

– Nous aurons ainsi tout le temps de rechercher tes racines, ta famille, s'il en reste.

Je le laissai peindre notre avenir. Il m'enveloppa d'une peau de loup et me maintint au chaud dans ses bras. La lumière argentée de la lune habillait ce moment de magie. Sa voix chargée d'amour me conta la légende d'une fée, Mélusine.

– Viens, je vais te montrer un endroit.

Sans attendre, il me mena au travers d'un sentier. Les feuilles au sol se soulevaient à notre passage, mais amenuisaient le bruit de nos pas.

La forêt dévoila son secret, une grotte. Celle de Mélusine, d'après les légendes. Je continuais à le suivre, me laissant transporter par l'éclat de ces lieux hors du temps. Une douce lueur sortait d'une salle à la beauté absolue. Des bougies disposées de part et d'autre renvoyaient des ombres parfois féeriques, parfois maléfiques du calcaire qui, pendant plusieurs siècles, avait sculpté ces formes étranges. Le bruit d'une rivière souterraine qui coulait entre les roches assourdissait nos voix. Placé derrière moi, Philippe mit un bandeau sur mes yeux, avant de nous faire pénétrer dans un étroit couloir. Il s'arrêta, pour me le retirer, mais je l'en empêchai.

– Non, pas encore, laisse-moi m'imprégner de cet endroit.

Tout doucement, il entreprit de délacer ma robe, qui s'échoua à mes pieds. Je me retrouvai nue. Ses doigts comme une plume, parcouraient lentement mes bras, mes épaules, mon dos. Ses lèvres remontaient le long de mon cou. D'un geste assuré, il libéra ma vue. Je découvris une chambre. Contre la paroi de cette chambre se trouvait un matelas de paille, recouvert d'un tissu de velours rouge. Je lui demandai une dernière faveur.

– Tu connais mes origines et mon lien avec mes ancêtres. Je ne t'ai rien caché de moi.

Il acquiesça.

– Accepterais-tu que notre union soit scellée selon les rites des wiccanes, mes mères, afin qu'elle soit bénie par leurs esprits ?

– Caterina, j'aime celle que tu es. J'accède avec amour et sans condition à ta demande.

Pour sceller cette promesse, il glissa à mon doigt une bague. L'anneau celtique représentait les nœuds de l'éternité.

Je plantai mon regard dans le sien et le dirigeai vers la couche. Avec douceur, nos doigts s'entremêlèrent pour se découvrir mutuellement, à cet instant, mon projet de fuir s'estompa.

Les lueurs de l'aube nous couvraient encore, nous dévoilant les senteurs du sous-bois, au petit matin. Dans un dernier baiser, emportés par ce bonheur éphémère, nous ne vîmes pas, caché derrière un bosquet, l'homme de main de Dame Odile.

-30-
Odile

31 octobre 1606.

Cette journée fut longue. J'oscillais entre un bonheur intense et une peur sans nom qui me dévorait peu à peu sans que je puisse en comprendre le sens.

À minuit, je retrouvai Philippe sur les bords du Furon, sous notre chêne.

Selon les rites, j'avais revêtu une toge blanche, et Philippe portait un habit noir. Cette nuit était emplie de promesses. Pour les wiccans, la lune bleue représentait un symbole important. Toutes les personnes s'unissant sous cet astre se promettaient un lien éternel, au travers des temps et des âges. Dans cette vie, et après.

L'abbé connaissait cette coutume ancestrale de par ses origines celtiques. Il nous offrit le présent de la célébrer et d'être le témoin de notre union. Il s'avança avec cérémonie vers nous. Il plaça nos mains en forme de huit, puis les unit avec un ruban. Discrètement, il fit un signe de croix et se recula.

L'astre de la nuit perça le feuillage de sa lumière blafarde. La lune bleue bénissait notre alliance et permettait de lever le voile entre les mondes pendant sa procession.

Nous prononçâmes nos vœux, chacun à notre tour. L'air se chargea de magie, un cercle se forma autour de nous ; la présence de mes mères se fit ressentir. L'une d'elles me susurra à l'oreille que notre union était approuvée par-delà les mondes. J'appris que nos âmes se retrouvaient enfin, depuis de nombreuses vies, pour être liées à jamais. Je souris de cette bénédiction, en silence, je les remerciai. Philippe et l'abbé ne pouvaient voir les mondes subtils en action. La nature revêtait un habit de lumière phosphorescente. Des étincelles jaillissaient de toutes parts. Sous cette parade féerique, nous échangeâmes un baiser pour sceller notre engagement.

L'abbé défit nos liens et s'en servit pour attacher délicatement nos poignets. Ce symbole signifiait, aux yeux des êtres réels et irréels, « ensemble, toujours, à jamais ».

Perdue dans l'harmonie de nos âmes et entre deux mondes, je ne perçus pas le danger qui approchait.

Des cris retentirent. On lâcha les chiens. Des torches déchirèrent la noirceur de cette nuit protectrice. Nous étions encerclés par la maréchaussée sans pouvoir nous échapper. Avec violence, on nous arracha le ruban.

Philippe se retrouva bâillonné, les poings liés, maintenu à terre, et l'abbé fut menotté par les gens d'armes. Les deux hommes se débattirent un temps, puis devant la menace d'une épée sous ma gorge, ils cessèrent toute rébellion.

Le procureur général, dépêché de Grenoble, décréta que Philippe avait été ensorcelé et n'était plus maître de ses faits et gestes.

Prise en flagrant délit de sorcellerie et de magie, je ne pouvais nier. La voix caverneuse de l'homme se fit entendre.

– Caterina de Nobilibus ! Sans aucune autre forme de procès, car vous êtes déjà recherchée et condamnée pour des faits similaires. Sur céans, pour vos actes diffamatoires, je cite : « Commerce avec le Malin en association avec Francesco de Nobilibus ! » Aux yeux de Dieu, du roi et de la Justice, votre sentence est irrévocable. Vous serez exécutée par le feu, brûlée vive dès demain !

Il termina sa phrase, emporté par la fureur, et essuya sa salive sur le coin de sa bouche.

Philippe se débattit comme un diable. Que nous arrivait-il ? Quelques instants auparavant, nous étions heureux. Tout avait basculé.

– Qu'on la saisisse ! Conduisez-la au cachot ! Le pouvoir du roi s'étend sur tout le territoire. Gardes ! Préparez le bûcher sur la place de ce… village, ajouta-t-il d'un air suffisant.

Les gens d'armes m'attrapèrent avec rage par les cheveux pour me maintenir. Un silence pesant se fit. Je regardai autour de moi, hagarde et impuissante. Odile fendit la horde de soldats puis glissa discrètement une bourse remplie d'or au juge. En la voyant, je compris et ne pus m'empêcher de lui lancer :

– Pourquoi ? Pourquoi, Odile ?

Je tombai à genoux, vaincue. Mon âme, une fois de plus, était brisée, malmenée, incomprise. Je pus percevoir un dernier indice subtil. Le vent se leva en rafale, les voix de trois femmes se lamentaient au travers des feuilles.

– Les liens subsistent… Ombre, lumière… Les émotions lient… Tu dois faire l'alchimie…

Tétanisée, je cherchais à comprendre le sens de cette litanie, quand l'énergie de mes ancêtres prit le dessus.

– Les trois fileuses du temps, tu ne peux y échapper…

Intérieurement, je lançai un appel au secours à mes mères, mes ancêtres.

– Pourquoi ? Qu'ai-je fait pour mériter ça ?

Il resta sans réponse.

⁂

Grenoble, octobre.

Gaëlle tournait en rond dans la chambre d'hôpital. Elle pestait contre Camille, qui ne revenait toujours pas, et Richard, qui n'était toujours pas arrivé. Et l'incompétence des médecins, selon Gaëlle, qui ne comprenaient pas l'état dans lequel son amie était plongée. La porte s'ouvrit lentement. Gaëlle se retourna et découvrit Eva, Jo et Richard, dans les bras duquel elle se jeta pour trouver enfin le réconfort.

– Que s'est-il passé, tout à l'heure ? J'étais fou d'inquiétude !

– Elle a fait un arrêt cardiaque ! Mais tout va bien, à présent, elle est stabilisée.

Désarmé et anéanti, Richard s'approcha du lit. Il ensevelit son visage dans les cheveux de Livia, et chuchota à son oreille :

– Mon amour… Tu m'entends… Je suis là, maintenant…

⁂

Sassenage, 1er novembre 1606.

Les villageois avaient été réveillés à matines par le crieur des lieux.

– Oyez ! Oyez ! Gents dames et damoiseaux. En ce jour de grâce de l'an 1606, une exécution aura lieu à sixte !

On me traîna sans aucun égard. Mes fers, comme ceux de mon père, me pesaient. Les chaînes frottaient les pavés et ralentissaient mes pas. La foule présente sur la place du village s'écarta, me laissant découvrir avec horreur le bûcher qui m'attendait.

Le bourreau semblait être le même que celui qui avait exécuté mon père. À cette pensée, un sourire amer se dessina sur mes lèvres.

J'essayai, comme Francesco de Nobilibus, d'être digne. La peur, contre toute attente, me permit de rester debout. Je cherchai dans tous les regards qui me visaient, celui de mon aimé. Je ne le vis point.

Je m'arrêtai un instant, mais le garde me tira sans ménagement. Je gravis les marches bancales du gibet, composé de fagots, de paille, de bûches. Les chaînes tombèrent. On m'arracha ma toge blanche. Je me retrouvai nue sous les yeux de cet attroupement bestial et enragé. On me vêtit d'une chemise soufrée. Puis on me poussa au centre du gibet et on m'attacha le col avec une corde au pilori. Le milieu de mon corps fut ceint avec la chaîne de fer.

La peur me rongea furieusement les entrailles.

En vain, je continuais à chercher mon époux.

Le juge ordonna d'allumer le bûcher tout en énonçant les accusations de sorcellerie. Puis le bourreau plongea sa torche à plusieurs reprises. Je voulus baisser la tête, mais la corde m'entrava. Condamnée à regarder les flammes en face, aucune larme ne coulait de mes yeux. Je ne leur donnerai pas la satisfaction de m'entendre crier. La haine coulait à présent dans mes veines.

Pour ne pas chanceler, mon être entier se raccrocha au peu de souvenirs heureux passés dans les bras de Philippe. Notre chambre au sein de la grotte où nous nous étions aimés avec passion, le torrent, l'odeur de la forêt, notre chêne, témoin de notre amour éternel.

Il me sembla entendre des bruits de sabots, je redressai la tête, mais je ne vis rien. Les flammes me dévoraient les pieds et me léchaient les cuisses. Je réprimai mes hurlements. J'entendis mon nom, mais qui pouvait bien le prononcer ? Suspendue entre la vie et la mort, je ne sus ce qui me fit le plus de mal : ne pas pouvoir crier une dernière fois mon amour à cet homme ou les flammes ?

Je quittais ce monde dans cette incertitude, marquée à jamais par cette prophétie psalmodiée par ces trois femmes. Elle tailladait ma chair autant que les flammes.

– Les liens subsistent... Ombre, lumière... Les émotions lient... Tu dois faire l'alchimie...

⁂

Grenoble.

Tout était calme autour de moi, où étais-je ? Mes doigts rencontrèrent le coton souple d'un drap qui me recouvrait. J'essayai de me relever, mais des câbles entravèrent mes mouvements. Mon cœur s'affola et une alarme stridente retentit. J'entraperçus des silhouettes ici et là, elles se précipitaient sur moi, la porte s'ouvrit brutalement. Une femme en blouse blanche se pencha au-dessus de moi. Elle me parlait, mais sa voix lointaine était imperceptible. Le bourdonnement dans ma tête me comprimait le cerveau, j'avais du mal à respirer. Une main saisit la mienne, elle tenta de m'apaiser, puis lentement la forme près de moi chuchota à mon oreille.

– Tu es là ! Enfin, tu es là… Tu nous as fait une de ces peurs, mon amour !

Je tentai de prononcer son nom, mais aucun son ne sortit de ma bouche. Ses yeux plongèrent dans les miens, d'un geste tremblant, Richard caressait mes cheveux. À bout de forces, mon regard s'accrocha au sien, et je compris. Bouleversée, des larmes incontrôlables coulaient sur mes joues. Je sombrai à nouveau.

-31-

Livia

Grenoble.

Des bruits lointains et étouffés me firent entrouvrir les yeux. Une pluie glacée martelait sans relâche les vitres. Ce bruit m'envahit, laissant place à une douce sensation. J'aimais cette époque de l'année, où la limite entre le clair et l'obscur ne tenait qu'à un fil avant que le décor extérieur ne prît un autre visage. Les imaginaires vagabondaient. Ce que l'on supposait être un arbre devenait un monstre tout droit sorti de notre esprit. Je percevais une ombre faire le va-et-vient dans la chambre. Elle ressemblait à Gaëlle. Elle frissonna et resserra les pans de son écharpe autour de ses épaules. Elle ronchonnait tout bas, le stress l'avait menée à meurtrir son poignet à force de tourner sa montre-bracelet.

– C'est dingue, la dernière fois qu'elle a émergé, ça n'a duré que quelques secondes ! Et ça fait six heures !

Elle se rapprocha de mon lit et remonta mes couvertures. Elle s'aperçut, mi-étonnée, que je la regardais. Ma gorge était sèche, mais je réussis à balbutier :

– J'ai… soif…

J'humectai mes lèvres pour avaler ma salive. Gaëlle me tendit un verre. Sa main derrière ma nuque, elle m'aida à me relever.

– Hé ! Salut, la Belle au bois dormant… Comment te sens-tu ?

– Bien… J'ai mal à la tête.

Je jetai un coup d'œil hagard autour de moi. Sur mon visage se peignait sûrement la surprise de me trouver dans ces lieux, car Gaëlle m'expliqua :

– Tu as été transférée à l'hôpital. Tu te souviens de ce qu'il s'est passé ?

– Oui. Je crois… J'ai eu des vertiges, des tremblements et j'ai chuté. Je te revois courir vers moi, suivie de Camille, puis c'est le noir complet. Combien de temps suis-je restée inconsciente ?

– Pratiquement deux jours.

– Ah bon ! T'es sûre ?

– Oh que oui ! Tu nous as fait une de ces frayeurs ! Je te laisse imaginer la panique ! J'ai averti aussi tes parents. Ils ont eu les médecins par téléphone. Ils sont maintenant rassurés et nous attendent à la coloc, tout est prêt pour ton retour.

Elle tapotait mon coussin par petits coups énergiques.

– On doit avoir une confirmation tout à l'heure pour ta sortie, et apparemment, c'est pour demain. Bref, tout le monde est là.

– Comment ça, tout le monde ?

– Jo, Eva, Camille et, bien sûr, le plus inquiet de tous, Richard. Tu as repris connaissance un court instant, il était à ton chevet, tu t'en souviens ?

Je faisais appel à toute ma mémoire. Je ressentais une oppression et une gêne liées à mon réveil transitoire. Ses yeux ! Je me souvenais de son regard !

– Il faut absolument que je parle à Chénéa… Où est-elle ?

– Chénéa ? Qui c'est ?

– Je veux dire, Eva.

– Ils sont partis chercher à manger. La nourriture est infecte, ici ! Ils seront bientôt là. Dis-moi ! Tu peux m'expliquer ?

– Non ! Ce n'est pas possible.

– Ce n'est pas possible, tu rigoles ? Deux jours dans les profondeurs de ton inconscient ! Et tu veux discuter en urgence avec Eva !

Malgré mon teint livide, Gaëlle savait que je lui mentais. Déterminée, elle se planta devant le lit, les poings sur les hanches.

– Crache le morceau, je te connais comme si je t'avais faite, et surtout n'essaie pas de me cacher quoi que ce soit ! Tu m'as bien comp…

La phrase de Gaëlle resta en suspens. La porte de la chambre s'ouvrit sur la joyeuse troupe chargée de plats à emporter. Richard fut le premier à me voir.

– Liv ! Tu es réveillée ?

Il s'approcha, tout souriant, malgré l'inquiétude qui marquait ses traits.

– Oui, ça va, maintenant. Je me sens mieux. J'ai hâte de sortir.

Je me laissai embrasser tendrement. Les promesses silencieuses de son baiser étaient soutien et amour. Malgré tout, l'interrogation germait dans mon for intérieur.

– Que dois-tu raconter à ton cerbère ?

– Tu connais Gaëlle ! Elle veut toujours tout gérer.

Je jetai discrètement un regard de biais à mon amie afin qu'elle n'en rajoutât pas. Elle joua le jeu.

– OK, c'est bon, tu as gagné ! Je vais arrêter de me faire du souci. Je vais voir si le médecin est là pour ta sortie.

Richard se redressa.

– Je viens avec toi. Je veux connaître les directives pour la suite.

Gaëlle allait sortir quand elle s'adressa à Camille.

– Tes recherches ont donné quelque chose ?

– Oui. C'est très intéressant. Je dirais même perturbant. Je vais à la voiture pour prendre les documents. Je reviens vite, dit-elle en enfilant sa veste et son bonnet.

Impatiente, Gaëlle la suivit.

– Tu viens, Richard ?

Gaëlle avait bien compris que je voulais me retrouver seule en compagnie d'Eva. L'hypnothérapeute était assise sur la chaise, son éternel chapeau vissé sur la tête. Une fois la porte fermée, j'attendis quelques minutes pour être sûre que personne n'entrât.

– Chénéa, je peux t'appeler comme ça à présent ? Je ne sais pas pourquoi, mais c'est plus fort que moi.

Son sourire mutin éclaira son visage, elle acquiesça, silencieuse.

– J'ai besoin d'avoir des explications claires ! Je suis totalement larguée ! Je ne sais plus ce qui est réel ou pas.

Elle mit un temps infini à me répondre, son attitude imperturbable m'irrita au plus haut point. Elle retira son couvre-chef, signe immuable pour entrer en contact avec le monde subtil. Sans crier gare, son énergie pénétra violemment dans la mienne, mon souffle se bloqua pendant que mon visage virait au rouge. Elle me sondait et scrutait les coins les plus reculés de mon âme. Son regard ne trompait pas, les yeux vides, sa connexion avec les esprits-guides commença.

– Voici le message. D'après tes mères, tes ancêtres, tu as fait ce que l'on appelle dans notre dimension une régression spontanée.

– Qu'est-ce que c'est ?

– Depuis que l'on travaille ensemble, ta sensibilité médiumnique s'est réveillée. La capacité dont tu t'es servie se nomme psychométrie. C'est un potentiel très intéressant, puisqu'il suffit de toucher un objet pour avoir une lecture de son histoire, et j'étais loin d'imaginer que tu le possédais. Tu t'en es servi à plusieurs reprises, sans vraiment t'en rendre compte. Mais là, ça va plus loin, tu t'es aventurée…

– Je ne comprends pas ! Comment j'ai pu faire un saut dans le temps ? Et comment j'ai pu vivre à travers les émotions d'une autre ?

– Les objets, les lieux sont chargés de mémoire. En les touchant, tu entres en contact avec leurs empreintes. Ton expérience s'est déclenchée au travers d'un endroit qui s'est trouvé être en résonance avec une de tes vies antérieures. Ton corps physique est resté dans notre dimension. Seule ton âme a voyagé, et c'est elle, le véhicule de tes émotions. Elle a vécu à nouveau des expériences de cette autre vie en lien avec des blessures qu'elle n'a pas su transformer alors.

Abasourdie, je restais sans voix pour trouver une explication rationnelle, mais rien ne venait ! Chénéa n'attendit pas pour poursuivre sa lecture.

– Tes ancêtres ajoutent qu'elles ont été témoins d'une union entre deux âmes. Celles-ci se sont liées à jamais. Rien n'est dû au hasard, tu dois poursuivre et terminer.

Pouvais-je objecter quoi que ce soit ? Tout était juste ! Chénéa reprit de sa voix monocorde :

– Tu es morte dans cette vie-là, en étant dans l'incertitude, s'est rajoutée à ça la prophétie des trois fileuses du temps. Et tu n'as pas pu…

Elle s'arrêta net de parler. Elle remit son chapeau et me signifia de garder le silence. Intriguée, je regardai au-dessus de son épaule. Richard se tenait sur le pas de la porte. J'étais mal à l'aise, depuis combien de temps était-il là ?

– Je peux entrer ?

Je me forçai à prendre un ton enjoué.

– Oui, viens près de moi. Alors, que disent les médecins ? Je peux sortir ?

Les filles arrivèrent dans la chambre. Camille avait les bras chargés de documents. J'interrogeai à nouveau mon beau brun.

– Alors, je peux partir ?

– Oui, le médecin de garde ne voit aucun inconvénient à cela, mais tu devras être suivie par ton médecin traitant à ton retour. Une ambulance te ramènera demain matin.

Camille se dirigea vers la table à roulettes et la poussa au pied de mon lit. Elle nous toisa et demanda notre attention avant de commencer son discours.

– Vous n'allez pas en croire vos oreilles !

Elle se tourna vers Richard, Jo et Eva.

– Pour faire court, quand nous étions dans l'ambulance pour conduire Livia à l'hôpital, elle était inconsciente. Mais pendant le trajet, un bref instant, elle a repris connaissance. Et là, il nous a semblé entendre un nom. C'était à peine audible, mais tu l'as répété, et nous avons perçu « Francesco de Nobilibus ».

Le regard appuyé de Richard l'invita à poursuivre.

– Pendant mes études d'histoire sur la ville de Grenoble, ma thèse portait sur le XVIIe siècle. Je me suis particulièrement intéressée aux procès de sorcellerie dans la région. Je vous laisse deviner la suite ?

– Non, on t'écoute ! coupa-t-il sèchement.

Déstabilisée par cette agressivité inhabituelle, Camille réajusta ses lunettes sur le nez et poursuivit.

– Francesco de Nobilibus a effectivement existé.

Suspendue à ses lèvres, j'écoutais sans sourciller mes… nos souvenirs.

– Je vous passe les grandes lignes, mais à son arrivée en France, il a vécu à Lyon avant de se rendre à Grenoble. Il était proche du pouvoir en place. Moine franciscain, il pratiquait la médecine, l'astrologie, l'alchimie, etc. D'après certains, la jalousie et les secrets des nobles lui valurent d'être condamné pour sorcellerie. Il fut pendu, et son corps fut jeté aux flammes.

Sidérée par ce que j'entendais, je lui demandai :

– Où as-tu trouvé toutes ces informations ?

– Ses interrogatoires sont conservés à la bibliothèque municipale de Grenoble.

Elle me tendit des documents.

– On m'a autorisée à faire une copie. Ce n'est pas rare, mais je dirais inaccoutumé de pouvoir consulter de tels écrits ! Généralement, ils brûlaient la procédure avec le sorcier. Allez savoir comment ou pourquoi, mais nous l'avons entre nos mains aujourd'hui !

Elle rassembla les feuilles sur la table, en fit un tas qu'elle mit dans une pochette et me la donna.

– Je te laisse tout. Plus tard, tu pourras les consulter à ta guise. Toutefois, j'ai une dernière question, si tu me le permets.

Je haussai les épaules.

– Avais-tu déjà entendu parler de cet homme ?

– Non, jamais.

J'appuyai mes dires en secouant nerveusement la tête.

– Tu sais, je suis une personne très sceptique ! Imagine, saint Thomas, à mes côtés, a le rôle d'un petit joueur.

Elle me sourit et ajouta d'un ton malicieux :

– Il s'est passé quelque chose, j'en suis certaine ! Je pense sérieusement que ce n'est pas dû au hasard que tu te sois évanouie à l'église Saint-André. Tu n'es peut-être pas encore disposée à tout raconter, mais dès que tu le seras, pense à moi ! Pour la visite de Sassenage, ce n'est que partie remise.

Elle se dirigea vers la porte de ma chambre et m'adressa un clin d'œil juste avant de sortir.

– On remet ça dès que tu veux ! L'histoire prend avec toi une dimension tout à fait particulière, et j'adore ça !

En une fraction de seconde, la bonne humeur de Camille s'envola avec elle, laissant en attente toutes les questions qui consumaient les lèvres de mes proches. Bizarrement, cela me conforta dans ma foi. Je n'étais pas folle.

-32-

Livia

Entassées dans la Fiat 500, les filles suivaient l'ambulance. Richard monta avec moi, malgré la gêne qui s'installait sournoisement entre nous. La route me parut interminable jusqu'à Lyon. Depuis le récit de Camille, je sentais un fossé se creuser entre nous. J'essayais de me raisonner, d'avoir la force de lui parler, de trouver les mots justes pour l'apaiser. J'étais impuissante face à la douleur que je lui infligeais. Mon mutisme nous étouffait. Sans compter que, maintenant, la culpabilité me rongeait. Des milliers de questions l'assaillaient, je le sentais. Mais lui aussi restait muré dans son silence.

Je devais gérer mes propres démons. Pourquoi avais-je fait cette virée sur Grenoble ? J'avais refusé d'écouter mon for intérieur qui répétait inlassablement « ne fais rien, reste ici », et avais suivi la voie de mon cœur et sa promesse « Grenoble : liberté ».

La tension était à son paroxysme quand discrètement nos yeux se croisèrent.

– Tu veux parler ? Tu sais que tu peux tout me dire, m'assura-t-il.

– Oui, j'en ai besoin, mais le moment est mal choisi, dis-je en désignant du menton le chauffeur.

Je collai mon front sur la fenêtre, et me laissai absorber par le paysage qui défilait. Ma main chercha discrètement ses doigts et s'y agrippa. Richard lâcha un soupir d'apaisement. L'amour que je lui portais m'interdisait de lui mentir. Je pris conscience du courage que je devrais déployer pour lui parler. Seule face à mes interrogations, à mes sentiments controversés. Combien de temps allais-je tenir avant cette confrontation ?

⁂

Notre véhicule se gara au 4, rue Saint-Jean. Derrière les vitres teintées, j'aperçus la Fiat 500 se glisser entre deux voitures. Gaëlle se précipita et ouvrit les portes de l'ambulance. L'air frais envahit instantanément l'habitacle, Richard m'embrassa sur le front.

– Je reviens vite !

Il descendit du véhicule. Ce bref contact réveilla un flot de souvenirs heureux qui me serrèrent le cœur. Il s'approcha d'Eva et lui glissa quelques mots à l'oreille avant de partir. Avec inquiétude, je demandai :

– Où va-t-il ?

– C'est une surprise, me répondit-elle.

– Quelle surprise ? Je n'aime pas les surprises !

– Tu vas arrêter de ronchonner ! s'exclama Gaëlle en ouvrant la porte de notre appartement.

Je découvris avec délice notre hall d'entrée et son atmosphère bucolique. Je me jetai dans mon fauteuil, pris quelques minutes, et fermai les yeux pour m'accaparer à nouveau tous ces bruits familiers du quotidien, ils m'avaient manqué.

– Ça fait du bien d'être à la maison, soupirai-je.

– Et nous sommes heureux que tu y sois, renchérit mon père avec son sourire si apaisant.

En deux enjambées, il fut près de moi.

– Vous êtes là ! Où est maman ?

Embarrassé, il posa ses lèvres sur mes cheveux et murmura :

– Elle viendra demain, elle avait un truc à terminer.

Gaëlle se leva et prit son manteau. Joanne la suivit.

– Vous restez ? On revient vite.

– Vous allez où ?

– Juste rassurer ses parents au *Tasse-Livre*. Ils se sont vraiment inquiétés pour toi. Ils ont annulé leur week-end en amoureux pour que Jo et Richard puissent nous rejoindre.

– Je pars avec vous, Elena m'attend.

– Papa, glapis-je en le retenant par le bras, je dois discuter avec maman… C'est important.

– Je sais, elle aussi. Repose-toi.

– Eva reste ici, tu peux dormir sur tes deux oreilles. On prend de quoi manger et on se retrouve tous plus tard, ajouta Gaëlle.

De sa main, Jo m'envoya un baiser. La porte se referma tandis qu'un silence bienfaisant tombait doucement dans la pièce.

Je grattai une allumette, le feu prit assez vite dans l'âtre de la cheminée. Les bûches éclataient sous la pression des flammes, alors que mon regard restait hypnotisé par leur danse. Chénéa déambulait dans le salon, c'était aussi une de ses manières de se connecter.

– Si tu as besoin de quoi que ce soit, dis-je pendant que j'attisais le feu.

– Ça va aller. J'attends le bon moment. Un temps juste pour chaque chose. Il ne servirait à rien de se précipiter, d'agir avec son mental. Tu vois, on est sûr de le regretter.

Elle se rapprocha. Son fluide énergétique testa mon champ aurique.

– Voilà, tu es enfin prête à t'écouter et à m'entendre.

Surprise, je l'interrogeai du regard.

– Quelles sont tes trois demandes ?

– Comment le sais-tu ?

– Je t'en prie ! Tu veux perdre ton temps à me poser ce genre de questions ?

Piquée au vif, je soufflai.

– Non ! Effectivement, j'en ai trois et elles me rendent folle !

– Raconte-moi tout, sans rien omettre.

J'acquiesçai. Écartelée entre l'horreur de certains souvenirs et l'envie de partager pour comprendre, je lui confiai dans les moindres détails l'amour de mon père adoptif, Francesco de Nobilibus. Ses enseignements sur l'alchimie, l'astrologie, la guérison par les plantes et son accompagnement pour les dons que je possédais en tant que Caterina. Ainsi que mon lien familial avec les sorcières wiccanes. Mon émotion était à son comble quand mon récit se porta sur le procès et la condamnation de mon père.

Chénéa resta muette un court instant.

Elle se leva et plaça sa main au milieu de mon dos. Son geste me réconforta et détendit une zone où naissait une rage. Je pouvais continuer.

– Tu sais, le plus troublant dans tout ça, c'est qu'à mon arrivée avec Gaëlle sur la place Grenette à Grenoble, j'ai eu un léger malaise ! En feuilletant les documents de Camille, j'ai appris qu'au XVIIe siècle c'était la place du Breuil ! Heureusement, je ne me suis pas rendue à Sassenage. J'aurais pu rester prise dans les couloirs du temps, si j'avais fait cette régression là-bas ?

– Je ne sais pas. Parle-moi de Sassenage. Tu n'y es pas allée physiquement, par contre ton esprit, oui.

– J'y étais. Cette bourgade ne devait être qu'une étape avant de pouvoir rejoindre les franciscains à Lyon.

Une boule d'angoisse se déplaça vers ma gorge. Je me sentais si vulnérable par tous ces souvenirs.

Elle se leva pour replacer une bûche.

– Prends tout le temps qu'il te faut.

Elle se tenait volontairement à l'écart. Respectueuse, elle sentit que je devais affronter les horreurs que je cachais.

– J'ai rencontré un homme. Nous sommes tombés éperdument amoureux l'un de l'autre. Nos vies, nos âmes étaient liées. Nous nous sommes mariés, un soir de pleine lune, le 31 octobre 1606. Je suppose qu'il doit y avoir une signification particulière à cette date, puisque, cette année-là, l'astre était bleu. Pour Caterina, c'était très important.

– Ça se tient ! Pour les wiccans, le 31 octobre correspond à la fête de Samain. Elle représente le moment où la frontière entre les mondes est la plus ténue. Si ce jour tombe un soir de pleine lune bleue, alors la magie est portée à son paroxysme. Deux âmes fusionnant entre elles devant les défunts et les esprits-guides forment une union sacrée sur terre, validée par les mondes subtils. C'est un rite très ancien et très puissant.

– Je vois ! Le mari de Caterina connaissait tout de moi, enfin je veux dire d'elle, les capacités à contacter le monde des esprits et les origines wiccanes.

– Pour l'époque, c'est un immense cadeau, vu les peurs et les croyances qui circulaient. C'est bien que tu aies pu vivre un instant aussi magique.

– Un instant magique !

À nouveau au bord des larmes, des images heureuses additionnées aux démons du passé ressurgirent dans mon esprit.

– Que s'est-il passé ?

– Notre célébration fut bénie par mes ancêtres. Je ressens encore leur présence, leur magie nous habitait et nous transportait. Elles ont fermé le cercle en soufflant ces mots : « *Dà anaman aonaichte gu bràth ann an sìorraidheachd.* »

– C'est du gaélique, la traduction est la suivante : « Deux âmes unies à jamais pour l'éternité. »

– Les gardes sont arrivés. Ma tête avait été mise à prix, recherchée pour les secrets de mon père adoptif. Imagine, prise en flagrant délit de sorcellerie lors de notre rituel nuptial. J'ai été accusée et enfermée au cachot. L'homme à qui je venais de m'unir fut libéré.

Aucune larme ne coula sur mes joues. J'étais vidée de toute émotion. Je touchai mon poignet où je sentais l'empreinte douce du ruban…

– As-tu le courage de poursuivre ?

J'opinai timidement.

– Le lendemain, on me conduisit sur la place du village. Il y avait cette foule hurlante qui s'écartait sur mon passage, craignant que je la touche, moi la sorcière…

Cette fois-ci, je frottai mes poignets pour bannir la douleur. J'agrafai mon regard à celui d'Eva.

– Je peux encore ressentir les liens sur les parties de mon corps. Je vois ce que Caterina pense en attendant la fin. Elle se demande si sa force sera identique à celle de son père quand lui s'est fait exécuter. Elle doute et répète sans cesse la même phrase : « Ne pas faillir. » Seule, à la merci de ces malades, elle continue de le chercher.

– Pourquoi ?

– Une fois nos vœux prononcés, nous avons juste eu le temps de nous embrasser avant d'être séparés. Je souhaitais qu'il soit là ! Je voulais sentir son amour, je ne voulais pas mourir en pensant qu'il m'avait abandonnée. J'avais besoin de sa présence, pour ne pas faillir.

Les bûches continuaient à se consumer, laissant échapper un ronronnement dans la cheminée. Je pris le plaid sur le canapé pour me couvrir. Je frissonnai de dégoût.

– Tu sais, d'autres scènes me viennent.

– Lesquelles ?

– Le bruit des chaînes, leur poids qui me déchire et m'entrave la peau, l'odeur de ma chair qui brûle. J'ai souffert et souffre encore, j'ai peur que cela ne s'efface jamais.

– Je comprends, mais retiens ceci. À plusieurs reprises, tu as jonglé entre le « je » et « Caterina ». Cela signifie que ton âme est prête à avancer. Oui, tu te retrouves face à tes peurs, face à tes choix. Mais cette résurgence du passé est là pour te permettre d'accomplir ton présent. Tu l'as vu avant de mourir ?

Je secouai la tête en souriant bêtement.

– Et son nom ?

– À part toi, et l'hypnothérapeute, je ne l'ai jamais dit à personne. Rappelle-toi, je te l'ai confié lors de notre première rencontre.

– Oui, je me souviens de tes cauchemars et du prénom : Philippe.

– C'est ça, Philippe, l'homme qui me poursuivait toutes ces nuits. Au moins, je sais qui il est maintenant.

– Cette expérience hors du commun a-t-elle répondu à tes questions ?

Une colère sourde montait insidieusement de mes entrailles.

– Non, certainement pas ! Il va falloir que, de l'autre côté, on m'éclaire sur certains points.

– Nous y voilà ! Les fameuses questions.

Sa voix était empreinte de douceur et me calma immédiatement.

– Pourquoi m'a-t-on fait revivre un amour si intense, si puissant, pour le perdre ? Existe-t-il dans cette vie ? Si oui, comment faire pour le retrouver ? Parce que, si j'ai bien tout compris, nous sommes liés ! Qui sont ces trois femmes, ces trois fileuses du temps ?

– Un lien très fort te rapproche de Richard, il est possible que ce soit lui ?

Je secouai la tête et repris plus bas :

– Depuis mon réveil, j'ai une pensée qui me bouffe et ne me lâche pas. Mais tu dois la garder pour toi.

Je cherchai le signe de son accord, elle me le donna.

– Tu m'as toujours dit que les yeux sont le miroir de l'âme. La première chose que j'ai faite quand je me suis retrouvée dans le corps de Caterina, c'est de voir à quoi je ressemblais. Mon apparence physique était totalement différente de ce que je suis maintenant. Par contre, une chose restait identique, mes yeux. À mon réveil, j'ai plongé mon regard dans celui de Richard, ce n'était pas lui, j'en suis certaine ! C'est pour cela que je suis totalement perdue. Je l'aime, mais pourtant ce n'est pas lui qui m'est destiné…

Sur le qui-vive, Chénéa regarda par-dessus mon épaule, je tournai la tête et je le vis.

-33-

Livia

Le bruit du plateau se fracassant sur le sol nous fit sursauter. Ma pâtisserie préférée et un chocolat chaud fumant s'échouèrent aux pieds de Richard. Il se tenait sur le pas de la porte du salon. Chénéa se leva pour rejoindre l'homme que je venais de briser avec de simples mots. Je tentai vainement de m'expliquer.

– Richard, ce n'est pas ce que tu crois ! Je ne sais pas ce que tu as entendu…

Je voulus l'approcher, mais il se recula de manière brutale. La douleur qui transperçait son visage me fit taire. Chénéa nous observa à tour de rôle avant de poursuivre.

– Vous devez discuter ! Mais faites-le avec votre cœur et non avec votre ego. Si vous me le permettez, je vous donnerai un dernier conseil : votre vie n'est ni plus ni moins qu'une succession de choix. Aucune âme n'appartient à aucune âme, mais nous sommes tous reliés pour vivre les émotions découlant de nos décisions. Rien n'est jamais terminé, la fin n'existe pas. Elle s'éloigna et ajouta : si vous avez besoin de moi, je serai dans ta chambre, Livia.

Elle sortit en silence du salon. Ses paroles restèrent en suspens au-dessus de notre tête, comme l'épée de Damoclès.

– J'ai hâte d'entendre tes explications, dit Richard rageusement.

Son regard s'assombrit. Ma peur de le blesser prenait le dessus. Je restai prostrée, presque honteuse, me rendant bien compte que je ne pouvais plus faire machine arrière. Et, contre toute attente, il me déstabilisa.

– Liv, je te demande simplement d'être franche avec moi, mais surtout avec toi. N'oublie pas, personne n'appartient à personne. Je t'avais promis…

Il balaya cette dernière phrase d'un revers de la main et poursuivit.

– Peu importe, il doit s'agir d'un malentendu.

Je ne le laissai pas finir. Je me jetai dans ses bras et m'abandonnai contre lui. Toute ma colère, mes angoisses, mes incompréhensions dans mes deux vies lâchèrent d'un coup. Je pleurai de tout mon soûl. Lorsque je fus apaisée, sa main essuya les quelques larmes qui demeuraient au coin de mes yeux. Il déposa un baiser sur le bout de mon nez.

– Tu veux me parler ?

Je reniflai tout en acquiesçant.

– Je ne sais pas comment te le dire. Tu m'as tellement donné, je ne veux pas te faire souffrir, nous faire souffrir, mais…

– Mais ?

– Lors de cette régression, je me suis retrouvée dans une de mes vies antérieures. Si tu savais ! C'était totalement irréel, mais en même temps, tout prenait place, tout était fluide dans ma tête, dans mon cœur, tout avait une raison. Un jour, tu m'as affirmé : « Quelqu'un, quelque part, est fait pour toi et il attend votre rencontre. »

– Oui, je me souviens de cette conversation. Ça m'a coûté de te le dire, mais là, l'entendre de ta bouche, c'est…

– S'il te plaît, écoute-moi, le coupai-je. Je dois aller jusqu'au bout, ne m'en empêche pas.

Il me serra les mains plus fort et me fit signe de continuer.

– OK, cet homme, l'homme de mes rêves incessants, a enfin un visage. Il était là, présent lors de mon expérience.

– J'ai entendu tout ça ! Viens-en au fait !

Sa voix me glaça, mais une force invisible me poussa à continuer.

– Je ne sais toujours pas pourquoi j'ai fait ces rêves. Je suppose que ma quête n'est pas terminée. Je ne veux pas t'infliger de peine, mais je dois aller jusqu'au bout. Dis-moi que tu me comprends.

Il me lâcha d'un coup et mit une distance entre nous. Son champ auriquc s'assombrit et se chargea de colère. Une onde de choc se déplaça lentement dans mon corps et me rejeta. Je pouvais encore entendre les battements durs et réguliers de son cœur. Puis une sorte de barrière protectrice s'érigea autour de lui, le mur était dressé. Plus aucun de mes sentiments ne pouvait l'atteindre.

– Non, je ne peux pas, je ne veux plus… J'ai vécu trop de souffrances quand j'étais jeune.

Son visage déformé par la douleur ne l'empêcha pas de parler. Il puisait ses mots, ses émotions, dans son côté sombre.

– Je pensais être assez fort, mais là, tu me dis clairement que tu m'abandonnes pour quelqu'un d'autre, et tu espères le trouver, ici, à notre époque ! Et ça, plus jamais, je me le suis juré !

– Mais, Richard ! Ce n'est pas ce que j'ai dit, je ne t'abandonne pas !

– Liv ! Ça suffit ! Ne me mens plus ! Tu viens de m'avouer que cet amour est plus fort que nous ! Que veux-tu que je te dise ? Tu vois très bien que l'on ne peut pas continuer comme ça.

Il s'était levé et se tenait face à la fenêtre du salon.

– Je préfère qu'on arrête ici !

– Quoi ? Mais non… Tu ne peux pas !

– Si, je peux.

Le regard sombre de Richard étincelait de colère contenue, puis il ajouta d'un timbre glacial.

– Tu veux poursuivre ta quête ? Vas-y, je ne t'en empêcherai pas. Mais, je dois aussi penser à moi et suivre mon chemin !

– Tu dois suivre quoi ?

Il attrapa sa veste en cuir qu'il avait jetée négligemment sur l'éternel canapé des années 1980 et quitta la pièce sans se retourner. Je restai plantée au milieu du salon avec la sensation de son vide soudain. Qu'avais-je fait ? Étais-je folle de le laisser partir pour poursuivre un rêve ? Ma tête criait : « Bouge-toi, tu l'aimes ! » Notre histoire ne pouvait pas se finir ainsi par ma faute. Pieds nus, je quittai l'appartement. Je dévalai les marches en trombe pour me retrouver dans la rue. J'étais au bord de l'asphyxie, prenant conscience de mon erreur. Je vacillai, mes jambes étaient devenues du coton. Je ne le voyais plus. Je flanchais quand des mains me secoururent.

– Richard !

– Non, c'est moi, Livia.

– Chénéa ! J'ai été stupide, j'ai tout gâché !

– Ne dis pas ça, cesse de te juger. Cet électrochoc va enfin lui permettre de régler son passé. On ne peut rester avec quelqu'un par peur de le blesser, par peur de le perdre, par peur de faire des choix.

– Mais…

– Mais toi, jeune fille, seras-tu assez forte pour le faire ? Rien ne dit que c'est la fin, car la fin n'existe pas.

– Arrête de parler par énigmes ! Explique-moi, s'il te plaît.

– Antoine Lavoisier, un chimiste du XVIIIe siècle, a dit : « Rien ne se perd, rien ne se crée, tout se transforme. »

– Oh, fait chier ! Tu continues avec tes maximes de merde. Ce n'est pas le moment.

– Transpose cet aphorisme à tes propres émotions. Tu peux les transformer si tu le veux. Tu ne l'as pas perdu ! Votre relation va évoluer différemment. Si tu l'aimes comme tu le prétends, tu dois le laisser partir pour, peut-être, un jour, vous retrouver.

Nous étions toujours au milieu de la rue. Les passants regardaient ce drôle de tableau : une petite femme replète, son éternel chapeau vissé sur son crâne, et moi, pieds nus.

– Rappelle-toi notre conversation : « Tu devras aller à la recherche de toi-même, plonger dans les tréfonds de ton âme, te regarder en face sans te mentir, sans jugement et avec beaucoup d'amour. » Quel est ton choix ?

Je respirai intensément.

– Je sais ! Je commence enfin à saisir ta fameuse phrase.

– Laquelle ?

– Savoir être, pour faire et avoir. Je dois en passer par là pour être heureuse.

– Parfait ! Comment veux-tu vivre cet état d'être ?

– Je ne le sais pas encore ! Je suppose que chacune de mes émotions va me permettre d'avancer.

– Si…

– Si je n'éprouve aucune crainte à me sonder sans me juger. Pour vivre et partager l'amour… Je dois m'aimer, tout simplement, m'aimer ! Je dois accepter ma propre valeur, pour que ma vie ait de la valeur !

– Tu as compris la plus importante de toutes les leçons.

– Vivre chaque instant dans le moment présent, être dans mon écoute intérieure, pour entendre, ressentir où se trouve mon bonheur. Moi seule peux le définir, c'est ma vérité.

– Cela va te permettre de vivre tes expériences de vie avec une optique différente, au lieu de sauter tête la première dans les émotions liées à une blessure émotionnelle et te laisser emporter par la colère, le déni, le jugement, etc. Tu dois être attentive à ton côté sombre.

– Pourquoi doit-on toujours chercher à souffrir pour évoluer ?

– C'est ta décision de souffrir, tu comprendras un jour que tu n'y es pas obligée. Rassure-les, dit-elle en pointant du doigt ma tête, si tu apaises les flots de tes pensées et que tu les décodes, alors ton mental, au lieu de poser des barrières pour bloquer les expériences, sera en harmonie avec ton cœur, avec ton âme. Il trouvera une solution aux problèmes que tu pensais insurmontables.

Chénéa m'ouvrit ses bras et je m'y blottis. La sensation que ma douleur immense se réduisait dans l'espace que nous venions de créer. Je lui répondis, sans grande conviction :

– Eh ben ! Il me reste à accueillir l'amour dans ma vie. Je peux te poser une question ?

– Bien sûr.

– Ces liens unissant les âmes existent-ils vraiment ou bien est-ce juste une image que tu donnes ?

– Ils sont réels. Quand ta capacité de double vue sera stable, tu pourras percevoir ces fils invisibles reliant chaque âme. Ces fils ont une couleur différente selon les degrés d'émotions que les individus ont à vivre. C'est magnifique à voir parce qu'on prend conscience que toutes les personnes sont importantes. C'est au travers de cela, de ces liens, que chaque âme grandit.

– La couleur de mon lien avec Richard ?

– Je ne peux pas te le révéler maintenant. Vous devez avancer et ne rien regretter.

– Quand j'étais Caterina, j'avais certaines facultés psychiques. Elles sont aussi présentes aujourd'hui, je les sens et refuse encore cette médiumnité.

– Médium est un mot mal perçu et décrié. Sa véritable signification est « au milieu de » ou « faire le pont entre ». Ce terme est utilisé de diverses manières. Comme en musique, lorsque l'on parle des sons d'un instrument se situant entre le grave et l'aigu. Il y a de nombreux exemples, je ne vais pas tous te les nommer. Mais ouvre ton esprit, vois au-delà de ce mot. Chaque personne est un médium qui s'ignore. Chaque être possède une âme, celle-ci est animée par des émotions. Notre sixième sens n'est accessible que si l'on est à l'écoute des cinq autres. Je ris souvent quand j'entends : « Je le savais, j'aurais dû faire ça ! »

– Chaque personne a le pouvoir de cultiver l'harmonie intérieure et d'être le pont de ses rêves pour les matérialiser dans ce monde ?

– Si tu savais le nombre de peintres, de musiciens, d'écrivains, de physiciens inspirés. Rassure-toi, tu pourras exercer tes talents là où tu le désires. Ne te projette pas dans un futur qui n'existe pas encore, reste dans le moment présent, c'est ici que tu le construis.

– Regarde qui arrive !

Chénéa se retourna. Les filles remontaient la rue, les bras chargés de sacs. Jo avait son éternel entrain. Gaëlle, quant à elle, ne cachait pas son enthousiasme à la faire sourire.

– Que faites-vous là, au milieu du passage ? Et Richard, où est-il ?

Je pris mon amie par les épaules et lui fis faire demi-tour vers notre appartement.

– Il est parti. Je t'expliquerai plus tard avec Chénéa.

– Mais enfin, qui est Chénéa ?

– Pour ça aussi, il y aura une explication.

-34-

Livia

Les heures qui suivirent mon retour de Grenoble furent assez étranges, mais certainement les plus décisives pour mon avenir. Je commençais à saisir que, pour « être », cela me demanderait un certain travail, insurmontable pour l'instant. Je dépérissais à petit feu, je déambulais comme une âme en peine, à me goinfrer de chocolat et de toutes les cochonneries qui me tombaient sous la main. Un leitmotiv tournait en boucle dans ma cervelle : l'impression horrible d'avoir tout perdu. Les paroles de Chénéa martelèrent mes oreilles : « Psychométrie, la mémoire des objets. » Une idée un peu folle me traversa la tête. Ma mère me manquait, deux jours depuis mon retour de Grenoble, et à part un coup de fil rapide, elle n'était pas venue me voir. Ça valait le coup d'essayer. Je me précipitai dans ma chambre pour sortir de sous mon oreiller son foulard fétiche, celui qu'elle avait oublié lors de sa dernière visite. Si je me concentrais, je pouvais y arriver. J'hésitai encore, la voix de la raison me retenait. Chénéa m'avait longuement répété qu'une lecture psychique se faisait toujours avec l'accord de la personne, mais une autre me poussait à connaître enfin la vérité sur ma mère. Ma curiosité fut la plus forte, et je me jetai à corps perdu dans le secret maternel.

Le phénomène fut plus rapide et moins douloureux que prévu, un éclair fulgurant frappa de plein fouet mes pupilles. Je me retrouvai dissociée ici, dans ma chambre et sur le fil du temps, où le passé, le présent, le futur s'entremêlaient. Deux énergies étaient liées au foulard, celle de ma mère et celle de mon père. La plus récente s'imposa.

Mon père est un jeune homme doux, sa vie est rythmée par la peinture, les arts et l'histoire. Il ne supporte pas les conflits, mais il est très attiré par la personnalité énigmatique et puissante de cette magnifique jeune fille blonde. Il lui offre ce foulard, le jour où il lui déclare sa flamme. Elle se laisse approcher, touchée par ce geste et ses paroles. Lui sut tout de suite que, pour la garder, il devrait effacer ses envies, peut-être même ses rêves, pour assouvir celles de sa bien-aimée.

Il savait qu'elle était son antithèse. Et la vision s'évapora comme un nuage soufflé par le vent.

Je repris mes esprits et posai le foulard. Le remords me saisit deux secondes. À la fois gênée et bouleversée de voir mes parents dans un moment si intime, ces bribes de souvenirs s'évaporèrent peu à peu, me laissant seulement la délicieuse sensation d'une première rencontre.

Mon appétit grisé prit le dessus, je renouai avec la mémoire du foulard. Je m'enfonçai plus profondément dans ce voyage intemporel pour trouver l'empreinte primaire de ma mère. Mon esprit se fixa sur le mouvement de ses cheveux et soudain… Des cris, des rires moqueurs m'envahirent…

Une petite fille blonde, seule dans une cour de récréation… Des enfants qui la tyrannisent avec des mots… « Fille de sorcière… Personne ne veut de toi… Ne t'approche pas de nous… » Des chuchotements sournois lancés par ses camarades…

Plusieurs images et scènes se succédèrent, elles étaient toutes identiques, elles me remplirent d'effroi.

Triste et esseulée, elle demande des explications, mais sa mère et sa grand-mère les lui refusent. Les deux femmes inquiètes font attention… Elles ont posé des protections sur l'enfant, rien ne peut atteindre cette petite fille blonde, et pourquoi répondre à une enfant si jeune, tout le monde sait que la magie est innée. L'enfant doit trouver sa propre magie. Ce retranchement l'enferme peu à peu, malgré elle, dans ce monde irréel. Des amis qu'elle seule peut percevoir hantent ses journées, ses nuits. Jusqu'au jour où, remplie d'une colère effroyable, elle attire une autre forme d'énergie.

Un trouble malsain m'infesta, mais je m'accrochai à la lumière que renvoyait la blondeur de ses cheveux. Je ne pouvais pas rompre le contact maintenant. Je devais savoir, même si cela puisait dans le peu de forces qu'il me restait.

Son rôle, celui de portail entre les mondes. Ce passage pour ces âmes en quête de rédemption et chargées de culpabilité, de jugements. C'était une responsabilité trop lourde pour cette enfant fragilisée.

Elle put trouver la constance de bloquer tout signe quand une expérience la plongea dans les affres insoupçonnables de l'au-delà. Elle perdit tout, ce jour-là, pour se retrouver de nouveau délaissée, isolée, incomprise… Jusqu'à la douceur de ce foulard et de ce jeune homme qui lui rendit le goût de la vie.

Je reprenais mon souffle, stupéfaite de m'apercevoir que nos vies étaient semblables. Cette mémoire que je bloquais fit à nouveau son apparition. Une conversation que ma mère avait eue avec une amie, après une de mes nombreuses crises. Elles parlaient à voix basse de ma grand-mère, pensant que je dormais.

– Maintenant qu'elle est morte, elle n'a plus aucun pouvoir sur ma vie, elle n'enseignera plus ces inepties à ma fille. Même si sa grand-mère avait certaines capacités et que beaucoup de monde venait de loin pour la voir… Je te certifie que jamais elle ne sera comme elle. J'y veillerai !

– Mais tu ne peux pas faire ça…

– Bien sûr que si ! Le plus important, dans la vie, est d'avoir un travail correct, tout le reste n'est qu'ineptie…

Petite, je ne l'avais pas comprise, mais à présent, chacun de ses mots avait un goût, une résonance particulière.

Elle avait souffert et souffrait encore. Je l'avais jugée trop vite. Je possédais dorénavant toutes les facettes de ces émotions qui nous reliaient l'une et l'autre.

J'ouvris les yeux lentement pour accueillir la mesure de ce que je venais de découvrir sur ma mère. Je la pensais insensible et sans cœur, mais c'était tout le contraire. Même sa profession était pour elle une manière de garder le contrôle sur ses émotions. Nous étions identiques, avec une différence : j'acceptais ce qu'elle refusait, mais elle possédait ce que je n'avais plus. Elle avait l'amour de mon père pour la soutenir, tandis que Richard m'avait quittée, et Philippe…

Je caressai le foulard en soie avant de l'attacher autour de mon cou, l'attribut de la présence de celle que j'avais fuie, de celle qui me manquait aujourd'hui. Je ruminais ma séparation avec Richard et ne cherchais plus la responsable de cet échec. Je sortis de mon repaire, il me fallait un thé. Affalée dans le fauteuil face à la cheminée, je réchauffai mes doigts contre la tasse brûlante. Je ne voyais vraiment pas comment procéder pour arriver à ne plus sentir ce vide qui me bouffait de l'intérieur. Mon regard se posa sur les tarots de Gaëlle. Je m'en saisis et m'amusai à les battre. Les sentir voler d'une main à l'autre m'apaisait. Une odeur s'en échappa, un mélange de carton et d'arômes que j'associai à mon amie. Une carte sauta du jeu et les paroles de Gaëlle surgirent. « Quand une s'en échappe, sois attentive au message qu'elle veut te délivrer ! Tu seras toujours surprise de t'apercevoir que sa leçon est juste. »

Je la ramassai pour découvrir l'Ermite. Que m'avait-elle dit au sujet de cet arcane ? Impossible de m'en souvenir. Les tarots étaient tellement compliqués, leur interprétation avait des règles précises qui m'échappaient. Je décidai de me centrer et de respirer calmement. Je pris la carte entre mes deux mains pour me laisser totalement emporter dans son univers. L'exil de l'Ermite m'incarna subitement. Il était empreint d'une sagesse profonde. Sa lumière éclairait les ténèbres tortueuses de ma conscience. Ce chemin allait être long, mais j'étais enfin disposée à le prendre pour entrevoir avec lucidité et discernement mes choix. Il me rassura, en me montrant que ce sentiment de retranchement était, en réalité, un recueillement nécessaire. Furtivement, l'image d'une fleur de lotus se transposa dans mon esprit, le symbole de ma guérison. L'Ermite m'invita à ne pas perdre de vue que ce qui me liait à l'être aimé dans les vies passées n'était que sentiments et que ces sentiments existaient au-delà de tout entendement. J'ouvris les yeux. Je considérai cet arcane avec une joie relative. Son message était clair, j'avais peut-être trouvé la solution pour mettre la main sur Philippe, l'homme de mes rêves incessants.

Chamboulée par cette vision, je rapprochai le foulard de mon visage et m'assoupis dans les bras de cette ancre olfactive.

-35-

Elena

– Mais puisque je vous dis que cela ne dérange pas ! Elles sont dans la cuisine.

La voix de Joanne nous parvenait du vestibule. Gaëlle avala son café de travers quand mes parents passèrent la porte, suivis de Joanne et ses viennoiseries. Confuse, elle haussa les épaules.

– Je les ai rencontrés en bas, ils n'osaient pas monter, vu l'heure. Je leur ai dit que c'était avec plaisir qu'on leur offrait le petit-déjeuner.

– Tu as bien fait, l'interrompis-je, je suis heureuse que vous soyez-là.

Je n'étais qu'à moitié surprise. Je supposais et redoutais qu'elle avait ressenti mon incursion dans son passé. Je l'observai, et fus saisie par son changement. Elle, toujours tirée à quatre épingles, était aujourd'hui affublée d'un jean. Cela ne lui ressemblait pas ! Il avait dû se passer quelque chose, je ne voyais pas d'autres raisons. Comme je ne disais rien, elle s'avança et prit la parole.

– Je suppose que tu n'es pas étonnée par notre venue et par ce que je m'apprête à te raconter, dit-elle en caressant du bout des doigts la soie toujours attachée autour de mon cou.

Les filles se regardèrent et, après quelques secondes, décidèrent de se lever, ne comprenant rien à la scène qui se jouait devant elles. Ma mère leva la main, signe que cela n'était pas nécessaire. Si une chose n'avait pas changé, c'était bien celle-ci ! Son geste avait toujours le même pouvoir.

– J'ai longuement réfléchi, dit-elle en tripotant un pendentif, une sorte de boussole, entre ses longs doigts.

– C'est nouveau ?

– Un cadeau de ta grand-mère. Ton père me l'a offert, il n'y a pas si longtemps. Je trouve peu à peu mon chemin. Thomas m'a demandé de revoir ma position vis-à-vis de toi et de tes choix. Je pense qu'il est temps que tu comprennes certaines de mes expériences.

Gaëlle et Jo la fixaient en attendant la suite avec impatience. Mon père, qui jusqu'ici ne lui avait jamais coupé la parole, enchaîna.

– Tout a recommencé le jour de ton hospitalisation. Ta mère ne tenait plus en place. Elle avait cette sensation étrange, une prémonition qu'il allait t'arriver malheur. Je l'ai rassurée tant que j'ai pu, en pensant que c'était son imagination, mais quand Gaëlle a téléphoné… Nous étions sous le choc puis j'ai repris mes esprits. Et je lui ai demandé comment elle avait pu savoir ce qui allait se passer. Elle m'a enfin fait confiance, en me dévoilant son histoire. Puis j'ai pris conscience de tout ce que tu avais traversé, petite, avec tous les psychologues. Une fois calmé, je lui ai demandé d'autres explications… Et j'ai finalement compris.

Mon père et moi, savions que cela ne lui ressemblait pas. Elle qui s'en tenait toujours aux faits et qui gardait le contrôle sur tout, avait fait un pas de géant. Le visage de mon père reflétait son désarroi. Son regard me priait de lui pardonner ce qu'elle s'apprêtait à me révéler. Il se tourna vers elle pour l'inciter à poursuivre. Elle respira profondément et se lança.

– Je te l'ai toujours caché, c'est vrai. Mais je perçois ce monde invisible qui gravite autour de nous. À la différence de toi, je plonge dans mes angoisses les plus noires. Si j'ai été si dure, c'était par peur que tu souffres à cause de ce don. J'ai fait ce que ma raison me dictait pour te protéger, mais en dépit de tout, tu étais inexorablement attirée par ce monde obscur. Je peux comprendre ton désir d'être celle que tu veux, mais…

Elle s'arrêta quelques instants et s'accrocha à mes mains.

– Je sens sa présence ! Je suppose que tu as le grimoire de ta grand-mère ?

– Ce n'était pas ton journal intime, en fin de compte ?

– Non, je l'appelais ainsi à cause de ces pages restées blanches pour moi, mais le Livre était à la disposition de toutes les femmes de la famille. Il y avait toujours une effervescence autour de celui-ci. Le grimoire trônait fièrement dans une pièce attenante à la cuisine. J'aimais m'éterniser dans cet endroit, je m'y sentais en sécurité. Je me souviens des plantes aromatiques, des fleurs séchées suspendues aux poutres. Elles laissaient un délicieux parfum dans leur sillage, quand ma mère s'activait pour préparer des potions, des cataplasmes. Il y avait aussi des minéraux alignés devant la fenêtre, juste à côté de la table. Quand je rentrais de l'école, j'adorais me réfugier dessous, mon chat sur les genoux. Je me laissais bercer par son ronronnement. Je n'ai jamais compris pourquoi.

Elle s'arrêta, les yeux dans le vide.

– De quoi parles-tu ?

– Un jour, pendant que ta grand-mère préparait une potion, elle m'a demandé de lire la suite des ingrédients.

Elle détourna les yeux et poursuivit avec un sourire amer sur les lèvres.

– Quand je lui ai répondu que la page était blanche, elle m'a regardée avec stupeur. Elle s'est rapprochée et a fermé brusquement le Livre, puis elle m'a chassée de la cuisine.

Une brume glaciale nous encercla. Ma mère me pressa la main, et ses ongles s'enfoncèrent dans ma chair.

– Tu ressens ?

Je hochai la tête mais gardai le silence. La voix de ma grand-mère se matérialisa. Immobile, je l'écoutai murmurer ces quelques paroles :

– Dis-lui… Réveiller sa conscience demande un amour profond et une confiance entière sur soi. Si la peur guide ton âme, alors les expériences que tu vivras en retour en seront teintées. Ta clairvoyance est seulement le reflet de ta vision intérieure. Voilà pourquoi le grimoire ne s'est pas révélé…

Je lui soufflai à l'oreille mot pour mot ce que j'entendais. Puis ma mère, au bord des larmes, poursuivit.

– Tu as eu juste un aperçu, des fragments. Le jour viendra où tu auras toutes les clés en main pour comprendre, mais, ma chérie, laisse-toi du temps. Je te demanderai en retour de ne plus jamais aborder ce sujet avec moi. Je ne veux rien avoir à faire avec les arts profanes. Et d'ici là, je ne veux plus que tu pénètres mon énergie sans ma permission.

Elle se tut et attendit ma réaction. Un « désolé » à peine audible traversa mes lèvres.

Les filles me dévisagèrent, ainsi que mon père, qui m'adressa un regard admiratif quand il s'aperçut de ma détermination. Ma voix était calme, posée, quand je répondis enfin :

– Je comprends, maintenant, tes décisions. C'est ton apprentissage et non le mien. Un jour, une amie m'a dit : « Qui suis-je pour te donner mon avis et qui suis-je pour t'empêcher de vivre ce que tu as choisi ? » Elle a rajouté : « Il est possible que par ce chemin tu trouves la paix. Il n'y a pas qu'une vérité, mais des vérités. Trouve celle qui te fait vibrer. »

Prudemment, je fis un pas supplémentaire vers elle, ne sachant comment elle allait réagir, et je continuai sur ma lancée.

– J'étais convaincue que tu m'aimais moins, car je ne remplissais pas tes espérances. Je m'aperçois, seulement maintenant, que le contraire de l'amour n'est pas la haine mais la peur. La peur liée à toutes nos croyances.

Pour la première fois de ma vie, je vis un éclat différent briller dans ses yeux. Elle se fit violence pour m'ouvrir ses bras. Je m'y blottis avec douceur et avidité, en appréciant chaque seconde. Je cherchai dans mon passé une sensation semblable. Il n'y avait aucune comparaison, car jamais elle n'avait eu ce geste envers moi. La raison se tenait, les capacités psychiques se démultipliant dans l'amour, elle ne pouvait pas courir ce risque avec moi.

Les prémices d'une transformation bien plus grande se faisaient sentir. La maxime de Chénéa résonnait comme une promesse. « Le monde dans lequel tu gravites est simplement ton reflet, trouve de la valeur en ce que tu es, alors tout ce qui t'entoure aura de l'importance. La vie est magique. Tu es en perpétuel apprentissage. »

Cet éveil me permit d'être chaque jour plus en harmonie, de sentir ce que le mot bonheur signifiait réellement. Mais il me manquait toujours l'amour. Je cherchais sans relâche à me connecter par l'esprit à l'âme de Philippe, mais jamais je ne pus le contacter dans l'au-delà. Peut-être voulais-je le faire pour de mauvaises raisons ?

Avec le temps, mes rêves cessèrent. Il ne me resta que le souvenir de cette vie en tant que Caterina. Je gambergeais la plupart du temps et n'arrivais toujours pas à comprendre le pourquoi de ce rêve incessant. Et une ombre restait au tableau. Pourquoi je ressentais encore ce lien puissant me rattacher à Richard ? Que n'avais-je pas encore compris pour être totalement en paix ?

-36-

Livia

Passer les fêtes de fin d'année fut un vrai supplice. Ma véritable et seule résolution pour cette nouvelle année : reprendre le chemin de la fac. Je vivais, non, je survivais suivant les rythmes des cours. Plus rien ne m'intéressait. Mon esprit, mon âme se tournaient essentiellement vers le passé. Souvent, au lieu de rentrer, je me réfugiais au *Tasse-Livre*.

Ce jour-là, Gaëlle et Joanne m'y trouvèrent cachée. Ici, je pouvais savourer la sensation d'être proche de Richard, au fond de la salle, assise sur « notre fauteuil » fétiche. À la dérive sur la table, mon chocolat chaud refroidi et mon éclair. Même ces friandises ne me rendaient pas le sourire.

– Eh ben, on t'a cherchée partout ! Tu vois ça ?

Gaëlle agitait devant mes yeux mon téléphone. Je l'avais oublié dans ma chambre. Elle reprit, excédée :

– C'est un portable, comme son nom l'indique, tu dois le porter sur toi !

Ne voyant aucune réaction de ma part, elle s'approcha et lut dans mon regard la tristesse. Elle posa sur mes épaules le châle qu'elle m'avait offert lors de notre escapade à Édimbourg, pour les fêtes de fin d'année. Elle savait que je l'adorais par-dessus tout. Son odeur me rappelait le parfum sauvage de Richard. Comme une droguée, j'inspirai profondément son arôme et je me laissai aller contre « notre fauteuil », les bras resserrés autour de mes épaules.

– Tu vas continuer longtemps comme ça ? Ton humeur est aussi massacrante que la météo ! Il faut te secouer, ce n'est plus possible !

Nous étions en avril, et le froid persistait. Semblable au printemps qui se faisait attendre, j'étais en berne. À chaque fois qu'une envie me prenait, le visage de Richard et sa gueule cassée me barraient la route. Sans compter les envies irrépressibles qui me poussaient à demander de ses nouvelles. Je me ravisais toujours au dernier moment, de peur d'entendre qu'il m'avait oubliée et refait sa vie avec une belle inconnue. Mais cela ne m'empêchait pas de l'imaginer pousser la porte du *Tasse-Livre*.

Gaëlle baragouina des mots que je ne compris pas tout de suite, alors elle reprit :

– Je te disais, tu vas recevoir bientôt des nouvelles de Richard !

– Quoi ? Il va me téléphoner ?

– Non, il préfère écrire.

– Tu es sûre ? Ça ne lui ressemble pas. Tu sais pourquoi ?

– Non, Richard a toujours été secret. Il n'est pas du genre à se livrer facilement. Tu verras bien !

– Il pense que je l'ai abandonné. J'aimerais être assurée que tout va bien pour lui. Je pourrais me donner à fond dans le travail que me demande Chénéa. Elle m'invite à faire le deuil de son absence, mais j'ai du mal à y voir clair, je me sens toujours coupable…

– Coupable de quoi ? soupira Jo.

– D'avoir choisi l'homme d'un rêve, ayant vécu en 1606 et que je ne reverrai plus jamais, plutôt que Richard. J'ai agi sans réfléchir.

– Cela ne ressemble pas à de la culpabilité mais à de la colère, affirma Gaëlle.

– Il est possible que tu aies raison, et que cette rage soit tournée vers moi, et je l'amplifie avec cette question qui tourne en boucle dans ma tête de linotte : où en serait notre relation, maintenant ?

– Peut-être au top ou pas ! Qui sait ? Richard a aussi des choses perso à régler.

– Tu es au courant de ce qui l'angoissait ?

– Pas vraiment. Une fois, il avait un peu trop bu et il a sous-entendu qu'il avait perdu quelqu'un qu'il aimait.

Voilà qui était intéressant. Je me redressai de « notre fauteuil ».

– Tu ne l'as pas interrogé davantage ?

Elle secoua la tête négativement. Je revis la fureur planer dans ses yeux et son mal-être immense.

– Tu restes à te lamenter ou tu vas te battre ?

Un sourire mélancolique ternit mon visage.

– Peut-être devrais-je attendre son courrier.

Les doutes tapis dans l'ombre m'engloutirent dans le tourbillon infernal des si et des peut-être. Et si… Gaëlle vit mon manège et me stoppa sur-le-champ.

– Liv, arrête de voir le pire ! Ça n'en vaut pas la peine. On rentre avant que les giboulées de mars en avril ne nous tombent sur le dos. J'en ai marre de ce froid. Et dire que l'an passé j'étais en short !

À regret, je sortis du *Tasse-Livre* pour suivre les filles, avec un dernier coup d'œil à « notre fauteuil ». Avec lenteur, je montai les marches qui débouchaient sur la placette. Le temps était toujours au froid, comme mon cœur.

- 37-

Livia

Les semaines s'écoulèrent, parfois vite quand tout allait bien, et plus lentement quand certaines questions m'empêchaient d'avancer. Chénéa m'accompagnait quand je lui permettais de le faire. Il m'arrivait parfois d'être si en colère que mes paroles étaient acerbes. Je rejetais son aide, pensant ne pas en être digne.

– J'en peux plus, j'en ai marre, rien ne fonctionne quand je pense y arriver, je perds le contrôle ! Pourquoi est-ce si dur de travailler sur soi ? À t'écouter, c'est si simple ! Tout ça, c'est de la foutaise ! J'arrête !

– Je vois.

Chénéa restait douce dans ses paroles, ce qui avait le mérite de me contrarier.

Ce jour-là, le silence s'installa, elle me dévisageait patiemment. Je restais sur mes positions, encore et toujours embringuée dans une lutte interne. Je savais ce qu'elle essayait de faire. Elle désirait une fois de plus me connecter à mon cœur, où les réponses se trouvaient. Mais je refusais, car le sonder me faisait souffrir.

– Livia, cela fait trop longtemps que tu te bats contre toi-même, ça n'a plus de sens. Je vais te révéler une manière différente de t'observer.

– Il en existe encore ? lui répliquai-je ironiquement.

Elle acquiesça sans relever le ton que j'avais employé avec elle.

– Alors ?

– C'est bon ! balançai-je énervée.

– Tu n'arrives pas à sonder ton cœur car tu cherches à travailler avec force.

– Tu m'as toujours dit de « travailler ».

– Non, le travail s'effectue avec le mental, et il pose des barrières pour te protéger de tes erreurs du passé, alors qu'elles sont les témoins de ce que tu es aujourd'hui. Il ne faut pas « travailler » avec ton cœur, mais œuvrer.

– Quelle est la différence ?

– Le travail a une connotation de labeur, tandis qu'œuvrer est synonyme de réaliser un but précis avec une certaine noblesse ou humanité.

– Encore une manière détournée d'apaiser mon foutu psychisme ! Il a le don de me mettre dans des états extrêmes quand je pense à ces deux hommes qui hantent mon esprit, jour et nuit. Je les aime profondément, tous les deux ! Je n'ai pas de solution et je ne vois pas le bout du tunnel.

Contrariée, je lui demandai tout de même :

– Que dois-je faire pour œuvrer ?

– Tu veux encore « faire » alors qu'il faut « être ».

Elle me prit les mains pour m'installer sur une chaise et poursuivit.

– Respire lentement, prends conscience de ton corps… Accueille sans jugement dans ton cœur les émotions, la situation, les personnes en lien avec ta douleur. Autorise-la à monter. Ne bloque rien, laisse simplement ressurgir les sentiments. Accompagne ton mental, abaisse les remparts qu'il érige en le rassurant, dis-lui que tu vas à la recherche d'une solution, et que tu as besoin de lui pour la trouver.

– Pff.

– Quand la colère est présente, nos vibrations sont basses. On a le nez collé sur notre problématique, et on ne voit pas la solution, alors qu'elle est pourtant évidente quand on vibre dans la joie. Tu es prête ? Ah oui, j'oubliais, cesse de bouder ton guide spirituel. N'oublie pas, il est là pour t'aider.

– Plus facile à dire qu'à faire ! Sa voix vient toujours quand je ne m'y attends pas, c'est déroutant.

– Non, c'est normal, tu dois simplement t'y habituer. Tu l'écoutes depuis longtemps sans vraiment en prendre conscience. Maintenant, tu es différente.

Un froid glacial descendit lentement sur moi. Il s'insinua sur les parties découvertes de mon corps, sa caresse m'arracha des larmes. Mes mâchoires se contractèrent tandis que je jugulais la peur qui me vrillait les tripes. Chénéa continuait à m'observer, à me fixer. Elle ne sembla pas s'en apercevoir, mais sa voix cassée remplit le silence.

– Nos secrets contiennent nos déclencheurs, quel est ton secret, Livia ?

Son timbre martelait chaque parcelle de mon être. Je n'arrivais pas à me soustraire de son emprise, ou bien était-ce mon inconscient qui ne voulait pas se soustraire ?

La pièce où je me trouvais était anormalement paisible, en dehors du temps. Les dernières lueurs du jour se retiraient peu à peu alors que les bougies apportaient une douce lumière. Elles dégageaient une légère odeur de rose. Chénéa saisit trois baguettes d'encens et les plaça au-dessus de la flamme, la fumée s'éleva dans une danse voluptueuse, floutant le contour des meubles. J'essayai de me raccrocher à ces volutes pour calmer mon esprit embrouillé, sans résultat.

– Je ne vais pas y arriver. Tu me demandes l'impossible, je ne vais pas y arriver, lâchai-je épuisée.

J'essuyai avec le revers de ma manche la sueur qui perlait sur mon front. J'avais de plus en plus de mal à refouler la nausée qui arrivait par assauts. Le peu de forces que j'avais m'abandonnèrent. Mon visage roula sur le côté, mes cheveux tombèrent devant mes yeux. La fatigue creusait mes orbites, elle me donnait l'horrible sensation que mes paupières me brûlaient. Il me semblait que cela faisait des heures que j'étais là, immobile. J'essayai de me redresser, mais mes membres engourdis refusaient de faire le moindre effort. Elle se leva et contourna la table basse, les yeux mi-clos, je suivis son ombre. Quand ses doigts se posèrent sur mes épaules, un long frisson me déchira l'échine. Je me raccrochai à nouveau aux rebords de la chaise pour ne pas sombrer dans l'inconnu, dans ce monde invisible, où ces voix m'assaillaient de messages incompréhensibles. Mon corps ne m'obéissait plus. Pour la énième fois, ma tête se renversa en arrière pendant que la voix de Chénéa lacérait mon âme, son chuchotement brisa en mille morceaux ma fragile barrière.

– Au fond de toi, tu sais qui est réellement cet homme ! Révèle ton secret.

– Stop ! dis-je en m'écroulant sur les genoux. Je suis épuisée et je dois y aller.

Je me levai et, sans la regarder, je sortis en claquant la porte.

Tout oublier, tout arrêter, en voilà une solution. Incapable de faire le tri de ce trop-plein d'informations, me demandant à quoi cela pouvait bien me servir. Jamais je ne saurais qui est Philippe. Jamais je ne le retrouverais.

Anéantie par mes propres pensées, j'arrivai à notre appartement. Une délicieuse odeur de gâteau au chocolat flottait dans l'air. Les voix de Gaëlle et Joanne se transposaient sur la douce mélodie d'Ed Sheeran, « Thinking out Loud ». De loin, je les observai. J'aimais les voir heureuses. J'allais les rejoindre au salon, quand Jo prit la chantilly pour un jeu érotique. Je m'éclipsai sans un bruit. Un bain chaud, voilà ce qu'il me fallait !

J'allumai les bougies blanches, mes préférées, et mis une ballade écossaise en fond musical. Je me déshabillai et rentrai lentement dans l'eau mousseuse. Je lâchai un soupir de plaisir en fermant les yeux. Mon cœur lourd de tristesse se mit à vagabonder sur les merveilleux paysages des Highlands. Je ne saisis pas pourquoi, mais mon esprit m'imposa l'image de ma grand-mère. Mes souvenirs d'elle étaient lointains, mais l'intonation de sa voix, depuis la dernière fois, était toujours présente. Un air frais circula dans la pièce, je frissonnai. J'enfonçai plus profondément mes épaules dans l'eau chaude.

– *Bonjour, mon ange.*

Je me redressai brusquement dans la baignoire. Je me frottai les yeux pour effacer cette apparition.

– Merde, ça pique !

À tâtons, j'attrapai la serviette pour y enfouir mon visage.

– Grand-mère ! Mais ce n'est pas possible, je rêve debout ! dis-je en m'étranglant.

Tout doucement, je baissai le linge. Elle se tenait, face à moi. Je penchai la tête vers le miroir, aucune image d'elle ne s'y reflétait.

– Grand-mère ?

– Oui, mon ange, je n'ai pas beaucoup de temps.

Son visage rayonnait de lumière, ce qui lui conférait une aura mystérieuse.

– Accepte le cycle de la vie… Selon l'enseignement wicca… Une âme n'a de cesse de revenir pour apprendre et évoluer… La mort n'est pas une fin, seulement un recommencement immuable, une renaissance.

Pétrifiée, je l'écoutais.

– Le Livre des Ombres est alchimique. Prends ma suite dans cet ouvrage. Note tes ressentis, tes apprentissages, ton lien avec la nature, les saisons…

– Non ! Je ne peux… J'ai peur.

– Peur ! Mon ange, en réalité, ce grimoire est un livre miroir. Tes expériences chargées de tes émotions donneront vie à tes incantations. Chaque mot aura un pouvoir, celui de transformer ton existence.

– Mais je ne connais rien à cet art !

– Laisse parler la partie magique de ton essence. Ton âme a déjà vécu tous ces rites. Tu possèdes quelque chose de précieux… Prends-en soin… Je reviendrai…

Des coups énergiques à la porte nous interrompirent subitement.

– Livia ?

Le temps d'une seconde d'inattention, ma grand-mère avait disparu. J'enroulai un drap autour de ma poitrine et ouvris.

– Tu aurais pu nous dire que tu étais rentrée, dit Gaëlle en entrebâillant la porte.

– Oui ! J'aurais pu ! Mais vous étiez super occupées à essayer de nouvelles recettes avec la chantilly, répondis-je pour la taquiner.

Joanne, qui se tenait derrière Gaëlle, piqua un fard.

– Quoi ! Tu es là depuis tout ce temps ! Mais…, tu parlais avec qui ?

– Ma grand-mère.

Hébétées, elles se regardèrent. Je ne leur laissai pas le temps de répondre. J'entrai en trombe dans ma chambre et m'arrêtai net devant mon bureau. D'une main tremblante, je m'appropriai le Livre des Ombres. Comme toujours, à son contact, une décharge électrique pulsa de mon corps et parcourut mes bras. Le grimoire paraissait prendre vie, son cœur palpitait au creux de mes mains. Je lâchai un petit cri de surprise. Les pages se mirent à tourner toutes seules, de manière désordonnée, et s'arrêtèrent sur un rituel. Mes doigts glissaient rapidement sur les écrits : « Litha, solstice d'été, le jour de pouvoir. » Encens, couleurs, pierres, herbes, plantes, tout était noté pour la célébration de ce jour. Je pris ma tablette, espérant y trouver des indications ! Mes recherches furent assez vite récompensées. « Litha : jour où les forces de la nature atteignaient leur point culminant. Autrefois, dans nos campagnes, on sautait par-dessus les feux de la Saint-Jean pour fêter la joie, la purification, la santé et l'amour… » Je tournai la tête vers le calendrier. Nous étions fin mai. J'avais largement le temps de rassembler tous les ingrédients. Je ne voyais pas de meilleur moment pour fêter la renaissance du soleil et le début d'une nouvelle vie pour moi. La rencontre fortuite avec le fantôme de ma grand-mère m'avait apaisée. Et une connexion avec la nature, se mettre au vert, voilà une idée pour le moins séduisante.

-38-

Livia

Lyon, 21 juin.

Suivant les instructions du grimoire, je me réveillai tôt pour ramasser dans la nature quelques herbes encore recouvertes de rosée. J'étais bien décidée à monter une armoire médicinale.

Litha mettait l'accent sur la puissance du soleil, je ne pouvais pas décemment allumer un feu de joie et sauter par-dessus. J'optai donc pour un autel dressé dans ma chambre. Pour l'occasion, mon bureau fut recouvert d'un tissu soyeux, avec en son centre un vase. Des tournesols, millepertuis, lierres en débordaient, tandis que les roses m'envoûtaient par leur parfum entêtant. Je disposai les bougies de couleurs vives et les encens.

Je ne savais pas trop comment m'y prendre. J'avais beau chercher, il n'y avait aucune allusion à ce sujet dans le grimoire. Il ne me restait qu'à suivre mon intuition. Je posai les symboles représentant les cinq éléments. Légèrement fébrile, je me centrai rapidement en prenant juste conscience de cette nature rassemblée devant moi. La frontière entre les mondes se fit plus ténue qu'à l'accoutumée. Au fur et à mesure de mes respirations, des liens se faisaient. Par cette cérémonie, j'acceptais celle que j'étais depuis toujours. Pour la première fois, j'avais sciemment ouvert les portes aux cycles de l'éternité, à la vie, à l'amour. Pendant un bref instant, je perçus la présence de celle que j'incarnais dans une époque lointaine, Caterina. Une étincelle jaillit de nulle part et me frappa de plein fouet. Une sensation de brûlure m'irradia au milieu du front et du thymus. Désorientée, je me retins à la chaise. Une voix se fit entendre, pendant que des images se bousculaient dans ma tête.

– *Nous sommes de nouveau… Une… Merci…*

Bouleversée par cette cérémonie et la rencontre avec Caterina, je partis me réfugier sur le Mont d'Or lyonnais. Ma vie était en train de prendre un virage tout à fait inattendu.

⁂

Bien plus tard, je sus ce que voulait dire « œuvrer » pour soi et non « travailler ». Mes capacités à voir l'invisible s'installaient durablement. J'acceptais ma propre clairvoyance, non pour les autres, mais pour percevoir et construire ma vie en accord avec une vision nouvelle. Je le compris assez vite quand, par une belle matinée d'été, nous étions toutes les trois assises à la terrasse du *Tasse-Livre*, à l'ombre d'un tilleul. Mon regard se promenait ici et là, quand soudain, une immense toile d'araignée surgit devant mes yeux. Ce fut un choc. Des fils invisibles rattachaient entre elles les personnes qui déambulaient dans la rue. Je vis, seconde après seconde, ces cordes vibrer, vivantes, alimentées par les émotions de chacun. Leurs couleurs avaient un chatoiement particulier, plus terne ou plus vif, pour définir chaque émoi. Avec discrétion, je me tournai vers Gaëlle et Jo. Leurs liens imperceptibles étaient magnifiques, leurs teintes irisées dégageaient le symbole d'un amour profond, avec une observation plus poussée, plus intime, qui me rendit une sensation de respect. Un individu pouvait vivre sans peur du lendemain, dans le vrai partage, sans être soumis par les émotions de chacun. Je souriais béatement, quand Gaëlle me tendit une lettre qu'elle sortit de son sac. Son geste abrupt me ramena instantanément.

– C'est pour toi. J'attendais le bon moment pour te la donner et, apparemment, c'est aujourd'hui ! Cela fait bien longtemps que je ne t'ai pas vu sourire de la sorte, lança-t-elle en frétillant sur place.

Rattrapée par la réalité, je saisis le courrier. Il venait de Richard, du papier se dégageait son parfum. Tremblante, je l'ouvris. Son écriture était à son image, puissante et généreuse. Une émotion sourde me serra la gorge, et mon cœur battit la chamade. J'essuyai mes mains moites sur mon jean. La profileuse Gaëlle analysa mon comportement.

– Tu as tous les symptômes d'une femme encore amoureuse, minauda-t-elle.

Je ne relevai pas, bien trop occupée à me rendre compte que j'avais enfin en ma possession des nouvelles de Richard. Cela faisait pratiquement huit mois qu'il était parti. Je pouvais le comprendre, car mes propos à son égard n'avaient pas été des plus brillants quand mon choix s'était porté sur un amour fini depuis environ quatre cents ans. Qui n'aurait pas réagi comme lui ? Indécise, je regardais la lettre. Que pouvait-il bien m'écrire ? Ne tenant plus, je déglutis et commençai ma lecture à voix basse. Les filles attendaient avec une certaine impatience ma réaction.

Livia,

J'ai enfin le courage d'exprimer quelques mots pour te remercier. Oui, te remercier, chose qu'il m'était impossible de faire il y a de cela quelques semaines. Mais tout a changé. Je voulais avant tout m'excuser de mon départ précipité, alors que nous avions beaucoup partagé. Je ne te l'ai jamais dit, mais tu as été la seule. Je t'ai aimée passionnément. Je ne comprends pas ce lien indéfinissable entre nous.

J'ai mis du temps à te pardonner cet abandon, puisque je n'arrivais pas à le comprendre.

Peut-être que tu ne le sais pas, mais Eva est venue me rendre visite, et ce fut une révélation voire une bénédiction…

Je m'arrêtai net pour demander à Gaëlle :

– Tu savais, bien sûr, que Chénéa avait rendu visite à Richard, et tu ne m'as rien dit ?

Amusée, Gaëlle acquiesça. Je soufflai d'exaspération et replongeai dans ma lecture.

Elle m'a permis de prendre conscience que la haine, la colère, la rage que je pensais éprouver contre toi étaient tournées contre moi-même. Je fuyais depuis longtemps un problème que je ne voulais pas affronter. Cela me faisait trop souffrir.

Pourquoi ce merci ? Tout simplement parce que cette expérience avec toi a fait réapparaître ce que je cachais et qui m'empêchait d'être heureux…

La personne qui m'a quitté lorsque j'étais plus jeune, je viens de la retrouver…

Étourdie, je relevai la tête. Les filles se tournèrent vers moi.

– Qu'y a-t-il ? demanda Jo avec inquiétude.

– Il a retrouvé quelqu'un, écoutez !

Je repris ma lecture à voix haute.

La personne qui m'a quitté lorsque j'étais plus jeune, je viens de la retrouver. Je tiens à te la présenter.

Je te verrai sûrement à l'anniversaire qu'organise Camille à Sassenage.

Je ne sais pas où notre relation va nous mener, mais le plus important est de ressentir que tout ce que la vie nous offre est simplement juste, même si parfois nous avons du mal à comprendre la leçon.

J'ai hâte de te serrer dans mes bras.

P.-S. : Moi non plus, je ne suis pas sûr de mes sentiments. N'aie aucune crainte, je ne m'impose pas, je te laisse libre de choisir. Je veux que tu saches qu'à présent je suis comblé.

Richard.

Des émotions contradictoires se livraient une bataille acharnée. Que cherchait-il vraiment à me déclarer ? Et moi, j'en étais où, avec mes sentiments ? Et cette phrase « Je t'ai aimée ». Tant de questions sans réponses. Quoi qu'il en soit, j'étais heureuse pour lui, il pouvait prétendre au bonheur. Cette blessure émotionnelle avait provoqué chez Richard cette réticence à s'attacher ou à se livrer. Gaëlle avait été formelle, il accordait sa confiance à très peu de personnes. Je devais m'estimer heureuse d'avoir pu compter pour lui. Avant moi, elle ne l'avait jamais vu si longtemps avec une fille ! Je m'aventurai à poser une question à mes amies.

– Savez-vous qui est la personne qui l'a abandonné ?

– Non, aucune idée, répondirent-elles en chœur.

– Donc, en résumé, personne ne sait qui il veut me présenter ! Rien que d'y penser, j'en ai la nausée.

Gaëlle me laissa dans mes élucubrations et leva son portable pour faire diversion.

– Arrête de te torturer, tu verras bien ! Par contre, je suis au courant pour l'anniversaire de Camille. J'ai reçu son SMS ce matin. Elle a eu une merveilleuse idée.

– Laquelle ?

– Ce passage est pour toi. Elle dit que, comme tu n'as pas pu visiter Sassenage, elle a loué son château, le château Béranger, pour y faire sa fête d'anniversaire masquée. Génial, non ? Elle demande à tous de respecter le thème, s'habiller selon la mode et les critères de l'an de grâce 1606. Elle ajoute que ce petit clin d'œil t'est adressé.

Emportée par une joie en demi-teinte, je me demandai ce que la vie voulait me faire vivre encore comme expériences, avec toutes ces nouvelles. Les signes étaient bien là. Les émotions continuaient à me vriller le cerveau quand, malgré moi, la voix immatérielle de mon guide spirituel résonna à mon oreille.

– *Il est déjà venu, ça s'est passé, il reviendra…*

Des frissons parcoururent mon corps. Je me centrai pour écouter à nouveau ce message et avoir plus d'informations, mais rien, seulement cette phrase en boucle dans ma tête. Cela n'avait aucun sens. Puis je me souvins, Chénéa m'avait prévenue à maintes reprises. Ces entités lumineuses étaient là pour nous guider mais en aucun cas pour prendre les décisions à notre place. Quand ils nous offraient une indication, c'était à nous de la suivre ou pas. Tant que nous n'avions pas passé le cap de l'indice donné, ils restaient silencieux, nous permettant simplement de ressentir l'amour si nous nous connections à notre cœur. Avec dépit, je devais en prendre mon parti et patienter. Joanne me secoua légèrement le bras.

– Coucou, la Lune, ici la Terre.

– Très drôle, Jo ! C'est pour quand, la petite sauterie masquée ?

– En octobre, ce qui nous laisse pratiquement trois mois pour faire des recherches et savoir comment on s'habillait à l'époque.

– En octobre, murmurai-je.

Gaëlle continua à me parler, mais je ne l'entendais plus. Les flashes de ce mois d'octobre 1606 martelèrent mon esprit, et seule la voix désincarnée me susurrait :

– Il est déjà venu, ça s'est passé, il reviendra…

-39-

Elena

Elena rabattit le drap par-dessus leurs corps nus, sa tête au creux de l'épaule de Thomas, elle inspira profondément. Il l'étreignit contre lui, ses lèvres se déposèrent sur son front. Ses doigts effleurèrent l'ovale de son visage et descendirent lentement le long de son cou où reposait le pendentif qu'Elena refusait de quitter, maintenant. Ils échangèrent un regard lourd de sens, tous les deux prenaient conscience du chemin parcouru par Elena. Elle se laissait guider, à son rythme, par la boussole celtique que sa mère avait confié à Thomas. Elle appréciait ce présent vide de magie. Il n'était que symbolisme et cela lui allait. Les doigts de Thomas s'entremêlèrent aux siens quand il se souvint d'un fait qui l'avait fait sourire.

– Te rappelles-tu du jour où Henora m'a offert le magnifique recueil ?

– Comment oublier ? C'était son dernier Noël avec nous.

– Ce matin, j'ai eu envie de le feuilleter, entre deux pages, il y avait quelque chose d'étrange.

Il tendit la main et attrapa le livre. Les pages virevoltèrent jusqu'à sa découverte. Délicatement, il la saisit et la plaça sous les yeux d'Elena. Bouche bée, son regard allait de la page vieillie à Thomas.

– J'aimerais pouvoir lire cette histoire, malheureusement, je ne sais pas encore traduire le gaélique écossais.

– Quelle histoire ? Elle est vierge !

Devant son silence, Elena se redressa et l'arracha des mains de Thomas.

– Elle fait partie du Livre des Ombres, je reconnaîtrais ce grain de papier entre mille. Que cherchait encore à faire cette vieille bique en t'offrant ce livre ? Raconte-moi ce que tu vois.

Thomas, désolé pour sa femme chercha à la réconforter d'un geste tendre. Elle se déroba. Debout, nue face au poêle à bois, elle susurra.

– Je t'écoute.

– Il y a un texte, il prend la moitié de la feuille. Certains mots sont écrits en gras et sont accompagnés d'un alphabet runique. Je ne pourrais pas te dire lequel, il en existe plusieurs.

Il jeta un œil sur la silhouette de sa femme. Elle paraissait fragile, sa peau diaphane jurait avec la couleur des flammes. Thomas se rapprocha d'elle.

– Sous le texte se trouve un dessin. Trois femmes, les mains levées. Des fils sortent de leurs doigts, j'ai l'impression qu'elles tissent un symbole qui ressemble étrangement au pendentif d'Henora, celui de Livia. Et ici, je reconnais l'écriture de ta mère.

Il pointait un endroit qui restait vide pour Elena. Son timbre suave la fit frissonner quand il lut.

– « Les liens subsistent… Ombre, lumière… Les émotions lient… L'alchimie doit s'engager… Rien ne pourra l'arrêter… » Ça ressemble à une prophétie, non ?

– Même dans l'au-delà, cette vieille folle trouve le moyen de nous emmerder ! Oui, j'ai bien l'impression que c'en est une. On doit l'envoyer à Livia.

– Tu ne préfères pas aller à Lyon ? Deux heures de TGV, c'est rapide.

– Non, j'ai besoin de temps. Et puis il me semble que ce week-end elles ont un anniversaire vers Grenoble.

-40-

Livia

Les mêmes paysages défilaient devant mes yeux. Cela faisait pratiquement un an, jour pour jour, que nous avions emprunté cette destination pour nous rendre à Grenoble. Un petit accident de parcours nous avait empêchés de visiter Sassenage. Des fragments de Caterina remontaient à la surface, tandis qu'un frisson latent se dévoilait par intermittence quand l'image de Philippe se posait devant mes yeux. Je souris tristement et me rappelai que ce qui devait être une petite escapade entre amies avait totalement bouleversé ma vie. En repensant à ce cher M. Lavoisier et à son « rien ne se perd… », je me disais qu'en juste retour des lois de l'Univers j'étais seule, mais pleinement épanouie.

– Tu en veux ? Livia, allô ?

Je sursautai. La voix de Gaëlle me ramena instantanément dans notre petite Fiat 500. Le bruit d'un paquet de bonbons me fit tendre la main vers Jo.

– Oui, avec plaisir.

Je plongeai avidement la main dans mes friandises préférées, les oursons à la guimauve. Ils avaient le pouvoir magique de me donner des minutes de bonheur dans la cacophonie amoureuse de ma vie. La sonnerie du portable retentit, Jo décrocha.

– C'est Camille. Elle nous demande de prendre la sortie de Sassenage. J'ai un lien GPS. Tiens, c'est bon, il n'y a plus qu'à suivre.

– Génial, plus que trente minutes de route, souffla Gaëlle, soulagée.

Camille nous accueillit à l'entrée du bourg, devant un imposant bâtiment. Je fus surprise par le nom sur la façade.

– Quelle drôle d'appellation, dis-je en désignant l'édifice.

Elle me sauta dans les bras pour m'embrasser.

– Ma férue d'histoire, comment vas-tu ?

– Bien mieux. Tu peux m'en dire plus sur l'hôtel de ville ?

– Suis-moi ! Tu vois le QR Code ? Place l'appareil photo de ton téléphone devant.

Une page Internet dédiée à l'histoire de ce lieu s'ouvrit.

– « Hôtel des blondes, devenu notre mairie en 1988. Auparavant, elle abritait une maison de charité de plus de trois cents jeunes ouvrières provenant de familles rurales défavorisées et du dépôt de mendicité de Grenoble. Elle abritait également une fabrique de dentelle de soie (blanche ou noire) fort appréciée de Marie-Antoinette. »

– C'est le top, ces codes ! Il y en a d'autres dans le village ?

– Oui, sur tous les monuments historiques, me répondit Camille, amusée.

– Merci pour ce cours d'histoire magistral, mais moi, j'ai soif ! glapit Gaëlle.

– OK. Voilà le programme : je vous accompagne chez des amis pour que vous y déposiez vos affaires et vous apprêtiez, dit-elle sur un ton guindé. Ensuite, nous sommes tous attendus au château pour les derniers arrangements avant la soirée.

Nous suivîmes Camille au centre du bourg pour nous garer. Je descendis lentement de la voiture et eus un choc en levant les yeux vers le clocher de l'église. Pratiquement rien n'avait changé, à part la façade, crépie à certains endroits. Le même sanctuaire se dressait devant moi, celui où j'avais trouvé refuge en m'enfuyant de Grenoble, peu après l'exécution de Francesco. Mon trouble passa inaperçu, les filles étant trop enthousiasmées par l'anniversaire à venir. Camille nous mena vers une demeure en face de l'église.

– Vous logerez dans la maison à la Tour, elle date du XVIe et servait aussi d'appartement à cette époque.

Je n'en fus pas surprise, puisque le logis de l'un d'eux m'avait servi de cachette. J'évitai soigneusement d'entrer en contact avec les pierres pour ne pas sombrer à nouveau dans un saut temporel.

– Faites attention où vous posez les pieds, les marches sont glissantes à force de passages, dit-elle tout bas, vous verrez, c'est un couple d'une quarantaine d'années, ils sont incroyables.

Elle saisit le butoir à tête de lion et toqua.

– Camille ! Je ne vous attendais plus, s'alarma le maître des lieux.

Tout en souriant, il ouvrit grand la porte pour nous laisser pénétrer dans l'appartement. Nathan était affublé d'un pourpoint et de ses hauts-de-chausses. Avec entrain, Camille embrassa nos hôtes.

– Nathan, Marie-Jo, je vous présente Gaëlle, Livia et Joanne.

Il émanait d'eux une aura qui me mit tout de suite à l'aise. Marie-Jo finissait le repassage d'une somptueuse toilette de marquise.

– J'arrive tout de suite. Nathan, peux-tu les installer au salon, à moins qu'elles préfèrent déposer leurs bagages ?

Il acquiesça. Tout en s'adressant à notre petit groupe, il fit un tour sur lui-même.

– Alors, qu'en pensez-vous ? Pas mal, non ?

Camille fit la révérence pour le saluer.

– Messire, je suis votre obligée !

– Merci, très chère, je vous en sais gré… Bon, allez, trêve de plaisanteries ! Voulez-vous un café ? Je vous le prépare pendant que vous filez vous habiller.

Il regarda sa montre.

– Il nous reste une heure avant d'accueillir les premiers invités !

– Yes ! clamèrent les filles en chœur.

– Vos appartements sont au fond de ce couloir. La dernière chambre sur votre droite donne sur l'église, et en face, vous avez celle située sur le jardin des Cuves.

– On prend celle du jardin, dit Gaëlle d'un air sous-entendu.

Elle me chuchota :

– La vue de l'église ne te dérangera pas, ma grande ?

Je secouai la tête pour toute réponse. Elle partit dans un bel éclat de rire, valise à la main.

– Tu ne vas pas te préparer ? m'interrogea Camille.

– Non, pas tout de suite, je bois un petit café et j'aimerais jeter un œil aux alentours.

Des images s'entrechoquaient dans mon esprit. À quoi pouvait ressembler Sassenage maintenant ?

– Je te comprends, ce bourg est chargé d'histoires et de légendes.

– Je n'en doute pas ! Je pose mes affaires dans la chambre et j'arrive pour le remontant.

Je longeai le vestibule plongé dans la pénombre. Ma main rencontra une porte, celle-ci grinça légèrement. Je me baissai pour pénétrer dans la pièce. Agréablement surprise, je découvris un décor style Renaissance qui me ramena à une autre époque. Avec tristesse, je laissai remonter durant quelques secondes les souvenirs de mon âme sœur. Je posai mon bagage au pied du lit et, du regard, je fis le tour pour en apprécier chaque détail. Brutalement, l'atmosphère se chargea d'une énergie familière, bienveillante. La voix à laquelle je m'habituais peu à peu susurra à mon oreille :

– *La fenêtre… regarde…*

Une force invisible m'entraîna irrésistiblement. Un inconnu était planté devant l'église, apparemment accaparé à lire les informations scannées du QR Code. Je ne le voyais que de dos, mais sa silhouette me rappelait quelqu'un. La voix désincarnée me souffla à nouveau :
– *Regarde encore…*

Mon cœur s'emballa. Avec appréhension, je l'interrogeai.

– Mais qui est-ce ?

Ce qu'elle me révéla me glaça le sang.

– *Il est déjà venu, ça s'est passé, il reviendra… C'est lui…*

L'homme se mit de profil un court instant et partit d'un pas leste. J'ouvris la fenêtre, il n'y avait plus personne. Je n'étais plus sûre de rien. Je sortis de la pièce en trombe pour me précipiter à la cuisine. Camille discutait tranquillement avec Nathan et s'aperçut de ma présence.

– Tout va bien ? Tu es blanche comme un linge ! Ne me dis pas que la maison est hantée ! dit-elle en demi-teinte.

– Je ne sais pas si c'est le cas, mais je viens pour autre chose. J'ai cru voir Richard dehors. C'est possible ?

– Oui, sûrement, il devait arriver vers 17 h 30.

Elle jeta un œil sur l'horloge comtoise dans le coin de la pièce.

– Il faut vraiment partir !

Gaëlle et Jo arrivèrent sur ces entrefaites, magnifiquement parées. Marie-Jo les suivait de près. Il ne manquait plus que moi.

– Nous, on y va ! clama Nathan. Quand tu seras prête, Livia, va sur la place Louis-Reverdy. Elle se trouve à gauche quand tu sors. Tu verras le panneau d'indication pour te rendre au château.

Désemparée, je me retrouvai au milieu du vestibule, avec pour seule compagnie le silence. J'avais beau me centrer pour ressentir la présence indécelable de la voix qui m'accompagnait, rien ne se produisit. Je me laissai emporter par une joie inexplicable et m'engouffrai dans ma chambre pour enfiler à la hâte mon costume. Je pris place devant la psyché, assez satisfaite du résultat. Mon choix s'était porté sur une tenue simple. D'après mes souvenirs, elle ressemblait à celle de Caterina. Mon esprit vagabondait sur les révélations que l'on m'avait livrées. Et si Richard était l'homme de mes rêves incessants ? Mon visage s'assombrit. Sans prévenir, la réalité prenait le dessus. Ce n'était pas possible, même si c'était lui, je devais m'effacer… D'après sa lettre, il devait me présenter quelqu'un, et il était à nouveau heureux. Légèrement contrariée, j'attrapai ma cape et descendis les escaliers de la tourelle pour me retrouver face à l'église Saint-Pierre. J'eus un frisson qui me contracta la poitrine, avant de m'engager sur la place. Celle où j'avais été condamnée au bûcher. En la traversant, je fus assaillie par les voix venues d'un passé lointain. J'accélérai le pas pour leur échapper, à travers les arbres centenaires se dessinait le château.

La sonnerie du portable me rappela à l'ordre. L'humeur de Gaëlle éclata à l'autre bout du fil.

– Tu arrives bientôt ? Tout le monde est là, enfin presque tout le monde !

– Même Richard ?

– Il est passé, mais personne ne sait où il est maintenant !

– J'espère qu'il n'est pas parti, j'ai vraiment besoin de lui parler.

– Tout va bien ?

– Si l'on veut. Il y a eu un truc, tout à l'heure.

– Tu veux dire quoi par truc ? Non, tais-toi ! Je te rejoins.

– Je suis devant les grilles du château. Waouh, c'est magnifique !

– J'arrive !

Le décor qui s'étalait devant mes yeux était à couper le souffle. Le flanc d'une montagne supplantait l'immense demeure posée dans un écrin de verdure. D'imposantes marches menaient à la porte. Au-dessus d'elle, les blasons de la famille des Sassenage et Béranger. Derrière les vitres, de fastueuses tentures laissaient apparaître les invités, dansant à la lumière des candélabres. J'aperçus Gaëlle descendre les marches.

Elle s'avançait vers moi dans les frous-frous de sa robe de comtesse.

– Viens avec moi, nous serons plus tranquilles par là.

Installées à même le sol, sous un majestueux cèdre du Liban, Gaëlle me prit la main. Sa fâcheuse habitude de me toucher ne me dérangeait plus.

– Alors ?

– Je crois que je me pose trop de questions, et la peur prend le dessus.

– Le dessus sur quoi ? Tu as peur de revoir Richard ?

– N'as-tu jamais eu le sentiment profond de reconnaître une personne, alors que c'est la première fois que tu la croises ? D'avoir la certitude que c'est avec elle que tu veux passer le reste de ton existence ? Ou bien de te rendre dans un lieu et de te dire « je suis déjà venue ici, j'en suis sûre » ?

– Oui, on appelle ça des coïncidences, mais malheureusement, je n'ai jamais eu d'expériences semblables.

– Et si… tout cela était vraiment possible… ces rencontres, dans ces lieux ! Pour terminer ou poursuivre ce que nous avons commencé dans cette autre vie.

– Attends, je ne te suis plus ! Tu veux parler de toi et de…

– Richard.

– Mais enfin, je croyais que cela était impossible. Tu nous as dit que ce n'était pas lui ! Qu'est-ce qui a changé ?

– J'ai reçu un message qui m'a totalement déstabilisée : « Il est déjà venu, ça s'est passé, il reviendra… C'est lui… »

– Pourquoi crois-tu que cela parlait de Richard ?

– Tout simplement parce que, tout à l'heure, j'ai cru le voir… Et c'est à ce moment précis que j'ai reçu ce message.

– Je ne sais pas quoi te dire, je ne l'ai pas revu, mais je sais par Camille qu'il veut…

Avec dépit, je terminai sa phrase.

– Me présenter quelqu'un, c'est ça ?

Elle opina, tout en ajoutant :

– Ne fais aucun plan sur la comète !

– Je ne peux rien faire, il appartient probablement déjà à une autre.

– Tu m'as souvent répété que la vie est magique, qu'il suffit de se laisser porter par les événements afin de pouvoir les conjuguer avec bonheur.

Timidement, je lui souris.

– Tu as raison. J'ai appris à vivre sans lui. Le plus important, c'est qu'il soit heureux, mentis-je.

-41-

Livia

À trois heures du matin, la fête d'anniversaire battait son plein. Je déambulais, l'âme en peine, espérant encore pouvoir tomber sur Richard, par hasard. Camille, historienne, pouvait sans aucun mal changer de profession. Elle avait un sens inné pour l'organisation et le dépaysement. Dans un des salons, tout nous plongeait dans le XVIIe siècle avec un orchestre de chambre qui jouait un menuet, tandis que dans un autre la sono envoyait du rock pour les noctambules. Une main se posa sur mon épaule, me fit sursauter, et une douce chaleur m'envahit, mais personne n'était à mes côtés. Seule la perception de cette empreinte me maintenait en alerte. Je ressentis soudain une pression au niveau de mon cœur, le signe invariable que le monde invisible se manifestait. Une force indiscernable me poussa, une lumière aveuglante se figea devant mes yeux, dessinant une silhouette. La voix désincarnée chuchota :

– *C'est lui… Philippe…*

À l'affût du moindre indice, j'observais. Seules Gaëlle, Jo et Camille étaient au buffet. Je les rejoignis.

– Avez-vous vu Richard ?

– Moi, oui ! Il m'a semblé le voir dans le salon du XVIIe, m'affirma Camille.

– J'y vais !

– Non, ce n'est pas la peine. Il vient de partir, ajouta Jo, gênée.

Contrariée, je répliquai :

– C'est dingue, je ne l'ai même pas croisé, et il n'a même pas cherché à me voir ! C'est quoi, son problème ?

– Tu as regardé ton portable ? me suggéra Gaëlle.

Son air interrogatif fit retomber ma pression. Je fouillai dans la poche interne de ma longue jupe pour le dénicher.

– Oui, j'ai un SMS, il dit : « Désolé, on se voit demain, j'ai besoin de te parler. Je te tel. Biz. Richard. »

– Tu vois, rien n'est perdu ! dit Gaëlle pour me tranquilliser.

⁂

Je fus la première à me réveiller, ou peut-être n'avais-je pas dormi. Mon esprit oscillait entre le bonheur et le doute. Quoi qu'il en soit, je sentais au plus profond de mon être que cette journée serait surprenante, mais dans quel sens ? Il me restait encore à le découvrir. J'entendis Gaëlle maudire le monde entier avant de la voir. Elle s'était pris les pieds dans sa valise. Elle ouvrit sa porte et vint gratter discrètement à la mienne.

– Livia… Tu dors ?

– Certainement pas, avec tout le vacarme que tu fais.

– On va boire un café ?

– J'arrive.

Dans la pénombre du couloir, je me laissai guider par le tic-tac de l'horloge de la cuisine. Lasse, je tirai une chaise pour m'y asseoir, car, si je ne le faisais pas, j'étais certaine de m'effondrer.

Gaëlle prépara le café et des toasts puis tourna vers moi son regard marqué par des cernes.

– Tu es tombée du lit ? Tu as dormi quoi, à peine trois heures.

– Je n'ai pas dormi, je n'ai fait que penser à toi, à tout ce que tu m'as dit hier.

– Pourquoi ?

– Ma curiosité me perdra ! Je veux savoir ce que tu as décidé. Vas-tu avouer à Richard ce que tu sais maintenant ou pas ?

– Comment veux-tu que je lui avoue ce que je ne sais pas ?

– Quoi ? C'est pourtant élémentaire, soit oui, soit non.

– Non, ce n'est pas aussi simple. J'aimerais tout d'abord entendre ce qu'il a à me confier, ensuite, j'aviserai. S'il est avec quelqu'un d'autre, je ne m'imposerai pas.

– C'est toi qui vois ! On fait quoi, ce matin ?

– Si cela ne vous dérange pas, j'ai besoin d'être seule.

J'attrapai mon sac et ma veste pendant que Gaëlle donnait ses dernières instructions.

– Tu nous rejoins au château, après ? On a des restes à terminer et on doit donner un coup de main pour ranger le plus gros des affaires.

⁂

Le jour se levait à peine. La brume matinale laissait deviner des corbeaux sur un toit. J'avançai sous leurs croassements lugubres. Je réprimai un frisson et remontai le col de mon manteau, tout en déambulant dans le vieux bourg. Cette incursion me ramena quatre cents ans en arrière. La gorge serrée, je m'attardais aux endroits où les souvenirs avec Philippe avaient été les plus intenses. J'arrivai sur la place et bifurquai sur la gauche pour y suivre le chemin des Cuves. J'avais une bonne raison de m'y rendre, c'était non seulement le lieu de notre premier rendez-vous, mais il avait été aussi le théâtre de notre union, scellée devant les mondes subtils. Je me retrouvai sous l'immense chêne au pied du rocher. Je me laissai bercer par le bruit du torrent. Je me raccrochais à chaque onde, oscillation qui m'aurait permis de plonger ne serait-ce qu'un instant dans cet univers révolu et me rapprocher de Philippe. Je revoyais son regard vairon, fort de promesses, et la grotte où nous avions fait l'amour avec passion. J'entendais encore les voix de mes ancêtres wiccans. « Deux âmes qui se retrouvaient pour se lier à jamais… »

Je descendis le sentier et décidai de m'attarder quelques minutes au parc. Le soleil d'automne me réchauffait doucement.

Mon attention fut retenue par le vrombissement d'une moto. Je l'aurais reconnu entre mille. C'était la moto de Richard ! Il la gara sous un arbre et en descendit. Il était de dos, quand il enleva son casque. Ses cheveux noirs et bouclés lui arrivaient toujours aux épaules. Il y passa les doigts pour les ramener en arrière. L'ombre m'empêcha de le distinguer clairement quand il s'avança. Je ne pouvais pas me tromper, sa démarche, sa carrure, c'était lui.

Je lui fis signe de la main pour signaler ma présence.

– Richard, je suis là !

Il continuait de s'éloigner. Brusquement, je me levai, mon sac s'éparpilla au sol, je le ramassai à la va-vite. Ce n'était pas possible qu'il ne m'ait pas vue. Je me redressai pour lui courir après. Personne, il n'y avait plus rien, ni lui ni sa moto.

Comment pouvait-il se volatiliser si vite ? Le sol se déroba sous mes pieds. Cette vision était plus forte que les autres. Haletante, je me sentis partir. Je n'arrivais plus à distinguer la frontière entre le réel et l'irréel. Que devais-je comprendre de cette clairvoyance ?

La seule à pouvoir m'aider était Chénéa. Elle saurait me dire le pourquoi. J'attrapai mon portable pour lui envoyer un SMS.

C'est moi. Important. On peut se parler ?

Oui, fin AM.

-42-

Livia

Encore sous le choc, je pressai la cadence pour me rendre au point de rendez-vous donné par les filles. Je n'avais pas vu l'heure passer, cette vision et mes souvenirs m'avaient déconnectée du temps. Mes pas résonnèrent sur le sol caillouteux de l'allée du château. Je grimpai les marches deux par deux. En plein jour, le hall avait un tout autre charme. Je passai devant son majestueux escalier d'honneur. Des rires me dirigèrent vers le salon. Je ne fus pas surprise que personne ne m'entende. Je m'appuyai sur le chambranle de l'immense porte. Ils riaient, partageaient et s'aimaient, tout simplement. Quand allais-je enfin pouvoir goûter à ce bonheur d'aimer ? Perdue dans mes pensées, une sensation étrange dans la poitrine m'interpella. Au même instant, une main se posa sur mon épaule, je sursautai. Je n'osai regarder, de peur de ne découvrir à nouveau personne. Mais la pression se fit plus forte quand il me chuchota à l'oreille.

– Salut, toi !

Je me retournai et me retins de me jeter dans ses bras.

– Richard !

Il me serra tendrement et m'embrassa sur le front.

– Il faut qu'on parle ! Tu connais un endroit tranquille ?

– Peut-être.

Sa main effleura la mienne, et ce contact bref me bouleversa. Gaëlle releva la tête et nous vit par l'entrebâillement de la porte, elle fit mine de s'approcher. Je la suppliai du regard de nous laisser seuls, elle acquiesça.

Nous marchions lentement. Par habitude sûrement, il m'entoura de ses bras. Nous étions arrivés aux anciennes dépendances du château, elles nous protégeraient des regards ; il s'assit sur le banc de pierre, je restai à distance. Richard sentit ma réticence. Il me sourit affectueusement et me tendit la main. Mes barrières commencèrent à s'effriter. J'étais prête à tout entendre, même le pire.

– Bon, je me jette à l'eau.

Je me raidis quelque peu au timbre de sa voix rauque.

– Je ne pense pas me tromper beaucoup si je te dis que tu es la seule personne à me connaître.

– Je ne crois pas, j'ai toujours pensé que tu ne me disais pas toute la vérité sur toi.

– Tu vois ! J'avais raison, tu me connais bien, dit-il dans un soupir.

Je restai muette. Où voulait-il en venir ? Il marqua une pause, inspira puis continua.

– À notre séparation, j'ai bien cru que jamais je n'allais m'en sortir. J'ai passé de sales moments. J'ai souvent oscillé entre la colère et l'envie de prendre ma moto pour te rejoindre, et finalement j'ai réussi à tenir le coup. C'est là que j'ai demandé de l'aide à Chénéa.

– Elle t'a révélé son véritable prénom.

– Oui, je trouve que ça lui va bien. Ne lui en veux pas, je lui ai fait promettre de ne rien te dire.

Je me taisais et le laissai continuer.

– Je vais te dévoiler ce que je n'ai jamais raconté à personne, mis à part Chénéa.

Il planta ses yeux dans les miens, dans l'attente de mon accord. Je tiquai, persuadée de la couleur sombre de son regard et surprise qu'en réalité, il soit noisette.

– Mes parents sont morts dans un accident de voiture. J'avais 10 ans. Nous avons été recueillis par notre grand-mère, mais elle décéda quelque temps après. Nous nous sommes retrouvés en famille d'accueil… Assez dur de se construire, avec une telle expérience.

Je restai une fraction de seconde tétanisée. Comment pouvait-il me balancer un truc aussi énorme ?

– Quoi ? Tes parents sont décédés ! Mais… pourquoi ne m'avoir rien dit ? Je n'ai jamais vu ta détresse. Et qui est-ce « nous » ?

– « Nous », c'est moi et mon frère, Gabriel. Quand le moment sera venu, je te le présenterai.

Je secouai la tête. Un frère, une grand-mère, des parents ? Que me cachait-il encore ? Je nuançai ma voix pour retenir ma frustration de son manque de confiance.

– Je comprends qu'une telle expérience soit difficile pour un jeune enfant, mais je ne vois pas le rapport avec notre séparation. Pourquoi m'avoir caché l'existence de ton frère ? Ça n'a aucun sens.

– Je sais, je n'ai aucune excuse, dit-il amèrement.

Comme il restait silencieux, je continuai sur ma lancée.

– Tu m'avais promis de rester à mes côtés, quoi qu'il en coûte ! Mais tu es parti.

– Livia, quand tu m'as expliqué que tu vivais pour cet homme, je ne sais pas ce qui s'est passé en moi... J'ai senti notre lien se rompre et ton amour se détourner. Tu ne vois pas ?

– Non, je ne vois vraiment pas ! Tu as choisi la solution la plus simple.

Il me tint fortement par les bras.

– Tu me fais mal !

Prête à me débattre et lui dire ma vérité, je cherchai à m'extraire de son emprise. Il retenait ses larmes. Son charisme était différent, plus envoûtant, plus puissant.

– Tu m'as fait vivre à nouveau cette blessure, l'abandon. Celle que j'avais ressentie à la mort de mes parents. C'est pour cela que je suis parti, pas pour autre chose. Je ne voulais pas souffrir. Et, oui, je t'ai laissée tomber ! Je trouvais cela injuste, de perdre ton amour pour des chimères.

Je me dégageai maladroitement pour qu'il trouve un refuge dans mes bras, il vint s'y lover. Quand il se détacha, son envie de m'embrasser était palpable, mais il se contenta de passer ses doigts dans mes cheveux.

– Après de nombreuses séances avec Chénéa, j'ai enfin accepté la réalité. Je ne suis plus dans le déni, mes deuils sont en transformation. Celui de mes parents... et toi.

Une sensation étrange me traversa quand il dit ce dernier mot. Un mélange, l'angoisse de le perdre et du soulagement d'être libre.

– Moi ? Donc c'est vraiment fini entre nous ?

– Je ne sais pas. Je t'aimais pour de mauvaises raisons, je me voilais la face.

Il se leva, fit quelques pas et fourra les mains au fond de ses poches.

– Je tenais absolument à te parler pour te montrer qui je suis réellement. Toi, tu as eu le courage de faire ressortir ta vraie personnalité. Je te devais la même chose. Mes secrets et notre séparation sont dus à mon incapacité de faire face à mes émotions. Alors que pour toi, cela semblait si facile.

– Facile ! Rien n'a été simple, marmonnai-je, que comptes-tu faire ?

Soudainement gêné, il poursuivit.

– Simplement vivre l'instant présent. Je te l'ai écrit dans ma lettre. Ah oui, avant que j'oublie, Chénéa m'a donné ça pour toi.

Il me tendit une enveloppe.

– Elle m'a précisé que tu devais la lire seule.

– Merci.

Mon téléphone vibra.

– Quand on parle du loup ! Tu m'excuses, je réponds au SMS.

Te téléphone plus tard, suis avec Richard.

Sans attendre la réponse de Chénéa, je collai mon portable dans la poche de mon jean. Richard passa son bras sous le mien.

– Tu veux marcher un peu ?

Je lui souris en signe d'affirmation. Pendant un long moment, le silence fut notre seul compagnon. Nous étions simplement heureux d'être là. Nous arrivions dans le bourg du vieux Sassenage, quand il me posa une dernière question. Je savais qu'elle lui brûlait les lèvres.

– Tu en es où, avec l'homme de ton rêve ? Es-tu arrivée au bout de ta quête ?

– Je n'en suis pas tout à fait sûre. Retrouver et renouer avec cette âme me semblait extraordinaire. Mais j'ai compris que je n'avais aucun droit sur lui comme sur toi.

– Donc, tu sais qui c'est ?

– Je n'en suis pas certaine.

– Tu veux m'en dire plus ? Je pourrais t'apporter mon aide.

– Non, c'est déjà assez compliqué comme ça.

Je perçus au fond de lui une douleur qu'il essayait de cacher. Il se rapprocha de mon oreille.

– J'ai encore en mémoire notre première dispute, au sujet de la signification de la Fleur de Vie. Tu t'en souviens ?

Son souffle contre ma joue, le contact de ses doigts sur ma peau me ramenait à nos moments les plus intimes. Ma respiration s'accéléra quand sa main s'arrêta à la base de mon cou pour en sortir mon pendentif. Je ne pouvais pas aller sur ce terrain-là ! Je devais maîtriser mes sentiments.

– Oui, je m'en souviens très bien, dis-je en rougissant. Mais comme toi, notre séparation m'a permis de me découvrir et de m'épanouir réellement, et…

Je récupérai doucement ma chaîne d'entre ses doigts pour me libérer de son attraction.

– … Et savoir me connecter à l'essentiel. Ce n'est pas tout à fait gagné, mais j'y suis presque arrivée.

– Presque ?

– Te rappelles-tu l'éternelle phrase de notre Chénéa : « Aucune âme n'appartient à aucune âme… » ? J'ai failli plus d'une fois la lui faire avaler, dis-je en souriant. Mais elle prend tout son sens aujourd'hui. Je pense que cet apprentissage sera le plus dur à transformer, puisqu'il représente la part de mon bonheur. C'est toujours plus facile de donner des conseils aux autres, mais quand il faut les appliquer à soi, c'est une autre paire de manches !

– Je vois très bien de quoi tu parles ! Tu permets ?

Avec tendresse, il remonta mon châle et plaça son bras autour de mes épaules.

Perdus dans nos pensées, nous avancions sans nous presser vers le château. Richard fut accueilli par la troupe des joyeux lurons. Rires et bonne humeur étaient enfin de mise. Une fois tous les esprits occupés, je m'éclipsai pour une conversation de la plus haute importance avec Chénéa.

Je devais savoir…

-43-

Livia

Depuis les rituels wiccans, mon regard vers la nature et le spectacle qu'elle offrait me permettait un ancrage dans l'instant présent, bien plus important, alors qu'il m'avait toujours fait défaut. J'admirais le crépuscule descendre lentement, comme un voile de tulle sombre sur la silhouette massive du château de Sassenage. Le ciel clair laissait apparaître quelques astres timides. J'avais trouvé refuge sous le cèdre du Liban. Réfléchir, voilà tout ce que je pouvais faire, réfléchir, mais rien n'en sortait. S'insinuait seulement par tous les pores de ma peau l'impression de tanguer comme si ma vie m'échappait. L'étrange sensation de se retrouver placée sur un disque autour duquel plusieurs voies étaient possibles. Encore fallait-il savoir laquelle prendre !

Incertaine, face à toutes ces possibilités qui se bousculaient dans ma tête, je me décidai enfin à composer le numéro de Chénéa. Elle décrocha à la première sonnerie.

– J'ai besoin de toi ! Il faut que tu m'aides, je ne sais plus où j'en suis.

– Je t'écoute.

Je déversai toute la tension de ces derniers jours. Elle resta silencieuse, jusqu'au moment où ma dernière question traversa mes lèvres.

– Pourquoi tout s'est déroulé de cette manière ? Ça n'a aucun sens !

– Il y en a un, mais tu ne le vois pas encore.

– Lequel ?

– Depuis tout à l'heure, tous les mots qui sortent de ta bouche sont liés à la peur. Ton mental cherche à te rassurer, mais il n'y arrive pas. Tu as oublié la constante la plus importante de ton être : ton cœur.

– Justement, mon cœur dit une chose, alors qu'une autre partie de moi dit le contraire, je suis dans la confusion totale. Il doit bien y avoir une raison pour ça ? À chaque fois que je m'imagine dans ses bras, mon esprit se fixe sur cette idée répétitive, celle que je ne l'ai pas reconnu. Que dois-je faire ? S'il te plaît, dis-le-moi.

– Cette décision t'appartient, le seul renseignement que je puisse t'offrir, et que l'on me laisse te dire, c'est que tu es à la croisée des chemins. Avant de prendre une décision, trouve le point de convergence entre ta raison et ton cœur.

– Super ! Merci pour le conseil, lui répondis-je, pète-sec. Ça ne m'avance pas !

– Richard t'a remis une lettre, non ?

– Oui, je l'ai sur moi.

– Prends le temps de la lire et tu sauras. Arrête de geindre, ce sont tes choix, personne ne les a faits ni ne les fera à ta place.

– Mais…

– Bonne nuit, Livia.

– Allô…

Le bruit sec de la tonalité me confirma la fin de notre échange.

J'encaissai ce qu'elle venait de me lancer en pleine face. Je me retrouvai seule, une fois de plus, à la merci de mes sentiments. Je trépignai d'angoisse, et ma gorge devint de plus en plus sèche. Je me décidai à faire le tour du parc pour m'approcher de la grille du château. J'entendis l'eau du Furon s'écouler lentement dans les douves. Sa douce musique calmait mes angoisses. Avec détermination, je levai les yeux. La demeure des Sassenage-Béranger illuminait les jardins. Derrière les lourdes tentures, j'aperçus Richard. Il me fixait, mais ne bougea pas. Je fourrai ma main dans la poche arrière de mon jean pour attraper du bout des doigts le courrier plié en deux.

Le message était court, mais l'essentiel était là.

Je froissai le papier de rage. Je savais qu'elle avait raison.

– Tu l'as ouverte ?

La voix de Richard me fit sursauter.

– Je ne t'ai pas entendu venir… Oui, dis-je dans un souffle.

– Tu veux en discuter ?

– Tu sais ce qu'il y a d'écrit ? demandai-je en lui montrant le papier.

– Non.

– Non ! Eh bien, moi non plus. Pourtant, elle m'a affirmé que la réponse s'y trouvait.

Je lus à haute voix la missive érudite de Chénéa.

Je n'ai pas grand-chose à te dire, car tu sais à présent ce qui est précieux pour vivre en accord avec ton âme. N'oublie pas le plus important : nous sommes tous reliés pour vivre des expériences en lien avec nos émotions. Cela se nomme « grandir intérieurement ». Tu ne peux pas demander à quelqu'un de prendre tes décisions, cela reviendrait à lui donner ton pouvoir personnel. Comme, en aucun cas, tu ne dois prendre le libre arbitre de quelqu'un…

Richard m'interrompit pour poursuivre.

– Chaque être est capable de savoir ce qui est juste pour lui. Il possède toutes les ressources pour effectuer ses changements, quitte à en souffrir en retour, et il devra se positionner pour que cette souffrance soit bénéfique ou pas, mais, alors, ce sera son choix.

Interdite, je le regardais.

– Comment connais-tu la fin de cette lettre ?

-44-

Richard

– Je ne la connais pas. C'est ce que j'ai appris et expérimenté avec elle. Je peux juste te dire que ce n'est pas une phase facile à accepter, il m'a fallu beaucoup de temps et de courage.

– Pourquoi dis-tu cela ?

– Je me suis aperçu que notre rencontre n'était pas due au hasard.

Je tiquai. Savait-il quelque chose ?

– Je ne te comprends pas.

– Je devais travailler la blessure d'abandon, tandis que toi tu devais travailler celle de t'abandonner. Notre but commun : c'est de nous laisser porter pour que l'on puisse se révéler. Tu vois, comme l'image du yin et du yang, les côtés sombre et lumineux de cette émotion, cette harmonie dans les contraires, voilà ce que nous sommes tous.

– Je sais. Se regarder sans jugement et cesser de se voiler la face.

Il se rapprocha lentement. Il gagnait du terrain, sa proximité me procurait un certain apaisement, mais autre chose me bouleversait, m'incommodait.

La nuit avait fini par nous engloutir, seul restait ce réverbère au-dessus de nos têtes. Je restais plantée au milieu de ce décor féerique. Richard parlait et j'acquiesçais sans vraiment trop faire attention. Mon dialogue intérieur avait fini par m'éreinter. Consciemment, mon esprit se connectait aux émotions, même si quelques résistances étaient encore présentes.

– Tu m'écoutes ?

– Quoi ?

Soudain, il me saisit le bras. Stupéfaite par son geste, je reculai d'un pas.

– Viens !

Il m'entraîna à sa suite. Je me retrouvai assise derrière lui, sur sa Harley. Il démarra en trombe. Je m'accrochai à sa taille. La proximité de nos corps fit monter en moi cet amour intemporel que je tentais vainement de repousser. La vitesse eut un effet démentiel sur mes visions psychiques. J'essayai de toutes mes forces de résister. La promesse faite à Chénéa de ne plus jamais faire de lecture sans permission s'envola. Mon côté sombre prit le dessus. Pourquoi me passer de cette capacité ? Ma magie prit d'assaut mon esprit.

Des rires, des promesses sous un chêne par une nuit de lune bleue…

– Arrête-toi ! Arrête-toi tout de suite ! criai-je.

Je lui frappai le dos à coups de poing. Je devais absolument descendre. Je trébuchai sur une pierre, je suffoquai, ma gorge se serrait de plus en plus. Je tentai de me relever en prenant appui sur le rebord de la fontaine. Les images étaient trop fortes, je n'arrivais plus à les gérer. Elles me détruisaient, elles abîmaient ce qui m'avait jusqu'alors tenue pour avancer. Je tombai et me recroquevillai sur le sol pour parer les attaques que je subissais. Je cherchai en vain à dompter le feu du bûcher et à chasser les voix frénétiques de la foule.

Richard tenta de me maintenir, mais cela fut inutile. Je me défis avec rage de ses bras.

– Ne me touche pas ! Ne me touche plus ! sanglotai-je en rampant sur le sol.

– Mais que t'arrive-t-il ? Je peux t'aider ? Parle-moi…

Mon regard était chargé de haine, de rancœur, et ma sentence tomba.

– Je sais ce que tu as fait ! Tu ne peux plus me mentir ! C'est fini ! Tu entends, fini !

– Je ne comprends rien, de quoi parles-tu ?

– En te touchant, j'ai vu qui tu étais, lui répliquai-je avec mépris.

– Qui ? Je suis qui ? hurla-t-il.

– Tu es l'homme qui me poursuit depuis toutes ces nuits.

– Tu veux dire…

Je ne savais plus où j'en étais ni ce que je racontais, mais j'ajoutai, avec tout le dégoût dont je fus capable :

– Je comprends, maintenant, pourquoi je ne t'ai pas reconnu à l'hôpital. Tu m'as abandonnée sur le bûcher, tu ne m'as pas porté secours. Je suis morte entourée d'une foule hystérique, seule, abandonnée de tous… Tu m'as trahie.

-45-

Livia

Je m'enfuis en courant vers les cuves. Mes larmes m'empêchaient de voir où je posais mes pieds, je butais à chaque pas. La lueur de la lune entre les feuilles des arbres me permit de percevoir un petit sentier, et le bruit du torrent m'indiqua approximativement où je me trouvais. Je m'accroupis légèrement pour éviter les obstacles des branchages et atteindre le bord du Furon. Je m'adossai enfin contre un chêne. Je repris mon souffle pour remettre de l'ordre dans le chaos que je venais de vivre. J'entendis au loin la voix de Richard qui me cherchait.

– Livia ? Où es-tu ?

Une lampe de poche balaya les environs.

– Je retournerai chaque centimètre de cette forêt ! Je ne rentrerai pas sans toi !

Il était maintenant proche. Il avança encore d'un pas, et le faisceau m'enveloppa de sa lumière froide. Il s'approcha avec précaution.

– Ce n'est pas possible, jamais je n'aurais pu faire ça, tu te trompes.

– Mes visions sont bien claires. Je sais ce que j'ai vu. Comment peut-on faire ça à quelqu'un, alors que quelques heures auparavant, on échangeait nos vœux ? Et, c'est faux, dans cette vie, tu m'as laissée.

Il s'avança un peu plus et s'accroupit.

– Je ne t'ai jamais donné l'occasion de tout me raconter. Je suis prêt à comprendre, parle-moi !

Sa proximité me terrifia. Je trouvai refuge contre le tronc d'un arbre. Debout, face à lui, je lui narrai tous mes souvenirs, dans les moindres détails, cherchant à le faire culpabiliser. Il devait savoir que je l'avais aimé plus que tout, que j'avais risqué ma vie en restant à Sassenage pour me marier avec lui et qu'il m'avait abandonnée.

Il m'écouta sans broncher. Puis un silence morbide tomba entre nous.

– Je ne sais pas qui j'étais avant, je ne peux pas te le dire… Je suis désolé. Mais à cet instant, je sais que je ne t'abandonnerai pas.

Il s'avança, et je reculai derrière le tronc.

– Non, s'il te plaît, touche-moi encore, je suis sûr qu'il y a une explication, il me tendit sa main avec certitude, je te laisse voir.

Il dirigea mes doigts délicatement vers son cœur. Il posa ma main à plat sur son torse et la recouvrit de la sienne.

De nouveau, le décor s'effaça. Je fus transportée dans les couloirs du temps. Des claquements de sabots, mélangés à une voix qui m'implorait, me firent redresser la tête. Au travers de cette fournaise, j'aperçus Philippe et Padre Alessandro… Les flammes me dévoraient les pieds et me léchaient les cuisses… Je réprimais mes hurlements. Philippe criait mon nom et son amour éternel… Je pouvais lire et vivre au travers de son âme la douleur qu'il avait vécue. Il avait galopé toute la nuit pour aller chercher Padre Alessandro, l'évêque de Grenoble. Ils avaient l'espoir d'arriver à temps pour me sauver, mais il était trop tard…

Bouleversée, je brisai le contact. Avec force, Richard retint ma main et la replaça.

– Non, c'est trop dur.

– Regarde, je t'en prie !

De nouveau, je fus happée par la douleur.

Avant de mourir, j'entendis les cris d'amour de Philippe mêlés aux miens… Sa promesse de me retrouver par-delà les vies… Des secousses ébranlèrent mon corps. Je voyais à présent Philippe plus vieux, seul, une épée à la main. Un mercenaire rempli de rage contre la Déesse Mère de nous avoir réunis, puis arrachés l'un à l'autre. Il cherchait, il guettait la mort pour me rejoindre…

Les images se calmèrent peu à peu. Je revins lentement, quand une vision se figea devant mes yeux. Une porte ! Je le savais ! Ce n'était qu'un symbole, mais Richard avait encore des secrets. Une vision fulgurante m'éblouit, j'étais au bord de la nausée. Je n'arrivais pas ou ne voulais pas me l'expliquer, je percevais deux âmes. Un électrochoc me fit vaciller, et je me retirai brusquement pour couper la connexion entre nous.

– Excuse-moi. Je t'ai dit des horreurs. Tu as tout fait pour me sauver, mais tu es arrivé trop tard, lui avouai-je dans un souffle.

– Je le savais… Je le savais !

Richard me serra tendrement. Il défit sa veste, la mit sur mes épaules. Je m'écroulai contre son torse, épuisée par tous ces phénomènes. Le bruit de l'eau se fracassant sur les pierres lavait toutes mes rancœurs. Ses bras puissants me maintenaient, sa bouche embrassait délicatement mon front puis mes lèvres. Il se cala contre le tronc de l'arbre et m'invita à le rejoindre. La chaleur qui se dégagea de sa peau me rappela un instant qu'au même endroit mon refuge s'appelait Philippe.

La magie au bord du Furon porta ses fruits. Richard me glissa à l'oreille :

– Tu sais, c'est quand même dingue, toutes ces impressions de déjà-vu.

– Quoi ?

– Oui, nous deux, ici, contre cet arbre. C'est comme si…

Je lui souris.

– Tu vois ce que ça fait, maintenant.

– Il faut rentrer, je commence à grelotter.

Il redémarra la moto et m'invita à monter, il glissa sa main sous ma cuisse pour me rapprocher étroitement de lui. J'eus un petit mouvement de recul imperceptible, mais il me rassura.

– Je n'ai plus rien à te cacher…

Les pneus crissèrent sur les cailloux.

Richard se gara devant l'église Saint-Pierre. Il marmonna :

– Demain, tu rentres à Lyon ? Ça te dirait de faire la route avec moi ?

– Je ne sais pas !

– Tu ne sais pas ? J'ai de quoi te faire changer d'avis.

Il me souleva et se dirigea vers l'appartement.

– Laquelle est ta chambre ? dit-il d'une voix rauque.

Je la lui indiquai de la main. Il m'était impossible de parler, tant son regard m'hypnotisait. Il poussa la porte de son pied. Il me déposa à terre et entreprit de me déshabiller lentement. Ses mains parcoururent mon corps en feu. Ses baisers me maintenaient à mon point d'orgue.

Je ne désirais qu'une chose, lui appartenir de nouveau. Quand la petite voix m'invita à un mystérieux conciliabule, je la repoussai mentalement.

La rencontre entre nos âmes était vitale. Elle nous aiguilla, nous poussa vers cette fenêtre temporelle où je devais m'abandonner pour accepter l'ancrage de notre point de convergence.

Nous fîmes l'amour encore et encore, sans jamais être rassasiés de tous ces siècles de séparation, pour nous endormir, épuisés, au petit matin.

-46-

Livia

Le crépitement des braises dans la cheminée me réveilla.

– Quelle merveilleuse idée ! Une flambée.

Je jetai un œil à l'extérieur. Le temps était humide, et un léger brouillard masquait l'église. Je dévisageai Richard puis m'attardai sur son corps nu.

– Viens vite ici, tu vas prendre froid.

Je soulevai les couvertures et je me blottis contre lui. Mes doigts parcoururent doucement son torse. Malgré mon incertitude, je sombrai dans cette délicieuse torpeur.

Inquiet, il me demanda :

– Tout va bien ?

– Oui, mais j'aimerais avoir un dernier éclaircissement, je peux te poser une question ?

– Sur quoi ?

– J'ai tellement de questions à te poser. Je ne sais pas par quoi commencer. Comment est ton frère ? Quel âge a-t-il ? Quel est son métier ? Je le rencontre bientôt ?

– Houlà ! Effectivement, ça en fait des questions ! Parler de mon frère me prendrait plus d'une journée, et franchement, j'ai des choses plus intéressantes à faire maintenant. Et, oui, tu le rencontreras bientôt. Autre chose ?

– Dans ta lettre, tu disais avoir retrouvé quelqu'un. Ce n'est pas une petite amie j'espère, car on vient de… Je comprendrais… Ça fait longtemps, nous deux. Même si cette nuit nous avons…

Pour toute réponse, j'eus un immense sourire.

– Tu n'as toujours pas compris ?

Je secouai la tête.

– Cette personne, c'est simplement moi. Je suis enfin moi. J'ai récupéré ma vie là où je l'avais laissée, à la mort de mes parents. J'ai recollé des morceaux, pas tous, mais certains. Il me reste beaucoup à faire.

– Tu me caches encore des choses, alors que tu m'as certifié le contraire. Quand tu parles de morceaux, tu veux dire ton frère ? Tu n'avais pas assez confiance pour en discuter avec moi ?

– Non, ça n'a rien à voir. C'est seulement que, parfois, il est difficile de se livrer. Je ne t'ai pas encore tout dit, c'est vrai, il te faudra être patiente. On a souvent peur du regard de l'autre. Je ne voulais pas te décevoir et je ne le veux toujours pas.

À l'extérieur, le vent faisait grincer l'enseigne médiévale du Relais des Arts. Richard resserra son étreinte. Quand ses doigts relevèrent mon menton, nos yeux furent dans la lumière de la bougie.

– Toi aussi, tu restes encore une énigme pour moi. La plus importante est de savoir ce qui te rend si spéciale.

J'étais désarmée, mon âme entière hurlait. Je venais de comprendre le vrai sens de mon expérience en lien avec l'abandon. Cette émotion avait une connotation positive. Le yin et le yang, m'abandonner à l'amour. Je voulais sentir ses lèvres sur les miennes, je voulais écouter nos cœurs battre à l'unisson. Je m'arrachai lentement de sa main, qui laissa son empreinte indélébile sur ma joue. J'inspirai profondément pour maîtriser les tremblements de ma voix.

– Je n'avais jamais remarqué, cette tache verte dans ton œil.

– Ah bon ? Et pourtant, je l'ai depuis ma naissance, mais en même temps, on m'a souvent dit que mon regard avait perdu son éclat depuis l'accident de mes parents ! N'as-tu jamais vu des yeux vairons ?

– Si, une fois…

– Quand ?

– Dans le regard de Philippe.

– Philippe ?

– Cette âme qui me hantait, l'homme que j'ai aimé éperdument dans cette vie antérieure, et à en croire mes ancêtres, dans d'autres vies aussi.

– Ta vision me plaît, murmura-t-il en me mordillant la lèvre inférieure, te retrouver dans chacune de nos vies…

La vague de chaleur se répandit lentement dans mon cœur. Seul comptait l'instant présent, où nous étions enfin réunis dans cette vie. La magie s'empara de mon être, elle vibrait dans mes veines. Son chant comme celui des sirènes me demanda de m'abandonner sur un rivage inconnu. En serais-je capable ? Mon âme s'accrocha à celle de Richard, j'étais prête à vivre cette vérité, malgré cette interférence sournoise qui me vrillait les tripes, m'empêchant de sonder son âme.

-47-

Livia

Nous étions rentrés de Sassenage, ensemble. Nous avions repris le chemin de l'université, et d'un commun accord, sans compter sur l'insistance de Gaëlle, Richard avait emménagé avec nous.

Je m'étirai langoureusement, tout en repassant son plaidoyer irréfutable : l'appartement spacieux pouvait accueillir tout le monde sans que l'on ne se marchât dessus. Je tâtonnai le matelas pour découvrir à la place de Richard un mot accompagné d'une lettre, posés sur l'oreiller.

C'est pour toi, les filles l'ont glissée sous la porte. Je reviens vite. Je t'aime.

Elle venait de mes parents. À moitié endormie, je la décachetai. Quelques lignes brèves de ma mère m'expliquaient l'étrange histoire de la découverte de cette page appartenant au Livre des Ombres. Je dépliai le papier de soie où se trouvait le parchemin, un effluve de tourbe et de sous-bois s'en échappa délicatement. Je sortis le précieux document de son écrin et le portai à la lumière du jour. Un dialecte runique se matérialisa peu à peu. Subjuguée par cette magie, mes perceptions prirent les commandes. Les runes jusqu'alors inconnues me dévoilaient l'histoire de trois déesses, les mères du destin. Un dernier symbole runique fit son apparition avant de transmuter. Des lignes dorées traversèrent le texte. Devant mes yeux se dessinait le pendentif offert par ma grand-mère. Intriguée, mes doigts suivirent le contour magique des lignes complexes. Une légère excroissance me stoppa. Surprise, je repassai sur le tracé. Subitement, un tremblement suivi d'un bourdonnement me transperça de part en part, un murmure s'éleva d'une seule voix. Suspendues sur le fil du temps, les trois déesses, mères du destin, incrustaient leur message dans chacune de mes cellules. Je tentai de retirer ma main de la pression invisible, impossible. Les lignes dorées se délièrent et se fondirent dans ma paume, elles remontèrent sauvagement, tel un lierre édenté, le long de mon bras. Mon cri s'étrangla dans ma gorge, des milliers d'aiguilles s'incrustèrent dans ma peau. Dans un dernier effort, je m'arrachai du parchemin. Un court instant, ma chair brûlée suinta, un liquide jaunâtre s'égouttait le long de mes doigts. Je restai à l'écoute du prochain coup. Je sentis le symbole disparaître entre mes omoplates, laissant une sensation de froid intense sur la surface de mon corps. Des images surréalistes prirent les commandes. Une jeune enfant aux cheveux blancs, la mer, et cette litanie qui explosait ma cervelle :

– *Elle est la clé… L'origine… L'origine du mal.* Anéantie, je m'écroulai sur mon lit. Je reprenais mon souffle quand la présence surnaturelle de ma grand-mère s'imposa.

– *Les trois déesses du temps sont implacables… Elles ne sont ni bien ni mal… Tu as réveillé le Livre des Ombres… Ne crois pas que le grimoire t'appartient… Il te possède…*

– Grand-mère, je ne comprends pas ! C'est quoi, l'origine, et cette clé, qu'est-ce que c'est ? Grand-mère !

Mon appel resta sans réponse.

Épilogue

J'attrapai mon jean et choisis dans le placard un gros pull en laine et mon écharpe. Ainsi chaudement vêtue, je dévalai l'escalier, prête à affronter les éléments extérieurs.

Le vent me piqua les joues. Le temps était froid pour la saison, idéal pour oublier cette expérience traumatisante. Nous étions mi-novembre. La neige ne tarderait pas, cette année. J'adorais cette période pour plusieurs raisons : j'aimais flâner dans les vieilles ruelles, regarder les dernières taches de couleur présentes sur les arbres et me laisser envoûter par l'odeur des étals dans le vieux marché. Lyon était l'alchimie parfaite entre modernité et nature. Je remontai la rue Saint-Jean, les bras chargés de fruits et de légumes, l'esprit absorbé par le grimoire. Je savais que le Livre des Ombres ne m'avait pas livré tous ses secrets, comment pouvait-il me posséder ? Il me manquait cette dimension magique que seule mon évolution me permettrait d'atteindre. Toutefois, mes pensées étaient toutes tournées vers les prochains préparatifs pour le solstice d'hiver, Yule, merveilleux rituel juste avant les fêtes de Noël, quand je ressentis la présence de Richard derrière moi.

Il releva mes cheveux et nicha son visage dans mon cou. Le bout de son nez gelé suscita un gloussement horrifié de ma part.

– Tu as perdu la tête !

Il resserra son étreinte et rattrapa in extremis le panier qui m'échappait des mains.

Il lâcha un rire sonore et porta ma main à ses lèvres.

– Tout va bien ? lui demandai-je, inquiète.

Il hocha la tête et garda son sourire niais.

– On rentre ! J'ai quelque chose à vous annoncer.

Il redressa mon menton et me donna un baiser langoureux. De timides flocons s'écrasaient en douceur sur nos visages.

– Chouette ! Il neige, remarquai-je. On y va, mais tu me prépares un bon feu dans la cheminée et un énorme câlin.

– Vos désirs sont des ordres, *ma dame.*

Richard poussa la lourde porte du 4, rue Saint-Jean et gravit les marches en râlant.

– Tu as mis quoi, là-dedans ? Le marché entier ?

Gaëlle ouvrit la porte.

– On vous entend du fond de l'appartement ! Alors, Livia, je vois que les étals t'ont inspirée !

Richard avait repris son souffle.

– Bon, les filles, on se retrouve au salon dans cinq minutes. J'ai un truc à vous dire.

– C'est quoi, ce ton mystérieux ? Tu sais de quoi il veut parler ? Ne me dis pas que vous allez déménager !

– Je n'en sais rien ! Je rentrais des courses quand je l'ai rencontré dans la rue. Il est parti ce matin de bonne heure, bien avant mon réveil.

Tout bas, Gaëlle me suggéra :

– Tu n'as pas d'autres indices ? Tu ne me la fais pas à l'envers ? Il te suffit de le toucher pour avoir un aperçu.

– Non, mais tu me prends pour qui ? C'est fini, ce temps-là, je l'ai appris à mes dépens. Ta mère ne t'a jamais dit que la curiosité est un vilain défaut ? lui rétorquai-je en la taquinant.

Richard attisait le feu dans l'âtre de la cheminée, le bois encore vert crépitait joyeusement. Jo installait les coussins et les plaids pour chacun.

– Vous êtes là ! Super, j'ai une merveilleuse…

Gaëlle s'impatienta.

– Arrête de nous faire languir ! Crache le morceau ! Je peux tout entendre, sauf une seule chose : l'annonce de votre départ !

– Ne t'inquiète pas, je sais pertinemment la chance que nous avons. N'est-ce pas, Liv ?

Je vins me lover dans ses bras.

– Oui, vas-y, on t'écoute.

– La famille va s'agrandir ! gloussa Jo.

– Tu es enceinte, Liv ?

– Non, je ne crois pas, je le saurais si c'était le cas !

Richard nous regardait piailler.

– C'est bon ? Vous avez fini ?

– Oui, oui, excuse-nous, tu disais ?

– Pendant un certain temps, je vous ai dissimulé mon histoire et ma famille. Voilà, mon frère m'a récemment téléphoné. Si vous êtes toutes les trois d'accord, j'aimerais bien qu'il vienne passer un peu de temps avec nous… Jusqu'au réveillon de fin d'année ?

Je restai muette une fraction de seconde, puis me ressaisis.

– C'est une merveilleuse idée ! Moi, je vote pour, dis-je en l'embrassant.

– Nous aussi ! Hein, Joanne ?

– Oui, sans problème.

Mes pieds se décollèrent du sol, et Richard me fit tournoyer sur place.

– Je suis sûr que tu vas l'adorer !

Ses mains se posèrent sur l'ovale de mon visage. La chaleur de son contact associé aux flammes me fit lâcher un soupir. Il passa une mèche rebelle derrière mon oreille, tandis que sa voix suave déclenchait un agréable frémissement à la base de ma nuque.

– Je n'en doute pas, lui assurai-je, alors qu'à l'unisson les trois fileuses du temps susurraient :

– La prophétie est en marche… Elle te mènera vers ton destin… Affronter ton passé… La clé des origines…

De toutes mes forces, je repoussai ces présences. Pour ne pas sombrer, je plongeai mon regard dans les yeux vairons de Richard. Ses lèvres caressèrent les miennes. Rassurée par son contact, je me laissai porter, non sans un léger et indéfinissable pincement au cœur.

Remerciements

À Laurent Bettoni, qui a su avec talent me faire découvrir ma véritable passion dans cet art que l'on nomme écriture et me permettre ainsi de réaliser un de mes nombreux rêves.

Rêves alimentés par Christiane D. Cette grande dame, professeur de lettres, a su cultiver mon envie de lire et, de fil en aiguille, de découvrir que mon imaginaire pouvait prendre vie.

À mes bêta-lecteurs, Carole, Erwan et Nicole (Nini) pour vos encouragements et vos critiques constructives. Avec une mention spéciale à Nicole Silvestre pour son œil acéré et ses remarques judicieuses, son soutien et son écoute !

À ma chère amie, Carine Miletto, et son soutien infaillible à lire et relire les aventures de Livia. J'attendais avec impatience son retour après chaque chapitre !

À Marie-Pierre Michaud, pour tous les renseignements sur les wiccans, leur art de vivre. Sans oublier ses encouragements tout au long de mon processus, elle m'a simplement permis de me dévoiler.

Merci infiniment à mon éditeur, les Éditions Exergue, de pouvoir donner vie à ce premier tome. Vous connaissez la maxime : « Il y a toujours une fée pour donner vie à un rêve. » Pour moi, elle se prénomme Cathy. Cathy, merci pour ton écoute, ta bienveillance et ton soutien infaillible, ta bonne humeur. Je suis tellement heureuse de notre collaboration.

Qui serais-je si je ne remerciais pas l'homme de ma vie ? Son soutien, son amour, sa facilité à me faire rire quand je doute, et le fait qu'il supporte mon tempérament de feu ! Et dieu sait que ce n'est pas facile tous les jours ! Je lui avoue simplement mon amour : je t'aime mon cœur.

Le mot de la fin sera pour mes enfants, ils sont le moteur de ma vie, je vous aime mes amours.

SOURCES :

Bibliothèque :

En dépit de mon imaginaire débordant, Francesco de Nobilibus a réellement existé.

Ses interrogatoires, conduits entre le 2 mars et le 7 septembre 1604, sont conservés à la bibliothèque municipale de Grenoble. Il fut exécuté le 14 août 1606.

Bibliographie :

La Wicca, Scott Cunningham, ADA, 2012.

L'Archéologie interdite : de l'Atlantide au Sphinx, Colin Wilson, Alphée, 2006.

Internet :

Le blog de vercors38 : http://vercors38-sassenage-isere.over-blog.com/article-13357998.html

Wikipédia : article « Palais du parlement du Dauphiné » (contenu soumis à la licence CC-BY-SA 3.0).

Wikipédia : article « Antoine Lavoisier » (contenu soumis à la licence CC-BY-SA 3.0).

À propos de l'auteure :

Après dix-sept années dédiées à l'aide à autrui en tant qu'hypnothérapeute et thérapeute en médecine douce, Valérie Faiola laisse sa passion pour la littérature, l'écriture, s'immiscer petit à petit dans son quotidien avec la création d'un guide d'accompagnement pour le deuil : *Il s'appelait*. Mais après avoir lu *Comme par magie* d'Élisabeth Gilbert, elle finira par se lancer le défi de donner vie à son imaginaire.

Par-delà les siècles est le tome 1 d'une trilogie.

Ce roman vous a plu !
N'hésitez pas à me dire ce que vous en avez pensé :

Facebook :
@valeriefaiolaOfficiel

Instagram :
@valeriefaiola

Twitter :
@faiolavalerie

Êtes-vous prêt à plonger dans l'origine du mal ?

Découvrez le premier chapitre du Livre 2 :

Par-delà les siècles : L'origine du mal

– 1 –
Richard

Il pousse une porte, puis une autre. Il se déplace avec peine, des mains invisibles le retiennent. Sa respiration se fait plus haletante, mais il continue à chercher, il s'accroche. Hagard, au milieu de ces pièces en ruines, il essaye de crier, d'appeler au secours, mais aucun son ne sort…

Richard sursaute, son crâne heurte le plafonnier trop bas de la Fiat 500. Il balance sauvagement un coup de poing sur le toit de la voiture :

– Et merde ! Encore et toujours ce même cauchemar, et toujours au même endroit.

Sournoise, cette terreur nocturne revient à chaque fois qu'il se sent menacé. Du revers de sa manche, il éponge la sueur qui perle sur son front malgré le froid. L'horloge du tableau de bord indique 7 h 32 ; dans moins d'une heure, il fera jour. Le gel a formé une épaisse couche sur le pare-brise. La température extérieure avoisine les moins dix. Richard souffle entre ses mains, puis, d'un coup de clé, remet le contact. Le moteur tourne, silencieux, étouffé par l'accumulation de neige sur le capot. Il s'enfonce plus profondément dans son siège pour échapper au froid. Le chauffage à fond, ce maudit givre commence à céder. L'angoisse le tenaille, mais il peut enfin surveiller de nouveau la rue. Une vague de nostalgie lui serre la gorge, il monte le volume de l'autoradio. Les notes de « River Flows in You », jusqu'ici assourdies par la soufflerie, submergent l'habitacle. Il se permet de se laisser aller un instant, en écoutant la playlist de Livia. Il lui est impossible de ne pas laisser jouer cette mélodie en boucle. Elle a cherché différentes versions sur Internet des heures entières. Cette fois-ci, une image plus douce danse devant les yeux de Richard : Livia assise en tailleur sur le lit, calée entre ses jambes. Il ressent encore le poids de sa tête contre son torse et sourit en repensant à ses paroles :

– C'est notre chanson, avait-il susurré en lui mordillant l'oreille.

Depuis leur retour de Sassenage, tout avait été si parfait.

Une pensée lui fait lâcher un grognement de douleur. Il a fallu cette séparation avec Livia pour que sa psychose rejaillisse des enfers. À cause de cela, le passé le hante à nouveau. Malgré tout son travail avec l'hypnothérapeute Chénéa, il subsiste une part funeste et sombre en lui, qu'il essaye tant bien que mal de camoufler à son entourage, mais par-dessus tout à Livia. Pour la confession, il sait que le moment parfait n'existe pas. Les seules fois où il s'est senti prêt à la faire, un imprévu l'en a empêché. Soulagé, il avait pris cela pour un signe et avait trouvé une parade pour contenir les souvenirs nauséeux, les cacher, les verrouiller jusqu'à l'oubli total. Mais plus les semaines passaient, plus son mal-être grandissait, donnant naissance à des cauchemars de plus en plus précis.

L'atmosphère froide le ramène à la réalité. Pour se rassurer, il tâte sa poche et perçoit l'écrin qui s'y trouve. Une onde de plaisir gonfle son cœur. Il convoite en secret une relation différente avec Livia… mais rien ne changera s'il ne sort pas immédiatement de cette voiture. Il a des choses à régler avant le réveillon.

Un nouveau coup d'œil à la montre : 8 h 10. Un frisson glacé secoue brutalement son corps de spasmes qu'il tente de réprimer.

Richard se trouve garé à l'abri des regards, à l'angle de cette rue pavillonnaire, où lui et son frère avaient vécu après le décès de leurs parents. Jamais il n'aurait imaginé un seul instant que son frère retournerait vivre ici. Là où tout a commencé. Là où tout s'est terminé. Des émotions furtives le torturent. Il les égrène, pendant qu'elles s'entremêlent douloureusement. Un souvenir heureux lui arrache un demi-sourire. Du revers de la main, Richard écrase une larme. Il attrape le rétroviseur intérieur et le tourne dans sa direction. Le miroir lui renvoie un reflet étrange aux yeux vairons. Il baisse la tête pour fuir la vérité et trouver un bref moment de paix, mais une vague d'amertume l'inonde. Il rejette sa tête contre le siège et laisse couler ses angoisses. Ses pensées se matérialisent dans un chuchotement. Ses mots résonnent dans l'étroit habitacle.

– Qu'est-ce que je fous là ? Putain, qu'est-ce que je fous là ?

Il étouffe un dernier juron, saisit la poignée, et la portière s'envole sous la violence de son geste. Ses baskets s'enfoncent dans la neige fraîche. Il cherche un acte rédempteur, il n'en voit qu'un. Déterminé, il renverse son visage vers le ciel pour recevoir de l'aide dans une prière muette, pendant que des milliers de flocons s'échouent avec délicatesse sur sa barbe de deux jours.

Il est parti vers quatre heures du matin, en laissant sur l'oreiller un message succinct à Livia. Quand il l'avait embrassée, ses lèvres cherchaient ce contact avide et, tout en dormant, elle avait lâché un soupir de délice. Puis, discrètement, il avait quitté l'appartement en empruntant les clés de la Fiat 500 déposées dans l'éternelle pomme à glaçons orange des années 1970. À la place, il avait collé un post-it où étaient griffonnés deux mots pour s'excuser, à l'attention de Gaëlle.

Il passe les doigts dans ses boucles brunes, secouant les flocons qui se transforment en fines gouttes dans son cou. Il remonte la capuche de sa parka, et maudit ce temps tout en scrutant la pénombre avec une certaine angoisse. Le silence augmente sa peur. Son cœur manque un battement, il se fige, l'oreille à l'affût. Une branche cède dans un craquement sec sous le poids de la neige, Richard râle entre ses dents.

– Et merde, Richard ! Reste concentré, et arrête d'être sur les nerfs !

Il porte son regard au loin et distingue une lumière, venant apparemment de la cuisine. Résolu, il s'encourage :

– Allez, je sais que tu en es capable !

L'écoute n'est ni habituelle ni naturelle chez Richard, Livia lui en fait souvent la remarque.

Un rien peut briser ta confiance, connecte-toi à la nature et elle te donnera la force qui te fait défaut.

Il s'arrime à la bouée de sauvetage que représentent ces mots. Mais une certaine crainte l'envahit quand son attention se tourne vers le foyer de son enfance. Le bruit cotonneux de ses pas dans la neige le rassure un peu, tandis que la nuit l'enveloppe dans sa cape d'invisibilité. Il tente de s'accrocher à ce sentiment de sécurité, mais la méfiance s'empare de ce fragile sentiment et l'étouffe. Il peut encore faire machine arrière, la voiture n'est pas loin. Seulement, une part obscure de son être, la plus insidieuse, en décide autrement. Elle le force à avancer sans détour, comme s'il était aimanté à son port d'attache. Il se retrouve sous le porche. Richard a la curieuse sensation que son corps n'est qu'un automate, et il regarde chacun de ses gestes sans les comprendre. Une impulsion inconnue dresse son bras et toque à la porte. Au bout de quelques secondes, celle-ci s'ouvre avec lenteur. Son grincement matérialise les peurs, les angoisses, les colères, les non-dits reliant inéluctablement les deux hommes qui se font face.

Le jour se lève à peine, la lueur blafarde si pâle de ces jours d'hiver atténue les traits du visage de son frère Gabriel. Richard tressaille, légèrement, surpris par l'aboiement d'un chien dans la rue. Il se blâme en silence et s'efforce de cacher la moindre parcelle de faiblesse. Vu de l'extérieur, un tableau étrange se dessine. Les deux jeunes hommes sont baignés par une aura surnaturelle, l'une lumineuse, l'autre plus sombre. Richard se fait violence et scrute le regard de son frère. Le doute subsiste en lui, tandis que l'indifférence marque le visage de Gabriel. Il a changé. Ses cheveux, autrefois plus courts, ont maintenant la même longueur que ceux de Richard.

– Tu me laisses entrer ?

La voix rauque de Richard réveille de vieilles blessures et, sans un mot, Gabriel s'écarte. Richard marque un temps d'arrêt, puis, d'un pas décidé, pénètre dans la pièce maîtresse de la demeure : la cuisine.

Il retient sa respiration un instant, le temps de maîtriser les souvenirs les plus douloureux. Étonné, il se rend compte que même les plus heureux le font encore souffrir. Pour lui, plus rien n'existe, tout a été détruit, tout a été profané par son frère quand celui-ci l'a…

Il refuse de prononcer ces mots qui lui brûlent les entrailles, ces mots qui lui arrachent des hurlements de rage contre la vie, contre ses parents disparus trop tôt, contre sa grand-mère, contre son frère et contre lui-même.

Il inspire et consent à s'asseoir dans le fauteuil à bascule. Celui-ci se trouve encore près de la grosse cuisinière en fonte, après tout ce temps.

En retrait, Gabriel s'affaire, laissant son frère se réapproprier ces lieux de tant de promesses à jamais éteintes. La vieille cafetière italienne de sa grand-mère brise le silence, abandonnant dans l'air un arôme depuis longtemps oublié. Richard s'attarde sur le va-et-vient de son frère. Gabriel se rend-il compte qu'il pratique les mêmes rituels que leur grand-mère quand elle préparait le petit-déjeuner ?

À cette pensée, il se contracte et se frotte le visage. Une désagréable sensation de toile d'araignée imaginaire vient de le couvrir. Puis un bruissement léger souffle son prénom à son oreille. Sur la défensive, il se redresse, mais n'aperçoit personne près de lui.

– Tu as entendu ?

– Quoi ?

Gabriel semble n'avoir rien remarqué, il finit de couper une brioche sortie du four. En une fraction de seconde, l'odeur les enveloppe et les suspend tous deux dans une bulle empreinte de l'ombre du passé. Gabriel lui tend la tasse de café et, d'une voix étouffée par la colère, brise cette protection éphémère.

– Tu en as mis du temps, tu devais arriver hier ! Je passe toujours le réveillon avec vous tous... Il s'arrête net, puis se ravise et rectifie le timbre de sa voix. Excuse-moi, je ne voulais pas. C'est juste que... Je pensais que nous avions avancé depuis notre dernière conversation téléphonique...

– C'est à cause de cet endroit ! Comment as-tu pu me donner rendez-vous ici ?

Les traits du visage de Richard se déforment sous l'influence d'une vieille rancœur. Une partie de lui le pousse à sauter à la gorge de son frère, tandis qu'une autre l'intime de garder son calme. Il sent au plus profond de lui qu'un rien peut le faire basculer. Pour apaiser sa tension, il se lève et se détourne de Gabriel. Ses mains vont au hasard des meubles qu'elles rencontrent. Son cheminement par-delà les souvenirs le conduit au salon douillet. Il ferme les paupières pour accueillir doucement les souvenirs de sa grand-mère, de sa famille. Soudain, le sol se dérobe sous ses pieds. Richard s'effondre sur les genoux, le corps secoué de soubresauts. L'étranglement d'un rire hystérique jaillit de sa gorge et s'unit d'une manière obscène à ses larmes refoulées depuis toutes ces années.

Prudent, Gabriel s'avance. Avec une certaine hésitation, il se décide à poser la main sur l'épaule de son frère. Celui-ci se relève d'un bond. Dans un même mouvement, les deux hommes se reculent et se toisent avec méfiance. Cela fait des années qu'ils ne se sont pas touchés. Le salon, pourtant vaste, se transforme alors en un endroit confiné où l'air devient irrespirable. Richard se ressaisit le premier, et rassemble le peu de courage qui lui reste. Malgré la tension extrême, il veut, non, *il est en droit* de connaître la vérité. Son regard vairon harponne celui de Gabriel, sa voix d'habitude chaude et rauque se brise.

– Je ne sais pas par où commencer… J'ai de la colère, de la haine ! Toutes ces émotions sont insupportables… j'aimerais pouvoir ressentir…

D'un timbre mal assuré, il poursuit :

– Des expertises de psychologues, j'en ai bouffé ! Je pensais même avoir dépassé tout cela, mais apparemment, non… J'aimerais pouvoir ressentir le pardon, ou ne serait-ce qu'un souffle de compassion envers toi.

Il soupire et maîtrise son trémolo.

– Mais maintenant que je suis là, devant toi, je ne sais pas comment trouver la force de…

Puis, d'un ton étrangement calme, les yeux plantés dans ceux de son frère, il teste sa résilience. Puis articule chaque mot avec une violence contrôlée.

– Pourquoi… pourquoi m'as-tu abandonné ?

Achevé d'imprimer en juin 2021
sur les presses de la Nouvelle Imprimerie Laballery
58500 Clamecy
Dépôt légal : juin 2021
Numéro d'impression : 105561

Imprimé en France

La Nouvelle Imprimerie Laballery est titulaire de la marque Imprim'Vert®